中国教育学会中学语文教学专业委员会专家审定

青少年经典阅读书系〔名师解读〕
QINGSHAONIAN JINGDIAN YUEDU SHUXI

TONGNIAN

童　年

【人间酸甜苦辣的真实写照】

〔苏〕高尔基 ◎ 著
《青少年经典阅读书系》编委会 ◎ 主编

首都师范大学出版社
CAPITAL NORMAL UNIVERSITY PRESS

图书在版编目(CIP)数据

童年/《青少年经典阅读书系》编委会主编.—北京：首都师范大学出版社,2011.11(2023年10月重印)
(青少年经典阅读书系.文学名著系列)
ISBN 978-7-5656-0499-7

Ⅰ.①童… Ⅱ.①青… Ⅲ.①长篇小说-小说集-苏联 Ⅳ.①I512.45

中国版本图书馆 CIP 数据核字(2011)第 222693 号

童　年

《青少年经典阅读书系》编委会　主编

策划编辑	李佳健

首都师范大学出版社出版发行

地　　址	北京西三环北路 105 号
邮　　编	100048
电　　话	68418523(总编室)　68982468(发行部)
网　　址	www.cnupn.com.cn
印　　厂	汇昌印刷(天津)有限公司
经　　销	全国新华书店发行
版　　次	2012 年 7 月第 1 版
印　　次	2023 年 10 月第 4 次印刷
书　　号	978-7-5656-0499-7
开　　本	710mm×1000mm　1/16
印　　张	15
字　　数	270 千
定　　价	38.00 元

版权所有　违者必究
如有质量问题请与出版社联系退换

总 序
Total order

被称为经典的作品是人类精神宝库中最灿烂的部分，是经过岁月的磨砺及时间的检验而沉淀下来的宝贵文化遗产，凝结着人类的睿智与哲思。在滔滔的历史长河里，大浪淘沙，能够留存下来的必然是精华中的精华，是闪闪发光的黄金。在浩瀚的书海中如何才能找到我们所渴望的精华——那些闪闪发光的黄金呢？唯一的办法，我想那就是去阅读经典了！

说起文学经典的教育和影响，我们每个人都会立刻想起我们读过的许许多多优秀的作品——那些童话、诗歌、小说、散文等，会立刻想起我们阅读时的那种美好的精神享受的过程，那种完全沉浸其中、受着作品的感染，与作品中的人物，或者有时就是与作者一起欢笑、一起悲哭、一起激愤、一起评判。读过之后，还要长时间地想着，想着……这个过程其实就是我们接受文学经典的熏陶感染的过程，接受文学教育的过程。每一部优秀的传世经典作品的背后，都站着一位杰出的人，都有一个高尚的灵魂。经常地接受他们的教育，同他们对话，他们对社会与对人生的睿智的思考、对美的不懈的追求，怎么会不点点滴滴地渗透到我们的心灵，渗透到我们的思想和感情里呢！巴金先生说："读书是在别人思想的帮助下，建立自己的思想。""品读经典似饮清露，鉴赏圣书如含甘饴。"这些话说得多么恰当，这些感

总 序
Total order

受多么美好啊！让我们展开双臂、敞开心灵，去和那些高尚的灵魂、不朽的作品去对话，交流吧，一个吸收了优秀的多元文化滋养的人，才能做到营养均衡，才能成为精神上最丰富、最健康的人。这样的人，才能有眼光，才能不怕挫折，才能一往无前，因而才有可能走在队伍的前列。

"首师经典阅读书系"给了我们一把打开智慧之门的钥匙，会让我们结识世界上许许多多优秀的作家作品，会让这个世界的许多秘密在我们面前一览无余地展开，会让我们更好地去感悟时间的纵深和历史的厚重。

来吧！让我们一起品读"经典"！

国家教育部中小学继续教育教材评审专家
中国教育学会中学语文教学专业委员会秘书长

丛书编委会

丛书策划　李佳健
　　　　　王　安
主　　编　李佳健
副主编　　张　蕾
编　委（排名不分先后）
　　　　　张　蕾　李佳健　安晓东　王　晶　高　欢
　　　　　徐　可　李广顺　刘　朔　欧阳丽　李秀芹
　　　　　朱秀梅　王亚翠　赵　蕾　黄秀燕　王　宁
　　　　　邱大曼　李艳玲　孙光继　李海芸

阅读导航

（一）

高尔基（1868—1936）苏联无产阶级作家，社会主义现实主义文学的奠基人。原名阿列克谢·马克西莫维奇·彼什柯夫，小名阿廖沙，生于尼日尼·诺夫戈罗德一个佃工木匠家庭。他出身贫苦，幼年丧父，11岁即为生计在社会上奔波，当装卸工、面包房工人，贫民窟和码头成了他的"社会"大学的课堂。这对他的思想和创作发展具有重要影响。

1892年发表处女作《马卡尔·楚德拉》，登上文坛，首次用了"马克西姆·高尔基"这个后来闻名于世的笔名。在俄文里，"高尔基"这个词是"辛苦"的意思，他大概是要说明自己是出身于劳苦阶层的一个作家。他的早期作品，杂存着现实主义与浪漫主义两种风格，这是他无产阶级世界观形成前必然经历的阶段。浪漫主义作品如《马卡尔·楚德拉》、《伊则吉尔老婆子》（1895年）、《鹰之歌》（1895年）等，赞美了热爱自由、向往光明与英雄业绩的坚强个性，表现了渴望战斗的激情；现实主义作品如《契尔卡什》、《沦落的人们》、《柯诺瓦洛夫》等，描写了人民的苦难生活及他们的崇高品德，表达了他们的激愤与抗争。1901年他创作了著名的散文诗《海燕之歌》，这是一篇无产阶级革命战斗的檄文与颂歌，受到列宁的热情称赞。

1905年革命前夕，高尔基的创作转向了戏剧，1901—1905年，他先后写出了《小市民》、《底层》、《避暑客》、《太阳的孩子们》和《野蛮人》等剧本。

1906年高尔基写成长篇小说《母亲》和剧本《敌人》两部最重要的作品——标志着其创作达到了新的高峰。《母亲》塑造了世界文学史上批自觉为社会主义而斗争的无产阶级革命者的英雄形象，是社会主义现实主义文学的奠基作。列宁肯定了它的现实意义。

他在两次革命之间的创作成果颇丰，如《奥古洛夫镇》（1909年）、《夏天》（1909年）、《马特维·柯热米亚金的一生》（1910—1911）、《意大利童话》（1911—1913）、《俄罗斯童话》（1912—1917），以及稍后完成的自传体长篇小说三部曲的前两部《童年》和《在人间》（1913—1916）。

十月革命之后的十年间，高尔基因健康欠佳，仅写了关于列宁及一些作家的独具艺术风格与重要文献价值的回忆录及自传体三部曲的最后一部《我的大学》（1922—1923）、《阿尔塔莫诺夫家的事业》（1924—1925）等几部作品。1921年，他遵照列宁忠告，到国外养病。1931年回国之后，从1925年起着手创作卷帙浩繁的具有史诗气魄的长篇巨著《克里姆·萨姆金的一生》，这是一部未完成的作品。到1936年他去世前还写了《苏联游记》（1929年）、《英雄的故事》和多部剧作《耶戈尔·布雷乔夫等人》（1932年）、《托斯契加耶夫等人》（1933年）、《瓦萨·日烈兹诺娃》（1935年），以及大量的文艺理论、文学批评和政论文章，对马克思主义文艺理论和社会主义文化事业做出了重大贡献。

高尔基不仅是伟大的文学家，而且也是杰出的社会活动家。他组织成立了苏联作家协会，并主持召开了全苏第一次作家代表大会，培养文学新人，积极参加保卫世界和平的事业。

（二）

《童年》写于1913年，产生在风起云涌的革命时代。写自传性小说的想法，早就在高尔基的脑海中盘旋了。1893年他写的《使我心灵蒙受创伤的事实和思绪》和《传记》，其中的一些场面就已经接近《童年》里的一些情节了。列宁在听了他讲述自己的经历时，曾认真地对他说："您应该把这些全写下来，老朋友，应该写，这一切都是非常有益的、非常有益……"高尔基当即表示："我一定写……总有一天会写的。"《童年》一书1913年12月底脱稿，但从该年8月25日起，已在《俄罗斯言论报》开始连载。

高尔基为什么要将他童年的往事中不少令他即便回忆起来也感到痛苦的，写出来公之于众呢？除了因为他始终抱着"超脱自己"的态度来写作外，更重要的是，就如他在书中记述的："回想起野蛮的俄国生活中这些令人沉痛的罪行，我不禁反复诘问自己：这种事情值得一提吗？最后我满怀信心地回答：值得，因为这是活生生的丑恶的事实，直到今天它还没有绝迹。必须彻底了解这种事实，才能把它从记忆中、从人的心灵中和我们痛苦而耻辱的整个生活中彻底铲除干净。还有一个更好的理由促使我描写这些罪行。虽然它们令人作呕，使我们窒息，它们把许多美好的心灵都压抑至死，但俄罗斯人的心灵仍然健康、年轻，足以战胜也一定能够战胜这些罪行。我们的生活是令人惊奇的，这不仅因为它拥有一层孳生各种畜生败类的丰饶沃土，而且也因为这层土壤中毕竟能成功地长出鲜明、健康和创造的幼芽，能够生长人性中的善良，这会激励我们矢志不渝地憧憬人类光明的生活而获得新生。"这也可以说是他创作《童年》的真正意图。

（三）

阿廖沙·彼什柯夫——是小说的主人公，三岁丧父后，和母亲投奔外祖父家。在那里，他得到了外祖母的疼爱、呵护，接受了许多外祖母讲的优美童话的熏陶。同时目睹了外祖父的残暴，两个舅舅为争夺家产打架中所表现出来的自私、贪婪。小小的年龄就饱尝了生活中的善与恶。11岁，母亲去世，外祖父也破了产，他走向了社会，独立谋生。他深切地体会到了底层劳苦大众的非人般的奴隶的生活，开始模糊地认识到沙皇专制制度的反动本质，同时也发现了劳动人民淳朴善良、吃苦耐劳的优秀品质。

外祖母——慈祥能干，热爱生活，隐忍，宽容。她如一盏明灯，照亮了阿廖沙敏感而又孤独的心。她还常常给阿廖沙讲怜悯穷人、歌颂正义和光明的民间故事。她对阿廖沙的影响是巨大的，如书中所说："在她没有来之前，我仿佛是躲在黑暗中睡觉，但她一出现，就把我叫醒了，把我领到光明的地方……是她那对世界无私的爱丰富了我，使我充满坚强的力量以应付困苦的生活。"外祖母是高尔基最敬爱、最亲切，同时也是倾注了最深厚的感情塑造的艺术形象。高尔基曾打算把《童年》改名为《外祖母》。可见她在作品中的地位是多么的特殊。在这冰冷的世界里，外祖母的庇护，给予他无限的温情和钟爱，并对他进行了有益的指导。

外祖父——凶狠，残暴。对金钱的贪婪腐蚀了他的灵魂，为了高攀上层，进入上流社会，他要把女儿嫁给贵族，反对她和善良的手工业者结婚。随着家业衰落，他变得贪婪、吝啬、专横，经常打外祖母和孩子们，狠心地剥削手下的工人。有一次，竟把阿廖沙打得昏死过去。格里戈里是和他共同奋斗多年的老伙伴，由于眼睛失明，被他一脚踢出大门。他凶恶、没有亲情、唯利是图、薄情寡义。然而在他内心深处也有着残存的善良，展现出他人性的复杂性。

目录

一 / 2

二 / 15

三 / 32

四 / 50

五 / 66

六 / 80

七 / 89

八 / 102

九 / 123

十 / 144

十一 / 166

十二 / 187

十三 / 209

给我的儿子

> 父亲患霍乱病死了,刚生下来的小弟弟也死了,阿列克谢和母亲离开家乡阿斯特拉罕,到尼日尼去,投奔外祖父一家。在那里,等待他的将是什么样的生活呢?

<small>本段描写真实地表现了一个3岁男孩的心态。他年纪小,不懂得死亡意味着什么,他注意的是那些他认为有趣、奇怪的事情。</small>

在这幽暗的小屋里,我父亲躺在窗下地板上,他穿着白衣裳,身子伸得老长老长的;他的光脚板的脚趾头,奇怪地张开着,一双可亲的手安静地放在胸脯上,手指也是弯的;他那一对快乐的眼睛紧紧地闭住,像两枚圆圆的黑铜钱,他的和善的面孔发黑,难看地龇着牙吓唬我。

母亲跪在那里,上身没穿衣裳,下半身围着红裙子。她用那把我爱拿来锯西瓜皮的小黑梳子,把父亲又长又软的头发从前额梳到后脑勺;母亲老是自言自语,声音粗重而且沙哑,她的灰色眼睛肿得仿佛要融化似的,大滴大滴的泪水直往下滚。

外祖母拉着我的手。她长得圆圆的,头大眼睛也大,松软的鼻子挺可笑;她穿一身黑衣裳,整个人都是柔软的,好玩极了;她也哭,哭得挺别致,仿佛挺熟练地伴随着母亲哭,浑身发抖,拉着我往父亲身边推;我躲在她背后,死撑着不愿去;我又害怕又觉得怪别扭的。

我从未见过大人哭,也不明白外祖母再三地说的话是什么意思:

"跟爸爸告别吧,你再也看不见他了,亲爱的孩子,他不到年纪，不到时候就死了……"

我得过一场大病。才刚下地。我病着的时候记得很清楚：父亲高高兴兴地看护我，可是后来，他忽然不见了，却换了一个奇怪的人——外祖母来看护我。

"你从哪儿来的？"我问她。

她回答：

"从上边，从尼日尼来的，不是走来的，是坐船来的，在水上不能走，小鬼！"

这真可笑，使人摸不着头脑，因为在我们家楼上住着几个染了头发的大胡子波斯人，地下室住着一个黄脸的加尔梅克老头子，是贩卖羊皮的；沿着楼梯，可以骑着栏杆溜下去，要是摔倒了，就翻着筋斗往下滚，——这我是知道得很清楚的。这和水有什么关系呢？一切都乱套了，都糊涂得令人好笑。

"为什么我是小鬼？"

"因为你多嘴，"她也笑着说。

她讲起话来又亲切，又快乐，又流利。从见到她的第一天起，我就和她要好了，现在我希望她快点领我离开这间屋子。

母亲使我感到压抑，她的眼泪和号哭都在我心里引起新奇的、不安的感觉。我第一次看见她这个样子，——她一向态度很严厉，很少说话；她总是打扮得干干净净，平平帖帖的；她的个子高高大大，像一匹马；她有一副筋骨坚硬的体格和两只劲头极大的手。可是现在，不知为什么，她全身都膨胀起来，弄得乱七八糟，看去令人怪不舒服的，衣服也全撕得破破烂烂的；头发本来梳得很齐整，像一顶光亮的大帽子，现在披散到赤裸的肩膀上，耷拉到脸上，编辫子的那半头发，来回摆动着，触动睡着了的父亲的脸。我已经在屋里

> 对外祖母的描写充满着依恋之情。

> 对母亲的描写，反映了母亲在失去父亲后悲痛欲绝的心情。

4 童 年

站了很久,可是她连一眼也不看我,她老是梳父亲的头发,不断地号啕大哭,眼泪扑簌簌地直流。

穿黑衣裳的乡下人和警察从门缝里伸头看看。警察气哼哼地叫了一声:

"快点收拾!"

窗户是用黑披肩遮着的;披肩给吹得像船帆似的鼓起来。有一次,父亲带我划帆船,忽然霹雳一声雷响,父亲笑起来,膝头紧紧夹着我,大声说:

"没关系,不要怕,'大葱头'!"

母亲忽然从地板上费劲地挺身站起,马上又坐下去,仰面倒下,头发铺散在地板上。她紧闭着两眼,刷白的面孔变青了。她像父亲那样龇着牙,声音可怕地说:

"把门关上……阿列克谢,滚出去!"

外祖母推开了我,跑到门口喊道:

（人们的冷漠、无情。）"亲爱的人们,不要怕,不要管她,为了基督,请你们走开吧!这不是霍乱症,是生孩子,请原谅,好人们!"

我跑到黑暗的角落里,躲到箱子后面,从那里看母亲在地上打滚,呻吟,牙齿咬得格格地响,外祖母在她身边爬着,亲切地,快乐地说:

"为了圣父和圣子,瓦留莎,忍住点儿!圣母保佑……"

我吓坏了。她们在父亲身旁的地板上忙成一团,碰他,唉声叹气,喊叫,可是他一动不动,仿佛还在笑呢。她们在地板上忙了很久。母亲好几次站起来又倒下去。（比喻句。诙谐、幽默。）外祖母像一个又黑又软的大皮球,从屋子里滚出去又滚进来;后来,忽然在黑暗中有一个小孩哭了。

"荣耀归于主!"外祖母说。"是个男孩!"

说罢她点上了蜡烛。

我大概是在墙角睡着了,以后的事全记不得了。

留在我记忆中的第二个印象,是雨天,坟场荒凉的一角。我站在溜滑的黏土小丘上,看父亲的棺材放进一个坑里;坑底全是水,还有几只青蛙,其中两只已经爬到黄色的棺材盖上了。

在坟旁边,有我,有外祖母,有浑身淋湿了的警察,还有两个手拿铁锹的脸色阴沉的乡下人。<u>温暖的雨点像细碎的玻璃珠子,不停地洒在大家身上。</u>

> 比喻句。把雨点比喻珠子,很形象。

"埋吧,"警察往一旁走开,说道。

外祖母哭了,用头巾的一角捂着脸。两个乡下人躬着腰急忙往坟坑里撒土,打得水啪哧啪哧地响;那两只青蛙从棺材上跳下来,开始往穴壁上爬,但是土块把它们打落到坑底了。

"走吧,廖尼亚,"外祖母抓住我的肩膀说。我从她手里挣脱了,我不想离开。

"你真是的,主啊,"外祖母不知是埋怨我还是埋怨主,她低着头,默默地在那里站了很久。墓穴都填平了,她还站在那里不动。

两个乡下人嘭嘭地用铁锹平地。刮起一阵大风,把雨刮跑了。外祖母搀着我的手,领我穿过许许多多发黑的十字架,向老远老远的教堂里走去。

"<u>你怎么不哭啊?</u>"我们走出围墙的时候,她问我。"应当哭一场!"

"<u>我不想哭,</u>"我说。

> "我"的回答表现出"我"坚强的性格。同时也暗含着"我"不谙世事之义。

"不想哭,那就不要哭好了,"她悄悄地说。

很奇怪:我很少哭,即使哭,也是因为受了气,不是因为疼。父亲常常笑我流泪,母亲也总是吵我:

"不许哭!"

后来,我们坐着一辆小马车在宽宽的很龌龊的街道上走,

6 童年

街两旁都是深红色的房屋;我问外祖母:

"那两只青蛙爬不出来吧?"

"爬不出来了,"她回答。"不要紧,有上帝保佑它们呢!"

不论是父亲还是母亲,都没有这么亲热、这么频繁地念叨着上帝。

> 刚生下来的弟弟死了,对母亲又是一个打击。

过了几天,我、外祖母和母亲,搭上了轮船,坐在小小的船舱里;刚生下来的小弟弟马克西姆死了,包着白布,外面缠着红带子,躺在角落里的一张桌子上。

我坐在包袱和箱子堆上,从那又圆又鼓、像马眼睛的小窗户往外眺望;在潮湿的窗外,泛起泡沫的混浊的水不断地流,时常飞溅起来,舐着窗户玻璃。我就不由得跳到地上。

"不要怕,"外祖母说,她两只软绵绵的手轻轻地抱起我,又把我放到包袱上。

> 此处人物描写,衬托出母亲内心巨大的悲伤。

水面上是灰蒙蒙的湿雾,远方是黑色的土地,接着它又消失在雾里和水里了。周围的一切在颤动,只有母亲把两手放到脑后,倚着船壁僵直地站着,一动不动。她的面孔阴暗,铁青,瞎子一般,她两眼紧闭,老是一声不响,人完全变样了,变成了一个新的人,连她穿的衣服我都觉得陌生。

外祖母不止一次低声对她说:

"瓦里娅,我说,你最好吃点东西,少吃一点,好不好?"

她沉默着,一动不动。

> 外祖母仁慈善良、善解人意。

外祖母和我说话时,轻声细语,和母亲说话时,声音高一点,但不知为什么很小心,胆怯,而且话不多。我觉得她怕母亲。我看出这一点,这使我对外祖母更亲近了。

"萨拉托夫,"母亲突然生气地大声说。"那个水手呢?"

连她说的话也很奇怪,令人听不懂:萨拉托夫,水手。

进来一个宽肩膀、白头发的人,穿着一身蓝衣裳,拿来一个小匣子。外祖母接过小匣子,把小弟弟的尸体放到里面,装好后，外祖母伸直胳膊托着小匣子向门口走去，但是她太胖，要侧着身子才能挤过狭窄的舱门，她停在门口，可笑地不知所措。

"看你，妈妈！"母亲叫了一声，从她手里夺过棺材，于是她们俩不见了，我还留在舱里，仔细地打量那个穿蓝衣服的男人。

"怎么样，小弟弟死了吧？"他弯下身来对我说。

"你是谁啊？"

"我是水手。"

"萨拉托夫是谁啊？"

"是城市。你往窗外看，那不是！"

土地在窗外移动着；黑暗而陡峭的土地雾气腾腾的，像是刚从大圆面包上切下来的一大片面包。

"外婆到哪儿去了？"

"埋外孙子去了。"

"把他埋到地底下吗？"

"不埋到地底下埋到哪儿？"

我讲给水手听，埋父亲的时候，活埋了两只青蛙。他抱起我，搂紧我亲了亲。

"唉，小弟弟，你还不懂事呢！"他说。"用不着可怜青蛙，不要管它们！你可怜可怜妈妈吧，你看她难过得成了什么样子！"

汽笛在我们头顶上呜呜地响了。我已经知道这是轮船拉笛，所以不害怕。那个水手急忙把我放下，拔腿就往外跑，一面还说：

"要快跑！"

我也想跟着跑。我走到门外。在半明半暗的夹道里一个人也没有。离门不远，楼梯上的镶铜闪着光。我往上一看，

<small>"我"年幼不懂事，说起埋父亲时，不仅没感到悲伤，倒提起埋了"两只青蛙"的事。</small>

8 童年

看见一些人背着背袋、提着包袱。很显然,大家都要下轮船了,那我也应当下轮船。

可是,当我和一群男子一起走到船舷踏板前面时,大家都对我嚷起来:

"这是谁的孩子?你是谁的孩子?"

"我不知道。"

有老长时候,人们挤我,扯我,摸我。最后,那个头发斑白的水手来了,抱起我,解释说:

"这是从阿斯特拉罕上来的,从舱里跑出来的……"

他抱着我跑到舱里,把我往行李上一丢,就走了,一面指着我吓唬说:

"再动我就打你了!"

我头顶上的吵闹声渐渐地静了,轮船已经不在水上噗噗地响,也不打颤了。舱里的窗户给挡上了一堵潮湿的墙;变得又黑又闷,包袱好像胀大了,挤得我难过,一切都变得不好了。也许,我就这样永远一个人留在这空荡荡的轮船上吧?

我走到门跟前。门开不开,铜门把拧不动。我拿起盛着牛奶的瓶子,使大劲儿朝铜把打过去。瓶子碎了,牛奶溅了我满腿,流进了靴筒里。

我因遭到失败而感到懊丧,便躺到包袱上,悄悄地哭起来,哭着哭着,噙着泪水就睡着了。

我醒来时,轮船又颤动着噗噗地响了。船舱的窗户明晃晃的,像一个太阳。外祖母坐在我身旁梳头,皱着眉头,老是自言自语地咕哝着。她的头发多得出奇,密密地盖着两肩、胸脯、两膝,一直垂到地上,乌黑乌黑的,泛着蓝光。她用一只手从地上把头发兜起来提着,挺费劲儿地把稀疏的木梳齿儿梳进厚厚的发绺里;她的嘴唇歪扭着,黑眼珠儿闪耀着气愤的光芒,她的脸在大堆的头发里变得又小又可笑。

<small>说明大家对"我"的身份都不了解。</small>

<small>母亲和外祖母没在身边,"我"感到了孤单。</small>

<small>这一段详细地刻画了外祖母的外貌和神态。描写细致传神。</small>

她今天样子很凶，但当我问起她的头发为什么这样长的时候，她还是用昨天那样温暖而柔和的腔调说：

"看来这是上帝给我的惩罚，上帝说：给你梳这些该死的头发去吧！年轻的时候，我夸耀过这一把马鬃，到老来，我可诅咒它了。你睡吧！还早着呢，——太阳睡了一夜刚起来……"

"我不想睡！"

"不想睡就不睡好了，"她马上表示同意，一面编辫子，一面往沙发那边瞧，母亲就在沙发上躺着，脸朝上，身子直得像一根弦。"你昨天怎么把牛奶瓶子打破了？你小点声说！"

外祖母说话好似在用心地唱歌，<u>字字句句都像鲜花那样温柔、鲜艳和丰润，一下子就牢牢地打进我的记忆里</u>。她微笑的时候，那黑得像黑樱桃的眼珠儿睁得圆圆的，闪出一种难以形容的愉快光芒，在笑容里，快活地露出坚固的雪白的牙齿，虽然黑黑的两颊有许多皱纹，但整个面孔仍然显得年轻，明朗。但这面孔却被松软的鼻子、胀大了的鼻孔和红鼻尖儿给弄坏了。她从一个镶银的黑色鼻烟壶里嗅烟草。她的衣服全是黑的，但通过她的眼睛，从她内心却射出一种永不熄灭的、快乐的、温暖的光芒。她腰弯得几乎成为驼背，肥肥胖胖，可是举动却像一只大猫似的轻快而敏捷，并且柔软得也像这个可爱的动物。

在她没来以前，我仿佛是躲在黑暗中睡觉，但她一出现，就把我叫醒了，把我领到光明的地方，用一根不断的线把我周围的一切联结起来，织成五光十色的花边，她马上成为我终身的朋友，成为最知心的人，成为我最了解、最珍贵的人，——是她那对世界无私的爱丰富了我，使我充满了坚强的力量以应付困苦的生活的。

四十年前，轮船走得很慢；我们坐了好多天的船才到尼日尼，我清楚地记得最初的几天是多么美。

<small>"通感"的修辞方法。化听觉为视觉、触觉。</small>

<small>这段话生动地刻画了外祖母慈爱美丽的外表，间接地表现出她善良宽容的心地。</small>

<small>"四十年前"在这里作者换成了成人的视角来叙述。</small>

10 童年

> 对尼日尼城市的景物描写。

天气变好了，我和外祖母从早到晚都待在甲板上，头上是明净的天空，伏尔加两岸被秋天镀上一层金，又缝上了绸缎。橘红色的轮船逆流而上，轮桨徐徐地、懒懒地拍打着瓦蓝色的水，发出隆隆的声音，船尾用一条长长的牵引索拖着一只驳船。驳船是灰色的，样子像一只土鳖。太阳在伏尔加河上空静悄悄地浮动着；周围的景致时时刻刻变换着，时时刻刻都是新的。翠绿的山好似大地的富丽衣服的华美褶儿。沿岸有城市和乡村，远远看去宛如一块块的甜点心。水面上漂着金黄色的秋叶。

"你瞧，多么好啊！"外祖母不断地这样说，一会儿跑到船这边，一会儿跑到船那边，她容光焕发，高兴得睁大了眼睛。

她常常对着河岸出神，把我也给忘了；她站在船边，两手交叉在胸前，微微笑着，一声不响，眼里含着泪水。我拉拉她的挑花的黑裙子。

"啊？"她抖擞了一下。"我仿佛在打瞌睡，做了一个梦似的。"

"你哭什么？"

"亲爱的，我哭是因为快乐，因为年老，"她微笑着说。"我已经老了，你知道吧，我的岁月过了六十整了。"

她闻了闻鼻烟，开始给我讲一些珍奇的故事：讲慈善的强盗，讲圣人，讲各种怪兽和妖魔。

> 外祖母讲的故事，令"我"很着迷。

她讲童话故事的时候，声音很低，很神秘，她俯下身子凑近我的脸，睁大了眼珠儿注意地看着我的眼睛，就仿佛往我心里灌输一种使我振奋的力量。她说话像唱歌似的，越说越流畅。听她说话使人有说不出的愉快。我每次听完以后，总是要求：

"再讲一个！"

"好，再讲一个：有一个老家神坐在灶炉底下，面条儿扎进了他的脚掌儿，他摇来晃去的，哼哼吱吱地叫：'哎哟，小老鼠，疼啊，哎哟，小老鼠，我受不了啊！'"

外祖母抬起一只脚，两手握着它，悬空摆来摆去，可笑地装出一副苦脸，仿佛她自己感觉疼痛似的。

水手们（一群长胡子的和蔼的男人）站成一圈儿，他们一面听，一面笑，夸奖外祖母，也要求说：

"老太太，再讲一个吧！"

然后他们都说：

"走，跟我们一块儿吃晚饭去！"

吃晚饭的时候，他们请外祖母喝伏特加酒，请我吃西瓜和香瓜。这都是偷偷地做的，因为船上有一个人禁止吃瓜果，他会把瓜果夺走扔到河里的。他穿得很像警察，制服上钉有铜扣子，整天醉醺醺的，人们都躲开他。

_{醺(xūn)：酒醉。}

母亲很少到甲板上来，总是躲开我们。她始终沉默着。她身躯高大，挺直，面孔发黑，铁似的冷静，粗大的浅色辫发像王冠似的盘在头上；她全身结实而有力。我现在回想起来，总觉得有一层雾或者透亮的云包围着她，她那对跟外祖母一样大的灰色的眼睛，从这云雾里远远地冷漠地眺望着。

有一次她严厉地说：

"人家笑您呢，妈妈！"

"管他们呢！"外祖母满不在乎地回答。"让他们笑去吧，让他们笑个痛快！"

我记得，外祖母一看见尼日尼，就<u>高兴</u>得像小孩子似的。她拉着我的手，推着我走到船舷旁边，大声地说：

_{一个"高兴"，一个"阴沉"，表现出母女二人心情极大的不同。}

"你瞧，你瞧，多么好看！那就是尼日尼，我的天啊！瞧它，简直像神仙住的地方！你再瞧那教堂，活像在空中飞翔似的！"

12 童年

她几乎哭了出来，央求我母亲说：

"瓦留莎，你倒是看一看啊，嗯？大约你把这些地方都忘了吧？高兴高兴吧！"

母亲<u>阴沉</u>地笑了笑。

轮船停在美丽的城对面河心当中，河上挤满了船只，几百根尖尖的桅杆耸立着。一只满载着人的大船向轮船靠拢来，钩杆抓住放下来的梯子，人们一个个地从那只大船走上甲板。有一个干瘦的小老头在最前头飞快走着，他穿着一身黑色的长衣服，胡子是赤金色的，有着一个鸟嘴鼻子和一对绿莹莹的小眼睛。

"爸爸！"母亲深沉而响亮地喊叫了一声，就扑到他的怀里，他抱着她的头，急忙用那通红的小手抚摩着她的两腮，声音尖厉地喊道：

"怎么啦？傻孩子。噢哟！原来是这么着……嗨，你们这些人啊……"

<u>外祖母像陀螺似的乱转</u>，转眼工夫就把所有的人都拥抱过、亲吻过；她推着我走到人们面前，急忙地说着：

> 比喻句。表现出外祖母的善良、热情。

"快点快点！这是米哈伊洛舅舅，这是雅科夫舅舅……纳塔利娅舅妈，这是两个表哥，都叫萨沙，卡捷琳娜表姐，这都是我们一家子，你看有多少！"

外祖父问她：

"你身体好吗？老妈妈。"

他们对吻了三下。

外祖父把我从挤在一起的人堆里拉出来，按着我的头问道：

"你是什么人啊？"

"我是从阿斯特拉罕上来的，从船舱里跑出来的……"

"他说什么？"外祖父问我母亲，没等回答，就推开我说道：

"颧骨跟父亲的一样……下船吧！"

下了船，我们一群人沿着斜坡往上走，坡上铺着大鹅卵石，两旁高高的陡坡长满了枯黄的践踏了的野草。

外祖父和我母亲走在大家的前头。他的个儿只到她的肩膀，他走起路来步子细而快，她却宛如在空中漂浮着，从上往下望着他。两个舅舅默默地在后面跟着：米哈伊尔舅舅的黑头发梳得光光的，像外祖父一样干瘦；雅科夫舅舅的头发是浅色的，曲卷着；还有几个穿着鲜亮衣服的胖女人和六个孩子，这些孩子都比我大，都是安安静静的。我和外祖母、小个子舅母纳塔利娅一块儿走着。她面色苍白，蓝眼睛，挺大的肚子，常常停下来，气喘喘地低声说：

"噢唷，我走不动了！"

"他们干吗要惊动你？"外祖母气愤愤地说。"一家子蠢货！"

不论是大人还是小孩，我都不喜欢，我觉得自己在他们中间是陌生人，甚至连外祖母也有点失去原先的光彩，显得疏远了似的。

特别使我不喜欢的是外祖父；我在他身上立刻闻到敌意，他引起我对他的特别注意和一种畏惧的好奇心。

我们上了坡。坡顶上靠右边斜坡开始有大街的地方，坐落一所低矮的平房，涂着脏污的粉红油漆，房盖低低地压下来，窗户是往外鼓的。从外面看，我觉得很大，可是里面，分成一间间的半明半暗的小房间，很拥挤；像在靠码头的轮船里似的，到处都是怒气冲冲的人忙来忙去，小孩子像一群偷食的麻雀乱蹿乱跳，到处闻到一种刺鼻的从未闻过的气味。

我到了院子里。院子也令人不愉快：满院子挂的都是整幅的湿布，到处摆着桶，桶里盛着稠糊糊的五颜六色的水，

颧（quán）骨：面颅骨之一，位于面中部前面，眼眶的外下方，菱形。形成面颊部的骨性突起。

连大肚子的舅母纳塔利娅都来迎接"我们"，外祖父一家人都很热情。

外祖父给"我"的第一印象就不好，后来的经历更验证了这一点。

"我"在这里感到不愉快。

里面泡着的也是布。在墙角一间低矮的快要倒塌的旁屋里，炉子里木柴烧得正旺，有什么东西煮沸了，嘟嘟地响，一个看不见的人高声说着奇怪的话：

"紫檀——品红——硫酸盐。"

情境赏析

　　本章完全是用儿童的视角来观察描写生活的，使"童年"更加生动，充满童趣。对于父亲的死，他还不能完全明白，生与死对他而言来得太早，他无法理解"存在"的深刻性。他对一切都充满了好奇，在他心里享受着各种各样的变化给他带来的新奇感，却丝毫没能体会到事件本身的悲伤。母亲的悲恸欲绝，外祖母的辛苦操劳，都是他所无法理解的。他所关心的是那两只青蛙的死活。在他心中，青蛙的死活才是重要的，那也是他实在感受到的。他一直想着那两只青蛙，以至于见到刚认识的水手，告诉他的第一件事就是关于青蛙的消息。

　　本章最突出的手法就是以儿童的视角来描写整个事件的经过。在孩子眼中，"死亡"是如此的不被关注，甚至人的死亡都不如一只青蛙的死亡来得重要，这样写更显示出死亡的伤感、悲凉。

名家点评

　　《童年》不仅是一部艺术珍品，而且是高尔基的传记，是他全部创作的注解，对于我们来说是极为珍贵的。

——（俄）柴科夫斯基

> 外祖父家里弥漫着仇恨之雾，舅舅们争吵着要分家，外祖父的脾气又很暴戾，因一件小事把阿列克谢打得失去了知觉，阿列克谢的悲惨生活开始了。

  种浓厚的、色彩斑驳的、离奇得难以形容的生活，以惊人的速度开始奔流了。在我的记忆中，那段生活，仿佛是由一个善良而且极端诚实的天才美妙地讲出来的一个悲惨的童话。现在我把过去回想一下，有时连我自己也难以相信竟会发生那样的事，有很多事情我很想辩驳、否认，因为在那"一家子蠢货"的黑暗生活中，残酷的事情太多了。

  但真理比怜悯更高，要知道，我不是在讲我自己，而是讲那令人窒息的、充满可怕景象的狭小天地。<u>在这里，普通的俄国人曾生活过，而且直到现在还在生活着。</u>

  外祖父家里，弥漫着人与人之间的炽热的仇恨之雾；大人都中了仇恨的毒，连小孩也热烈地参加一份。后来从外祖母嘴里我才知道，母亲来到的时候，她的两个弟弟正在坚决地要求父亲分家。母亲突然回来，使他们的分家愿望更强烈，更尖锐了。他们害怕我的母亲讨回那份本来给她预备、但是因为她违背外祖父的意志"自己作主"结婚而被外祖父扣留了的嫁妆。舅舅们认为嫁妆应当分给他们。此外还为了谁在城里开设染坊、谁到奥卡河对岸库纳维诺村去，彼此早就无

> 作家以成人的视角评点生活，使得所写的文字含义更清晰、更深刻、更富有思想性和哲理性。

> 小说写"我"的经历的意义就在于此。

> 舅舅们要分家的原因。

情地争吵不休了。

我们来了不久，在厨房里吃饭的时候，就爆发了一场争吵：两个舅舅忽地一声站起来，把身子探过桌子，冲着外祖父大叫大吼，像狗似的冤屈地龇着牙，哆嗦着。外祖父用羹匙敲着桌子，满脸通红，叫声像公鸡打鸣一样地响：

> 为什么用这样的两个比喻？

"叫你们全给我讨饭去！"

外祖母痛苦得面孔都变了样儿，说：

"全都分给他们吧，你也好落得耳根清静，分吧！"

"住嘴，都是你惯的！"外祖父叫喊着，两眼直放光。真怪，别看他个子小，叫起来却震耳朵。

母亲从桌子旁站起来，慢慢地走到窗口，背转身去不看大家。

米哈伊尔舅舅忽然扬起手对着他弟弟的脸就是一下；弟弟大吼一声，揪住了他，两个人在地板上滚开了，发出一片喘息、呻吟、辱骂的声音。

孩子们都哭了；怀孕的纳塔利娅舅母拼命地喊叫；我的母亲抱着她拖走了；快乐的麻脸保姆叶夫根尼娅把孩子们撵出了厨房；椅子都弄倒了；年轻的宽肩膀的学徒"小茨冈"骑在米哈伊尔舅舅背上，格里戈里·伊凡诺维奇师傅，这个秃顶、大胡子、戴黑眼镜的人，却平心静气地用手巾捆着舅舅的手。

> 打架场面的描写栩栩如生，语言生动活泼。把每个人的动作、表现、心理都鲜明地描写出来，给人一种身临其境的感觉。

舅舅伸长了脖子，稀疏的黑胡子摩擦着地板，呼呼地喘得可怕；外祖父绕着桌子乱跑，悲哀地号叫：

"亲兄弟！亲骨肉！嗨，你们这些人啊……"

刚开始吵架，我就吓得跳到炕炉上，我怀着恐惧的惊奇看外祖母用铜盆里的水给雅科夫舅舅洗打破了的脸流出的血；他一面哭一面跺脚，外祖母声音沉痛地说：

"该死的，这帮野种，清醒清醒吧！"

外祖父把撕破的衬衫拉到肩膀上,对她喊叫:

"老妖婆,看你生的这群野兽!"

雅科夫舅舅走后,外祖母躲到角落里,颤颤抖抖地号啕着:

"圣母啊,求求你使我的孩子们通点人性吧!"

外祖父侧着身子站在她面前,望着桌子。上面的东西全给碰翻了,流了一桌子水。他低声说:

"老婆子,你看着他们一点儿,不然他们会欺负瓦尔瓦拉的,说不定……"

"算了吧,上帝保佑你!把衬衫脱下来,我给你缝缝……"

她用手掌抱着外祖父的头,亲了亲他的前额;他(他的个儿比她小)把脸贴到她的肩上。

"看样子得分家啦,老婆子……"

"得分家,老爷子,得分家!"

他们俩谈了很久。起先谈得倒融洽,后来外祖父就像准备斗架的公鸡,用脚搓地板,指着外祖母,吓唬她,大声地私语说:

"我就知道你,你比我疼他们!可是你的米什卡是个笑面虎,雅什卡是个共济会员!他们将来会把我的家产全都喝光的,光知道挥霍……"

我在炕炉上翻翻身,因为翻得太笨,把熨斗碰掉了;它稀里哗啦地顺着炉梯滚下去,扑通一声掉进脏水盆里。

外祖父一下子跳到炉梯上,把我拖了下来,细细地瞧我的脸,好像是初次看到我似的:

"谁把你放到炕炉上的?是妈妈吗?"

"是我自己上去的。"

"撒谎。"

"没有撒谎,是我自己上去的。我害怕来着。"

> 外祖母有什么样的心情?

> 外祖父、外祖母的关系如何?这里可略见一斑。

他轻轻地用手掌拍了一下我的额头,把我一推。

"活像他爸爸!滚开……"

我高兴地从厨房里跑了出去。

我看得很清楚,外祖父那对聪明锐利的绿眼睛老是注视着我,我很怕他。我记得,我总想避开这一对火辣辣的眼睛。我觉得外祖父脾气很坏;他不论和谁讲话,总是嘲笑人,欺负人,摆出一副挑战的架势,极力惹对方生气。

"嗨,你们这些人啊!"他常常感叹说,"啊"这个音拉得很长,一听见就引起我一种无聊的、想打冷战的感觉。

在休息的时刻,在吃晚茶的时候,当外祖父、舅舅和伙计们从作坊回到厨房时,大家都疲倦不堪,手被紫檀染得通红,被硫酸盐灼伤,头发用带子箍着,一个个活像厨房角落里暗黑色的圣像,——在这危险的时刻,外祖父坐在我对面,使他的孙子们觉得很羡慕,因为他对我比起对他们谈得多。<u>他身子长得匀称,线条分明,尖尖瘦瘦</u>。他那丝线缝的圆领绸背心破旧了,印花布的衬衫揉皱了,裤子膝盖上有两块大补丁,但是比起穿着上衣和护胸、脖子围着三角绸布的两个儿子来,仍然使人觉得他穿得干净而且漂亮。

我们来了不几天,他就逼着我学祈祷。其他的孩子都比我大,已经跟圣母升天教堂里一个助祭学认字去了。从家里的窗户望去,可以看见教堂的金顶。

教我念祷词的是那个稳静而胆小的纳塔利娅舅母,她的小圆脸跟儿童的一样,眼睛透亮。我仿佛觉得,从这对眼睛里可以看见她脑后的一切。

我喜欢看她的眼睛,目不转睛地长久地看着。她两眼眯缝着,脑袋转来转去,悄悄地、几乎像耳语似的恳求说:

"喂,请你说:'我们在天之父……'"

旁注:
- "我"对外祖父的印象。
- 外形描写,能看出他的性格吗?
- 从这段描写中可以看出舅母的性格。

如果我问："什么是'雅科、热',"她就胆怯地环顾一下,忠告道:

"你不要问,越问越糟!就简单地跟着我说:'我们在天之父'……说啊?"

使我觉得很不安:为什么越问越糟?"雅科、热"这个词的意思不明显,我有意想法把它念得走样:

"'雅科夫、热','雅、夫、科热'……"

但是苍白的、仿佛浑身正在融化的舅母耐心地用她那老是断断续续的声音改正说:

"不是,你就简单地说:'雅科、热'……"

但是,不论她本人,不论她说的话,都不简单。这惹我生气,妨碍我记祈祷词。

有一天外祖父问我:

"告诉我,阿廖什卡,你今天做了些什么事?玩来着!我看你额头上有一块青疙瘩,就知道你干什么来的。赚一块青疙瘩算什么能耐!'主祷经'念熟了吗?"

舅母轻轻地说:

"他的记性不好。"

外祖父冷笑一声,快乐地扬起红眉毛。

"要是这样,那就得挨揍!"

他又问我:

"父亲揍你吗?"

我不懂他说的是什么话,所以没有回答,母亲却接过去说:

"没有,马克西姆从来不打他,还叫我也不许打他。"

"这是为什么啊?"

"他说,用鞭子教不出人来。"

"他是个大傻瓜,上帝原谅我说死人马克西姆的坏话!"

（"我"喜欢念祈祷词吗?为什么?）

（外祖父的话并不友善,他是在借题发挥。）

（外祖父为什么这样问?）

（父亲的做法反衬出外祖父的残暴。）

外祖父咬字很清楚，气愤地说。

他这句话使我感到屈辱。他看出了这一点。

"你干吗撅嘴啊？看你那样子……"

他摸了摸他那斑白的红头发，又补充说：

"为顶针的事，星期六我要抽萨什卡一顿。"

"什么叫'抽'啊？"我问。

大家都笑了，外祖父说：

"等一等你就知道啦……"

> 揣摩(chuǎimó)：反复思考推敲。揣：估计；推测。

我心里暗暗揣摩："抽"就是把送来染色的衣裳"拆开"，而"揍"跟"打"显然是一回事。打马，打狗，打猫；在阿斯特拉罕警察打波斯人，这我是见过的。可是我从未见过这样打小孩，虽然这里的舅舅们有时弹自己的孩子的额头，有时弹后脑勺，孩子们对这都满不在乎，只是搔一搔弹肿了的地方。我不止一次地问他们：

"疼吗？"

他们总是很勇敢地回答：

"一点儿也不疼！"

为了顶针的事，闹得沸沸扬扬，这我是知道的。有天晚上，在已经喝过茶，还没有吃晚饭之前，舅舅们和格里戈里师傅正在把染好了的成幅料子缝成一匹一匹的，然后在上面缀个厚纸签儿。米哈伊尔舅舅想跟那个快瞎的格里戈里开个玩笑，叫九岁的侄儿在蜡烛上烧师傅的顶针。萨沙用烛花镊子夹着顶针烧起来，把它烧得滚烫滚烫的，偷偷地放到格里戈里的手底下后，就躲到炉子后面去了。可巧这时外祖父来了，坐下来想干活，于是就戴起了那只烧热的顶针。

> 这个"玩笑"可不好笑。

> 惹祸了吗？

我记得，听见吵闹声，我就跑进厨房里，这时外祖父正用烧伤了的指头抓住耳朵，可笑地蹦跶着，叫道：

"这是谁干的？你们这些异教徒！"

米哈伊尔舅舅俯在桌子上,用指头拨弄着顶针,对它吹气;匠人若无其事地在那里缝东西,影子在他那巨大的秃脑袋上跳动着;雅科夫舅舅跑了进来,躲在炕炉拐角后面偷笑;外祖母用擦子擦生马铃薯。

"这是雅科夫的萨什卡干的,"米哈伊尔舅舅突然说。

"胡说!"雅科夫大喝一声从炕炉后跳了出来。

他的儿子在炕炉后面哭了,叫道:

"爸爸,别信他的话。是他叫我干的!"

两个舅舅互相骂起来。<u>外祖父马上消了气,把马铃薯糊糊敷到手上,一声不响地领着我走了。</u>

> 以外祖父的坏脾气,在这里,为什么能"马上消了气"?

大家都说是米哈伊尔舅舅的过错。我自然在喝茶的时候要问:"要不要揍他和抽他?"

"要,"外祖父气嘟嘟地说,斜着眼看了我一下。

米哈伊尔舅舅朝桌子上一拍,对我母亲喝道:

"瓦尔瓦拉,管管你的狗仔子,不然我就揪掉他的脑袋!"

母亲说:

"你试一试,敢动他……"

大家都不再说话了。

她善于说这样简短的语句,就好像这些语句把人们从她身边推开,把他们甩得远远地,使他们变得很渺小。

> 母亲的力量。

我清楚地知道,大家都怕母亲;甚至连外祖父对她说话都细声细气的,跟对别人说话不一样。这使我很痛快,我满心高兴地对表哥们夸耀:

"我母亲的力气最大!"

他们没有表示反对。

但是星期六发生的事情,动摇了我对母亲的这种看法。

在星期六之前,我也犯了错。

22 童年

> 强烈的好奇心为下文故事展开做铺垫。

大人们巧妙地使布料变色，这使我觉得好玩：黄布浸到黑水里，就变成深蓝色的——宝石蓝；灰布在红褐色的水里涮一涮，就变成红色的——樱桃红。很简单，但是我不明白。

我想亲自动手染一染，我就把这个念头告诉了雅科夫的萨沙——他是一个正正经经的孩子；他老是在大人身边，对谁都表示亲热，随时想着给每个人服务。大人都夸奖他听话、伶俐，但是外祖父却斜着眼看萨沙，说：

"就会讨好卖乖！"

雅科夫的萨沙又瘦又黑，眼睛像龙虾似的突出，说起话来急急忙忙的，声音很低，老被自己的话哽得不接气。他常常鬼鬼祟祟地东张西望，仿佛想逃到什么地方躲起来似的。他的栗色瞳仁一动不动，但他一兴奋，瞳仁就跟着白眼珠子直打颤。

> 喜欢萨沙，可以表现出"我"什么样的性格？

我觉得他很讨厌。我对不惹人注意的、又笨又懒的米哈伊尔的萨沙要欢喜得多。他是一个沉静的孩子，生着一对忧郁的眼睛，微笑起来很和善，很像他那温和的母亲。他的牙齿长得很难看，全从嘴里露了出来，上颚长两排牙。他觉得这很好玩：他经常把指头放到嘴里，晃动后排牙齿，想拔掉它；谁想摸摸他的牙，他都顺从地让谁去摸。此外，我在他身上再没有发现更多有趣的东西了。家里人口虽然很多，但他却孤单单的，喜欢坐在半明半暗的角落里，傍晚的时候就坐在窗户前。一言不发地和他一起是很愉快的——紧紧地偎依着他坐在窗前，沉默地待上整整一个钟头，眺望绯红的傍晚天空，那黑色的寒鸦绕着圣母升天教堂的金色圆顶盘旋，一直飞得高高的，又落下来，忽然，像一面黑网似的遮着渐渐熄灭的天空，随后就不知消失到什么地方去了，留下一片空虚。当你眺望这些的时候，一句话也不愿意说，愉快的惆怅充满了胸怀。

雅科夫舅舅的萨沙对什么都能讲得又多又严肃，像个成年人似的。他知道了我想搞染匠的手艺，就劝我从柜子里拿过节用的白桌布，把它染成蓝的。

> 萨沙的怂恿使事情变得更糟。

"白的最容易上色，我顶清楚！"他很认真地说。

我把沉甸甸的桌布拽了出来，抱着它跑到院子里，但我刚把桌布的边缘放进盛蓝靛的桶里的时候，那个"小茨冈"不知从哪里朝我飞奔过来，把桌布夺去，用他那巨大的手掌拧净，对着正在门洞里注视我工作的表哥喊道：

"快去把奶奶叫来！"

他预感到凶兆似的摇了摇黑发蓬乱的头，对我说：

"瞧吧，为了这你也要挨一顿！"

外祖母跑来了，惊叫一声，甚至哭了起来，一面可笑地咒骂我：

"你这个别尔米人啊，咸耳朵鬼！恨不得把你举起来摔到地上！"

然后她劝"小茨冈"说：

"瓦尼亚，你可别告诉老头子！我把这事瞒着；也许能糊弄过去……"

> 外祖母仁慈善良。

瓦尼亚一面在五颜六色的围裙上擦手，一面担心地说：

"对我有什么可担心的？我不会说的；只怕萨沙多嘴！"

"我给他两个戈比，"外祖母说，她把我领回屋子里。

星期六晚祷之前，有人把我领到了厨房里；那里一片漆黑，静悄悄的。我记得，过道和房门都关得严严的，窗外是灰色的混浊的秋天傍晚，下着簌簌的小雨。在黑糊糊的炉口前面的一张大椅子上，坐着阴沉沉的、脸色和平时不同的小伙子"小茨冈"；外祖父站在角落污水盆旁边，从水桶里捞起长长的树条子，量量它们，一条挨着一条摆好，在空中飕飕

> 飕(sōu)：同嗖，象声词，形容很快通过的声音。

地挥舞着。外祖母站在黑暗的地方，大声地闻鼻烟，嘟嘟囔囔地说：

"还乐呢……害人精……"

雅科夫的萨沙坐在厨房当中凳子上，握着拳头擦眼睛，说话的声音都变了，好像一个老乞丐似的，拉着腔说：

"行行好饶了我吧……"

米哈伊尔舅舅的孩子们——一个表哥一个表姐，肩并肩地像木头人似的站在凳子后面。

"揍一顿再饶你，"外祖父说，从拳头中间捋过一根长树条子。"快点，把裤子脱掉！……"

他平静地说，然而，不论是他说话，不论是萨沙在轧轧作响的凳子上动弹，不论是外祖母的脚摩擦地板，——任何声音都破坏不了那在厨房的昏暗中、低低的熏黑的天花板下令人难忘的寂静。

萨沙站起来，解开裤子，把它脱到腿弯，用手提着，弯着腰，跌跌撞撞地向长凳子走去。看他走路的样子，真叫人不好过，我的腿也打战了。

但是，看见他顺从地在长凳上趴下，瓦尼卡把他从两腋下捆到凳子上，再用一条宽手巾绑着脖颈，弯下身来用漆黑的手握着他的脚脖子，更使人难过了。

"列克谢，"外祖父叫我，"走近一点！……听见没有？……你来看看是怎样抽人的……一下！……"

他手扬得不高，照着赤裸裸的身子啪哧打了一下。萨沙号叫起来。

"装相，"外祖父说，"这一下不疼！这一下才疼呢！"

树条落下去，身子登时就像火烧似的肿起一条红道道，表哥直着嗓子叫喊。

"不舒服吧？"外祖父问，他的手均匀地一起一落。"不乐

旁注：
- "顺从"说明萨沙已经习惯了这样的挨打。
- 外祖父如此严厉。

意吧？这是为了顶针！"

他一抬手，我胸中的一切就随着升了上去；手一落，我整个人也跟着落下来。

萨沙叫得可怕地尖厉而且讨厌：

"我不敢了……我不是告诉了桌布的事吗……我不是说过……"

外祖父平静地、像念圣诗似地说：

"告密不能免罪！告密的人得先挨一顿鞭子，这一下是为了桌布打你！"

外祖母向我扑过来，两手抱起我喊道： 外祖母预感到"我"将挨打，拼命地护着我。

"我不给你列克谢！不给，你这魔鬼！"

她用脚踢门，叫我母亲：

"瓦里娅，瓦尔瓦拉！……"

外祖父向她猛扑过去，推倒她，把我抢过去，抱到凳子上。我在他手里挣扎，拉他的红胡子，咬他的手指。他狂吼着，夹紧了我，最后，向长凳上一扔，摔破了我的脸。我记得他粗野地叫喊：

"绑起来！打死他！……"

我记得母亲霜白的脸和睁得圆圆的眼睛。她沿着长凳跑来跑去，声音沙哑地喊道： 母亲对此也无能为力。

"爸爸，不要打！……把他交给我……"

<u>外祖父把我打得失去了知觉</u>，接着我病了一场，在一间小屋里，背脊朝上，趴在暖和的大床上躺了几天；这间小屋只有一个窗户，在墙角，在盛着许多圣像的玻璃匣子前面，点着一盏通红的长明小灯。 反衬外祖父的残忍、凶狠。

生病的那几天，是我一生中重大的日子。在这些日子里，我大概长得很快，并且<u>有了一种特别不同的感觉</u>。从那时起， "我"长大了。

26 童年

我怀着不安的心情观察人们,仿佛我心上的外皮给人撕掉了,于是,这颗心就变得对于一切屈辱和痛苦,不论是自己的或别人的,都难以忍受的敏感。

首先,外祖母和母亲的吵嘴使我吃惊:在拥挤的屋子里,全身漆黑、身躯庞大的外祖母向母亲逼过去,把她推到墙角圣像跟前,气汹汹地说:

"你怎么不把他夺过来,嗯?"

"我给吓住了。"

"白长这么大的个子!不嫌害臊,瓦尔瓦拉!连我这个老太婆都不害怕!真不嫌害臊!……"

"甭说了,妈妈:一想起我就恶心……"

"不,你不爱他,不可怜你的孤儿!"

母亲沉重而高声地说道:

"我自己就当了一辈子孤儿!"

后来,她们俩坐在墙角箱子上哭了很久,母亲说:

<u>"要不是有阿列克谢,我早就远走高飞了!在这个地狱里我活不下去,活不下去,妈妈!我受不了……"</u>

母亲的悲伤、抑郁。

"你是我的骨肉,我的心肝,"外祖母低声细语。

我记住了:母亲并不是强有力的;她也和大家一样怕外祖父。我妨碍了她不能离开这使她活不下去的家庭。这却叫人难过得很。不久,家里果然看不见母亲了。不知到哪儿做客去了。

外祖父为什么又来看"我"?

<u>不知怎的,外祖父忽然来了,像是从天花板上掉下来似的。</u>他坐在床上,用冰冷的手抚摩我的头,说道:

"你好,小爷子……你倒是说话啊,不要生气了!怎么,你怎么啦?……"

我很想踢他一脚,可是一动弹就疼。他的须发显得比平时还红;他的脑袋不安地摇晃着;放光的眼睛往墙壁搜索着什么。他从口袋里掏出一个山羊形的甜饼,两个糖角,一个苹果和一包青色的葡萄干,他把这些东西放在枕头上我的鼻子跟前。

"你瞧,我给你带来的礼物!"

他弯下身来吻了吻我的额头;然后,一面用僵硬的小手——染了一手黄颜色,特别是弯得像鸟嘴似的指甲更显得黄——轻轻地抚摩着我的头,一面谈起来:

"我当时对你太过分了,兄弟。我火得厉害;你咬我,抓我,也把我惹火了!然而,你多挨几下并不算倒霉,我都记在账上!你要知道:挨自己亲人的打,这不算屈辱,是受教训!不要让外人打,自己人打没关系!你以为我没有挨过打吗?阿廖沙,我挨的那个打啊,你连做噩梦都没有梦见过。我给人家欺辱成那个样子,大约上帝看见也会掉泪!结果怎么样呢?我这个孤儿,叫花子母亲的儿子,熬出头了,当上行会的头儿,手下管很多人。"

外祖父为什么讲他自己挨打的事呢?

他那端正干瘦的身体轻轻靠着我,他开始讲他的童年时代,他的话沉重而且结实,轻巧流利地一句跟着一句。

他的绿眼睛炯炯放光,金发欢快地竖起来,高亢的嗓音变得粗重,对着我的脸像吹喇叭似的说道:

外祖父也有和善的一面。

"你是坐轮船来的,是蒸气把你送来的,可是我年轻的时候,得用自己的力量拉着货船,沿着伏尔加河逆流而上。船在水里走,我在岸上走,打着赤脚,脚底下是锐利的石块——山旁崩落的碎石,从日出走到深夜。太阳晒着后脑勺,脑壳像熔化的生铁似的沸腾着,可是还得一股劲地走,腰弯得像豆芽,骨头格格地响,连路都看不清了,眼睛浸满了汗,心里是多么难过,眼泪不住地流。阿廖沙啊,有苦没处说!走了又走,时常滑脱了纤索倒下去,脸冲着地——连这也是好的;力量全使尽了啊,哪怕休息一会儿也好,哪怕咽了气儿也好!你瞧,在上帝眼前,在救世主耶稣眼前,人们过的是什么日

外祖父的童年。

子！……这样，我沿伏尔加母亲河走了三趟：从辛比尔斯克到雷宾斯克，从萨拉托夫到这儿，又从阿斯特拉罕到马卡里耶夫、到市集，足有成千上万的俄里！第四年我已经当上了纤夫头，向主人显示了我的精明强干！……"

> 外祖父在我心中的转变。

讲着讲着，他在我眼前像一朵云彩似的迅速地长大了，这个干瘦的小老头忽然变成一个具有童话般力量的人，他独自拖着巨大的灰色货船逆流前进……

有时，他跳下床去，甩开两手，给我表演船夫怎样拉纤，怎样从船里排水；他用低音唱着歌，然后利手利脚地纵身一跳，又回到床上，他整个人都变得令人惊奇，他接着往下讲，声音更粗更重了：

"呵，阿廖沙，在休息打尖的时候，情景可不同了：夏天的傍晚，在日古里一带的绿山下，我们生起篝火，煮粥，啊，一个苦命的船夫唱起了心爱的歌曲，大家一齐跟着他唱了起来，叫人浑身都起鸡皮疙瘩，仿佛伏尔加的水也流得更快了，它像一匹狂奔的马直立起来，眼看要直冲云霄。满怀的忧愁，轻尘似的随风吹走了；人们唱得那样起劲，有时粥都溢出了锅，那个煮粥的脑瓜儿就得挨勺子把儿。怎样玩都行，可不能忘了正事！"

人们探头探脑地往屋里望了好几次，叫他，可是我总是请求：

"别走！"

他微笑着摆摆手把人们撵走：

"等一等……"

> 染布事件终于结束了。

他一直讲到晚上，临走的时候，他亲切地和我告别，我才知道外祖父并不凶恶，也不可怕。我一想起他曾这么残酷地毒打我，就难过地流泪，并且总也忘不了这件事。

外祖父这次来访，给所有的人打开了大门，从早到晚有人坐在我的床边，想尽办法使我高兴；我记得，不是每次都能使我快乐和开心。来我这里最勤的是外祖母；她连睡觉都和我同床；但这些日子给了我最鲜明的印象的，是"小茨冈"。他身材四四方方，胸脯宽宽大大，他那大脑袋上的头发曲卷着。有一天傍晚，他来了，打扮得像过节似的，穿着金黄的绸衬衫、绒布裤子、像手风琴轧轧作响的皮靴。他的头发发亮，浓眉底下一对愉快的斗鸡眼，还有年轻的小黑胡子底下雪白的牙齿，都闪闪发光，他那绸衬衫，柔和地映着长明灯的红光，像是在燃烧。

对"我"而言，一个重要的人出现了。

"你瞧瞧，"他说着，把袖子卷起来，给我看那直到肘弯都是红伤痕的光胳膊，"你瞧这肿的！本来还要厉害呢，现在好多了！你知道吧：外祖父气疯了，我一看他要打你，就用这只胳膊挡着你，我指望这样一垫就可以把树条子折断，趁外祖父去拿另一条的工夫，外祖母或者你母亲就把你拖走了！哪晓得树条子断不了，它给水泡得软软和和的！可是你总算少挨了几下，你瞧我给打的！小弟弟，我是个精灵鬼……"

小茨冈机灵、聪明。

他笑了，笑声像绸子一样柔和、温暖，他又看了看肿起的胳膊，笑着说：

"我心里是那样可怜你，甚至连喉咙都哽住了。我一看事情不好！他一股劲地抽……"

他像马似的吹响了鼻子，摇晃着头，他讲起了外祖父的一件什么事儿，我立刻就觉得他可亲，孩子似的单纯。

我对他说，我很爱他，他使人难忘地简单地答道：

"我同样也爱你啊，正因为这我才为你忍疼受苦，为了爱啊！你看我为过别人吗？我才不干呢……"

然后他悄悄地教导我，时时回头向门口张望：

小茨冈告诉"我"挨打的经验。反衬外祖父的凶狠。

"下次再打你，记住，你别抱紧身子缩作一团，你懂吗？你身子一抱紧，就加倍地疼，你可要把身子松松地舒展开来，使它柔柔软软的,像一块凉粉似的躺在那儿!不要憋气,要深呼吸,拼命地叫喊,——你记住我的话,这样好!"

我问:

"还会打我吗?"

"你当不会吗?""小茨冈"平平静静地说。"当然要打啦!说不定要常常收拾你的……"

"为什么?"

"反正你外祖父会找碴儿……"

他又关怀地教导说:

"要是他一上一下地打,就是树条子一直落下来,你就稳稳静静地、柔柔和和地躺着;要是他抽,就是树条子打下去往回拉,想抽掉你的皮,那么你就把身子随着条子扭过去,你懂吗?这样就疼得轻一点!"

他挤了挤黑色的斗鸡眼,说:

"在这行道上,我比巡长还精明呢!小弟弟,我全身的皮给打得又粗又硬,简直可以拿它缝手套!"

<u>我注视着他那快乐的脸</u>,想起了外祖母讲的伊凡王子和伊凡傻子的童话。

> 小茨冈乐观得让人心疼。

情境赏析

本章充分展现了作家的语言艺术。语言富有生命力、生动活泼,把一个打架的场面栩栩如生地展现在读者面前。文字不长,但很有层次。开始:两个舅舅忽地一声站起来。高潮:两个人在地板上滚开了。结束:外祖母躲在角落里号啕着……作者把每个人的动作、表现、心情都鲜明地描写出来,给人身临其境的感觉。

而且,这部分悲惨的生活不只是阿列克谢一个人的生活经历和感受,也是当时许许多多家庭的经历。作者为什么写这些事呢?原文中就有答案

"……我不是在讲我自己,而是讲那令人窒息的、充满可怕景象的狭小天地。在这里,普通的俄国人曾生活过,而且直到现在还在生活着"。可见,"我"的所见所闻是俄罗斯下层人民生活的一个缩影。作家写这种生活,就是要让人们努力摆脱这种生活,让后代人过上新的、更加幸福的日子。

名家点评

在俄国文学中,我们(指罗曼·罗兰和茨威格)从来没有读过比您(高尔基)的《童年》更美的作品。您(高尔基)还从来没有如此成功地显示过您的写作才能。

——(法)罗曼·罗兰

三

> "小茨冈"在外祖父家占有特殊的地位，人们对待他是和蔼的、友好的，"小茨冈"也凭借着他的聪明给这个家带来了许多欢乐，然而这并没能使他躲过死亡的悲惨命运。

我恢复了健康后，我才知道，"小茨冈"在家里占有特殊的地位：外祖父吵他，不像吵儿子们那样勤，那样凶，在背地里谈起他来，外祖父眯缝着眼，摇着头说：

"伊凡有一双金不换的手，鬼儿子！记住我的话：这小子有出息！"

舅舅们对待"小茨冈"也是和蔼的，友好的，从来不像对格里戈里师傅那样跟他"开玩笑"，他们几乎每天晚上都给这个师傅安排一场污辱而毒辣的玩意儿：有时用火烧热他的剪子把儿，有时在他坐的椅子上插一个尖朝上的钉子，或者把颜色不同的料子偷偷地放在这个半瞎的老人手边。他拿它们缝成一匹布，这样他就会挨外祖父的骂。

有一天，他在厨房吊床上睡午觉，人们给他涂了满脸的红颜料，有好长时间，他都是带着这一副又好笑又可怕的脸走来走去：灰白的胡子里暗淡地露出两片眼镜似的红斑点，他那长长的红鼻子像一条舌头无精打采地耷拉着。

他们想出的花样是无穷无尽的，而这个师傅总是默默地忍受着，只是轻轻地呷呷嘴，在拿熨斗、剪子、钳子或者顶针之前，总是把指头蘸很多唾沫。这已经成为他的习惯；甚至拿刀叉吃饭，也湿湿指头，把孩子们都逗笑了。当他嫌疼的时候，他那大脸盘就露出了皱纹的波浪，波浪把眉毛抬高，奇怪地滑过额头，就在光秃秃的头顶上消失了。

我不记得外祖父对儿子们这些把戏抱什么态度，但外祖母总是捏着拳头吓唬他们，喊道：

"不要脸的东西，一群恶鬼！"

但舅舅们背地里谈起"小茨冈"也是气愤的、嘲笑的，他们贬低他的工作，骂他是小偷和懒汉。

我问外祖母这是什么道理。

像平时一样，她又高兴又明了地解释给我听：

"你不知道，他们自己将来开染坊的时候，都想把凡纽什卡拉过去，所以他们俩就在对方面前骂他：说他不会干活，其实他们是在撒谎，耍手腕。他们还怕凡纽什卡不跟他们，跟外祖父。外祖父脾气很怪，说不定他和伊凡开第三个染坊，这对你舅舅不利，懂不懂？"

她静静地笑起来：

"人们总是耍滑头，真好笑！你外祖父也看出了这些诡计，他有意逗雅沙和米沙说：'我要给伊凡买一个免役证，他就不会去当兵了；我最需要他！'他们憋一肚子气，这是他们不乐意的，可又舍不得钱，——免役证很贵啊！"

现在又跟外祖母住在一起了，像坐轮船的时候一样，她每晚睡觉前给我讲童话，或者讲她自己的也像童话一样的生活。一提起家务事——儿子们分家、外祖父给自己买新房子，她那讲话口气就像是生疏的邻人站得远远地在嘲笑似的，不像是家庭中第二主人的身份。

我从她那里知道"小茨冈"原来是个弃儿；有一年开春，下雨的夜里，在大门口长凳子上拾到他。

"他躺着，裹着围裙，"外祖母沉思地、神秘地讲起来，"吱吱地哭不出声来，冻僵了。"

"为什么偷偷地把小孩扔给别人？"

"母亲没有奶，没有东西喂；她打听哪儿有人刚生下孩子就死了，就把自己的偷偷地放到那儿。"

她沉默了一会儿，摇摇头，一面叹息着，望着天花板，又接着说下去：

"都是因为穷啊,阿廖沙;有时穷得没法儿提啊!还有种规矩:没有出嫁的姑娘不许生孩子,——丢脸!外祖父想把凡纽什卡送给警察局,我劝他说:留下自己养吧,这是上帝送给咱们的,他知道哪家死了孩子。我生了十八个;要是都活着,能占满一条街,十八家。你不知道,我十四岁结婚,十五岁生孩子;可是上帝看中了我的亲骨肉,接二连三地把我的宝贝儿拿去当天使了。我又心疼,又高兴!"

她穿件长衬衫坐在床沿上,乌黑的头发披满身,她体格庞大,毛发蓬松,好似不久前一个大胡子(塞尔加奇的守林人)牵进院子里的大熊一样。她在那雪白的、干干净净的胸脯上画着十字,低声地笑着,身子晃荡着:

"好的上帝拿走了,给我留下来的都是孬种。我非常喜欢伊凡卡——我就心疼你们小家伙!我收留了他,给他行了洗礼,他果然活了,长得挺好。起先我叫他'茹克'——他老是嗯嗯的,活像个甲壳虫,他嗯嗯地叫着满屋子爬。你要爱他,他是一个淳朴的人!"

我真爱伊凡,他常常使我惊奇得目瞪口呆。

每逢星期六,当外祖父把一星期来犯了过错的孩子都揍了一遍,去做晚祷的时候,厨房里就开始了难以形容的好玩的生活:"小茨冈"从炕炉里捉来几只黑蟑螂,很快地用线做好一套马具,用纸剪一个雪橇,于是四匹黑马就拉着雪橇在刨平的黄桌子上驰骋起来,伊凡用一根细松明赶着它们,高兴地尖声叫道:

"赶着车请大主教去了!"

剪一片纸贴在一个蟑螂的背上,赶着它去追雪橇,伊凡解释说:

"忘了带口袋。这个和尚背着口袋,直追!"

他用线系着蟑螂的腿;这只蟑螂一边爬,一边头直捣地,伊凡拍着手叫道:

"助祭从酒馆里出来去做晚祷!"

他给我们看小老鼠,他指挥小老鼠站起来,拖着一条长尾巴,用后腿走路,一对像小黑珠子的灵活眼睛可笑地眨巴着。他很爱护小老鼠,把它们藏在怀里,嘴对嘴喂它们糖,亲吻,并且深信不疑地说:

"老鼠是聪明的动物，怪可亲的，家神非常爱它！谁养小老鼠，家神爷爷就对谁好……"

他会用纸牌或者铜钱变戏法，他叫喊得比哪个孩子都厉害，几乎看不出和孩子们有什么不同。有一次孩子们和他玩牌，一连使他当了几次"大傻瓜"，弄得他很难过，气得撅着嘴，不愿意再玩了，后来他对我哝哼着鼻子埋怨说：

"我就知道他们是串通好了的，他们老递眼色，在桌子底下互相换牌。这算什么玩牌？骗人的玩意儿我也会……"

他才十九岁，但他比我们四个人的岁数加在一起还大。

最使我难忘的，是他在节日的晚上；每到这时候，外祖父和米哈伊尔舅舅都出门去做客，头发曲卷而且蓬松的雅科夫拿着吉他到厨房来了，外祖母摆上一桌丰盛的茶点和一瓶伏特加酒，盛酒的瓶子是绿的，瓶底铸有精美的红花；"小茨冈"穿着过节的衣裳，忙得陀螺似的乱转；老师傅轻轻地侧着身子走进来，黑眼镜闪闪发光；还有保姆叶夫根尼娅，通红的麻脸，胖得像一尊坛子，眼睛生得精灵古怪，说起话来像吹喇叭；有时，圣母升天教堂的长头发的助祭，还有一些面孔像梭鱼和鲶鱼般又黑又滑的人们，也来了。

人人都大吃大喝一顿，沉重的喘气，孩子们都分到糖果，每人一杯甜酒，于是，一股热闹而奇特的欢乐，像火似的慢慢燃烧起来了。

雅科夫舅舅抚爱地调着吉他，调好了后，照例说一句：

"怎么样，诸位，我要开始了！"

他晃了一下曲卷的头发，向吉他弯下身来，像鹅似的伸长脖子；他那无忧无虑的圆脸蒙眬欲睡；灵活得难以捉摸的目光，在一层油雾里熄灭了。他轻轻地拨弄着琴弦，弹了一支振奋人心的、令人不由得想立即行动起来的曲调。

他的音乐使空气紧张而寂静；它像一条湍急的小溪，从远方流来，从墙壁和地板里渗出，它激荡着人心，使人发生一种莫名的感觉，又惆怅又不安。听了这音乐，就不由得怜悯所有的人，也怜悯自己，大人觉得自己也变成了孩子,大家都坐着不动,躲在那儿默默无语地沉思。

米哈伊尔的萨沙听得特别紧张;他老是向舅舅探着身子,张着嘴呆看吉他,嘴角挂着口水。有时他听得太出神了,不自觉地从椅子上掉下来,两手撑着地板,碰到这种情形,他就这样坐在地板上,瞪着一对凝然不动的眼睛,不再爬起来。

大家都听得入迷,屏息不动;只有茶炊在低吟,但并不妨碍吉他哀怨的诉说。两个四方的小窗户瞅着黑暗的秋夜,常常有人轻轻地敲打它们,桌子上两支尖矛似的蜡烛,黄灿灿的火苗摇曳着。

雅科夫舅舅越来越木然不动了;他仿佛咬紧牙关在酣睡,只有两只手却别有一番情景:弯曲着的右手指在黑色的琴腔上面肉眼难以看清地颤动着,像一只小鸟拍动翅膀在挣扎;左手指快得难以捉摸地在弦上来回飞跑。

他喝了酒后,几乎每次都是用一种难听的吱音从牙缝里唱那无尽无休的歌子:

雅科夫要是一条狗——
他就要从早叫到晚:
噢咿,我闷得慌!
噢咿,我愁得慌!
一个尼姑沿街走;
一只老鸦墙上站。
噢咿,我闷得慌!
炉后蟋蟀喁喁叫,
闹得蟑螂不得安。
噢咿,我闷得慌!
一个乞丐晒脚布,
另个乞丐就来偷!
噢咿,我闷得慌!
是啊,哎,我愁得慌啊!

我受不了这支歌,每当舅舅唱到乞丐的地方,一种难以抑制的难过使我放声大哭。

"小茨冈"也和大家一样聚精会神地听吉他,把手指插进成绺的黑头发里,瞅着墙角,轻微地打着呼噜。有时他突然惋惜地叹道:

"唉,我要是有个好嗓子,我要唱个痛快!"

外祖母叹息着说:

"够了,雅沙,别折磨人的心了!凡纽什卡,你还是来给咱们跳个舞吧……"

他们不是每次都马上满足她的请求,但有时,我们的音乐师忽然用手掌按着弦停了一刹那,然后攥紧拳头,用力往地板上一甩,仿佛从自己身上甩掉一种看不见的无声的东西,雄壮有力地喊道:

"让忧愁和烦恼都见鬼去吧!瓦尼卡,出场!"

"小茨冈"整整容,拉拉黄衬衫,他小心翼翼地,仿佛踩着钉子似的,走到厨房中间;他那黑黑的脸膛红润了,他不好意思地微笑着,请求说:

"弹得快一点,雅科夫·瓦西里奇!"

吉他响起了暴风骤雨的声音,靴子后跟细碎地踩着,桌子上和橱里的碟碗颤动作响,而在厨房中间,"小茨冈"像一团火在燃烧,他张开双手,像一只鹞鹰展翅翱翔,脚步快得令人难以分辨;他尖叫了一声,往地上一蹲,像一只金色的雨燕窜来窜去,绸衬衫颤抖着,流动着,仿佛在燃烧,在熔化,发出灿烂的光辉,把周围都照亮了。

"小茨冈"不倦地、忘情地在跳,看样子,如果打开门把他放走,他能这样沿着大街小巷跳遍整个城,不知他能跳到哪里去……

"横着走一趟!"雅科夫舅舅踮起脚尖打着地板,叫道。

他尖厉地呼啸着,用颤抖的嗓子大声念了一句俏皮的顺口溜:

哎嗬!要不是我可惜这双破草鞋,
早就舍了老婆孩子远走他方!

站在桌子后面的人,手脚不住地抽动着,他们像被火烧着似的,也时时大声地喊，跟着尖声地叫；那大胡子师傅拍着自己的秃脑袋，嘴里不住地咕噜着。有一次，他向我弯下身来，柔软的大胡子盖着我的肩膀，贴近我的耳朵，像对大人似地说：

"阿列克谢·马克西莫维奇，要是你的父亲活着，他也要跳得像一团火！真是一个快乐的人，怪讨人喜欢的。你记得他吗？"

"不记得。"

"不记得？从前他和你外祖母跳起舞来，——你等一等！"

他站起来，个子高大，样子憔悴，像一幅圣像似的，对外祖母一鞠躬，用一种不平常的粗重声音向她请求：

"阿库林娜·伊凡诺夫娜，赏个脸吧，请出场走上一圈！就像从前和马克西姆·萨瓦杰耶夫那样，让我们高兴高兴吧！"

"你怎么啦，亲爱的，你怎么啦，先生，格里戈里·伊凡内奇？"外祖母轻轻地笑着，缩了缩身子说。"我跳什么舞！枉惹得人家笑话……"

然而大家都请求她，她忽然像个年轻人似的站了起来，整整裙子，挺挺身子，昂起硕大的头颅，在厨房里跳开了，一面高声喊道：

"你们尽管笑吧，请笑个痛快吧！喂，雅沙，换一个调子！"

舅舅把身子一挺，伸得直直的，微闭着眼睛，弹得慢了；"小茨冈"停了一会儿，跳到外祖母跟前，蹲下来，绕着她走；她摊开两手，扬起眉毛，两只黑眼睛望着远方，像是在空气中似的，在地板上无声地滑行着。我觉得她很可笑，我扑哧笑了一声，老师傅伸出指头严厉地点点我，所有在场的大人都用责备的目光往我这边看。

"伊凡，不要跺了！"老师傅笑着说道；"小茨冈"顺从地跳到一旁，坐到门槛上；保姆叶夫根尼娅提起嗓子，小声而悦耳地唱起来：

> 从星期一直到星期六，
> 姑娘都在织花边，
> 干活干得累死人，——
> 哎哟，简直只剩一口气！

外祖母不是在跳舞，仿佛是在讲故事。你瞧，她若有所思地悄悄地走着，身子晃悠着，手遮额头往四处看，她那整个巨大身躯犹豫不定地摇动着，两脚小心翼翼地摸索着道路。她站住了，突然被什么给惊吓了一下，面孔抖了抖，皱了皱眉，马上又容光焕发，满脸堆出和蔼可亲的微笑。她向旁边一闪，摊开一只手给人让路；垂下头，屏着气一动不动，静听着，笑容显得更快乐了。忽然间，她离开了原来的地方，像一阵风似的旋舞起来，她全身显得更匀称，更高大了，这时，人们的视线再也不能离开她，她像奇迹似的回复了青春，鲜花怒放似的美丽，可爱！

保姆叶夫根尼娅像吹喇叭似的唱起来：

星期的午祷刚做完，
就一直跳到大深夜。
她最后一个走回家，
可惜啊，假期过得快！

外祖母跳完了，坐回原来靠近茶炊的地方；大家都夸奖她，而她一面整理头发，一面说：

"你们得了吧！你们还没见过真正的舞蹈呢。从前我们巴拉赫纳那儿有一位姑娘，——我记不清她是谁的姑娘，叫什么了，人们看了她跳舞，简直快活得流泪！你只要看她一眼，就像过节一样幸福，别的再不需要什么了！我羡慕她呢，真是罪过！"

"歌手和跳舞家是世上第一流人物！"叶夫根尼娅严肃地说，她开始唱起大卫王的事迹，而舅舅雅科夫搂着"小茨冈"，对他说：

"你应当到酒馆里去跳舞，你能把人跳得发狂！……"

"我希望有一副好嗓子！""小茨冈"抱怨说。"要是上帝赏我一副好嗓子，我唱他十年，然后出家当和尚也心甘！"

大家都喝伏特加酒，格里戈里喝得特别多。人们左一杯右一杯给他倒，外祖母警告说：

"要当心，格里沙，你会全瞎的！"

他一本正经地回答道：

"让它瞎好啦！眼睛对我再没用了，我什么都见过了……"

他喝得多，可不醉，但话头越来越多，差不多每次总是对我讲我的父亲：

"这个人有一颗伟大的心，我的朋友马克西姆·萨瓦杰维奇……"

外祖母叹息着，附和着说：

"是啊，真是上帝的儿子！"

样样都非常有趣，样样都紧紧地吸引着我，每件事情都仿佛有一种静静的、永无休止的忧愁向心里渗透。在人们心里，欢乐和忧愁以不可捉摸的、令人不解的速度互相交替着，几乎不可分地纠缠在一起。

有一次雅科夫舅舅醉得并不很厉害，他开始撕自己的衬衫，狂怒地揪自己的头发，揪稀疏的浅色的胡子，揪鼻子和那耷拉着的嘴唇。

"这算是什么生活，这算什么啊？"他狂叫，满脸都是泪水。"干吗要这样生活啊？"

他捶胸，打脸，拍脑门，大哭：

"我是流氓，下流种子，丧家的狗！"

格里戈里吼叫道：

"对了！你就是！……"

外祖母也喝得醉醺醺的，握着儿子的手，劝他说：

"得了，雅沙，应该教导什么，上帝知道！"

喝了几杯酒，她变得更美了：她那一对微微含笑的黑眼睛，对每一个人身上都倾注着使人灵魂温暖的光芒，她用头巾扇着发烧的脸，像唱歌似的说道：

"主啊，主啊！一切都是多么好哇！你们瞧瞧，一切都是多么好哇！"

这是她内心的呼声，她一生的口号。

无忧无虑的舅舅的眼泪和喊叫使我吃惊。我问外祖母，他为什么哭，为什么骂自己打自己。

"你什么都要知道吗？"她违反平时的习惯，不乐意地说。"你等着吧，你管这些事情未免太早……"

这更引起我的好奇心。我到染坊里去纠缠伊凡，他也不愿回答我，老是嘻嘻地笑，斜着眼看师傅，他被我缠急了，就把我推出染坊，一面喊道：

"别缠我，出去！你瞧我把你丢进染锅里，也把你给染一染！"

师傅站在炉子跟前，炉子又宽又矮，上面坐进三口锅，他正用一根黑色的长棒子在锅里搅和，时常拿出来，瞧那顺着棒端往下滴的染料水。火烧得炽热，在他那老神甫的袈裟似的花花绿绿的皮围裙下襟，照射着火光。染水在锅里咝咝地响，蚀眼的蒸气浓云似的涌向门口，满院子低低地扫过干燥的风雪。

师傅抬起混浊而充血的眼睛，从眼镜下方看了看我，粗声粗气地对伊凡说：

"拿劈柴去！眼睛长哪儿去了？"

当"小茨冈"到院子去拿劈柴的时候，格里戈里坐到装紫檀素的口袋上，向我招招手：

"到这里来！"

他抱我坐在他膝盖上，又柔和又温暖的大胡子埋着我的一边腮帮，他令人难忘地讲道：

"你舅舅给老婆罪受，把她打死了，现在他受良心责备，你懂吗？你什么都要懂得，要当心，不然会完蛋的！"

和格里戈里在一块儿，跟和外祖母在一块儿一样，觉得很随便，但是有点叫人害怕，仿佛他从眼镜底下把一切都看穿了似的。

"怎样打的？"他不慌不忙地说。"就是这样：晚上两个人睡觉的时候，他用被子连头蒙着她，紧紧地压着打她。为什么？大约连他自己也不知道为什么。"

这时伊凡已经抱了一抱柴回来了，蹲在火跟前烤手。师傅并不注意他，令人印象深刻地继续说：

"他打她，也许是因为她比他好，他嫉妒她。小弟弟，卡希林一家子不爱好人，他们嫉妒他，不能容他，总是想害他！你去问一问外祖母，就知道他们曾是怎样想害死你父亲了。她什么话都说——她不喜欢说谎,也不会说谎。她虽然喝酒,闻鼻烟,但她像一个圣人。她有点傻气。你要紧紧跟着她……"

他推了我一下,我就跑到院子里,我心里又沉重又害怕。在门洞里,凡纽什卡追上我,捧着我的头,低声耳语道:

"你别怕他,他是好人;你要对直看他的眼睛,他喜欢人家这样看他。"

这里一切都令人奇怪而且不安。别样的生活我还没经验过,但是模模糊糊地记得,父亲和母亲不是这样生活的:他们说话也两样,娱乐也两样,他们不论是走路或者坐着总是肩并肩,紧紧偎靠着。晚上,他们常常在一起笑得很久,坐在窗户旁大声地唱歌;街上的人们都围拢来看他们。那些仰起来的面孔,使我可笑地想起了饭后的脏碟子。这里人们很少笑,即使笑,有时也令人摸不清笑什么。人们常常互相大声嚷嚷,彼此威吓着,或者躲到墙角里偷偷私语。孩子们连大气都不敢出,谁也不睬他们;他们像尘土一般被雨打进地里。在这个家里,我觉得自己是个外人,整个生活就像无数的针在刺我,弄得我疑心重重,使我紧张地注视每件事情。

我和伊凡的友谊不断地增长;外祖母从早到晚都在忙家务事,我几乎整天跟着"小茨冈"打转儿。当外祖父打我的时候,他仍然是用自己的手挡着鞭子,第二天,他把打肿了的手伸给我看,埋怨说:

"这一点儿用也没有!你并没有挨得轻一些,可是我呢,你瞧这打的!我再也不干了,不管你了!"

可是,下一次他又受了一次不必要的疼痛。

"你不是不愿意了吗?"

"是不愿意来着,可是又伸了过去……不知怎的,不自觉地就伸了过去……"

不久,我知道了关于"小茨冈"的一件事情,这件事更增加了我对他的兴趣和友爱。

每星期五,"小茨冈"把那匹枣红骟马沙拉普套到一辆宽大的雪橇上;沙拉普是外祖母的爱马,这一个刁钻古怪的捣蛋鬼,专爱吃美味的饲料;

"小茨冈"穿上齐膝的短皮衣，戴上沉重的大帽子，紧紧地扎上一条绿色腰带，就赶着雪橇赶集采买食物去了。有时，过了很久他还没回来。家里的人都焦急，都到窗户前，用哈气把玻璃上的冰花融化，不断地往街上张望。

"还没有回来？"

"没有！"

外祖母比谁都焦急。

"真是的，"她对舅舅们和外祖父说，"你们连人带马全给我毁掉了！你们怎么不知羞耻啊？这么不要脸啊？自家的东西还不够用吗？唉，一家子蠢货，贪心狼。上帝会惩罚你们的！"

外祖父沉着脸子咕咕噜噜地说：

"好了好了。这是最后一次……"

有时，"小茨冈"直到中午才回来；外祖父和舅舅们急忙跑到院子里；外祖母拼命地闻鼻烟，像大狗熊似的跟在后面蹒跚着，不知为什么，每到这时她就变得笨手笨脚的。孩子们也跑了出去，开始从雪橇上快乐地卸东西；雪橇上满载着小猪、鸡鸭、鱼肉，应有尽有。

"给你说的都买了？"外祖父斜着锐利的眼睛，估量着满载的雪橇问道。

"要买的全买了，"伊凡快乐地答道，他在院子里蹦蹦跳跳地取暖，呼哧呼哧地拍着手套。

"别把手套拍坏了，那是钱买的，"外祖父严厉地喊道。"找回零钱没有？"

"没有。"

外祖父绕着车子慢悠悠地转了一圈，声音不高地说道：

"你拉来的东西又多出来了。你瞧——大约有些东西不是花钱买来的吧？我不希望这样。"

他皱起脸皮，赶快走开了。

舅舅们兴致勃勃地向着车冲过去，拿起家禽、鱼、鹅肫肝、小牛腿、大块肉，掂掂分量，吹着口哨，赞扬声嚷成一片：

"好小子，真会挑选！"

米哈伊尔舅舅特别高兴：身上像是装有弹簧似的，绕着车子跳来跳去，用那啄木鸟般的鼻子嗅嗅这，嗅嗅那，津津有味地咂着嘴唇，甜蜜蜜地眯缝着不安静的眼睛，他和外祖父一样瘦，但个子高些，头发黑得像一段烧焦的树疙瘩。把冰冷的手抄在袖筒里，他问"小茨冈"说：

"我父亲给你多少钱？"

"五个卢布。"

"这些东西值十五个卢布。你花了多少？"

"四卢布零十戈比。"

"这么说来，九十个戈比装到自己腰包里了。雅科夫，你瞧见吗？他多会攒钱。"

雅科夫舅舅穿着一件单衬衫站在严寒的天气里，对着寒冷的青天眨巴眼皮，悄悄地笑着。

"瓦尼卡，你请我们喝半瓶伏特加吧，"他懒洋洋地说。

外祖母一面卸马套，一面跟马说话。

"怎么啦，我的乖孩子？怎么啦，我的小猫儿？你想调皮捣蛋？那就闹吧，上帝的小玩意儿。"

高大的沙拉普振起浓密的鬃毛，用雪白的牙齿啃外祖母的肩膀，撕掉她的丝头巾，一双快乐的眼睛瞅着她的脸，甩掉睫毛上的霜，低声地嘶叫。

"你想吃点面包吗？"

她把一块苦咸的大面包塞进它的嘴里，兜起围裙在马脸下接着面包渣儿，沉思地看着它吃东西。

"小茨冈"也像年轻的马一样活泼地跳到她跟前。

"老奶奶，你看它多聪明，真是一匹好马……"

"滚开，不要在我跟前摇尾巴！"外祖母一跺脚喝道。"你要知道，我今天不喜欢你。"

她向我解释说，"小茨冈"赶集买的没偷的多。

"外祖父给他五个卢布，他买了三个卢布的东西，其余十个卢布的东西都是偷来的，"她不高兴地说。"喜欢偷东西，调皮鬼！试过一次，尝到了甜头，家里人说笑一阵，夸耀他的成功，于是就养成偷的习惯。外祖父从小吃苦受穷，受够了罪，老来变得非常贪，把钱看得比亲骨肉的孩子还宝贵，他就喜欢人家白送！米哈伊尔和雅科夫……"

她手一挥，沉默了一会，然后看着打开的鼻烟壶，又唠叨起来：

"廖尼亚，人间的事就像花边，织花边的又是瞎眼婆子，那些花孔咱们哪能看清啊！人家要是抓住伊凡偷东西，会打死他的……"

又沉默了一会儿，她低声说：

"唉咿！咱们的规矩可够多的，真理可没有……"

第二天，我就央求"小茨冈"下次不要再偷东西。

"不然人家会打死你的……"

"他们抓不住我，我逃得了：我眼明手快，马也跑得快！"他含笑说道，可是马上又愁眉苦脸起来。"我不是不知道偷东西不好，并且危险。我不过是想解闷儿。我也不想攒钱，不到一星期，你的舅舅们就把钱全从我手里拐走了。我不可惜它，拿就拿吧！反正我肚子吃得饱饱的。"

他突然握住我的两手，轻轻地颤抖着。

"你又轻又瘦，可骨头倒硬，长大准保是个大力士。你听我说：你学着弹吉他吧，求雅科夫舅舅教你，真的！你还小，学起来不难！你人小，脾气不小。你不喜欢外祖父，是不是？"

"我不知道。"

"除了老太太，卡希林一家子我都不喜欢，让魔鬼喜欢他们好了！"

"喜欢我吗？"

"你不姓卡希林，你是姓彼什科夫，血统不同，另一个族的……"

他忽然搂紧了我，几乎是呻吟地说道：

"唉，要是我有一副好嗓子，那该多好！我要让人的心都燃烧起来……你走吧，小弟弟，要干活儿了……"

他把我放到地板上，往嘴里塞了一把小钉子，把一块浸湿的黑布绷得紧紧的钉在一块大的四方木板上。

过后不久，他死了。

经过是这样：大门旁边院子里，靠着围墙放着一个橡木的大十字架，主干粗大而多节。它在那里放了很久。我在这家里住的头几天就看见它了——那时它比较新，发黄，可是过了一个秋天，被雨淋得全发黑了。它发出一股泡过水的橡木苦味，在肮脏而拥挤的院子里碍手碍脚的。

它是雅科夫舅舅买来准备放在妻子的坟墓上的，他曾许下愿，说是在她去世周年那天，要亲自把十字架背到坟地。

那天正是初冬的一个星期六，天气严寒而且刮风，雪从屋顶上吹落下来。大家都到院子里，外祖父和外祖母一清早就领着三个孙子到坟地追悼亡魂去了，我因为犯了过失被留在家里。

舅舅们一律穿着黑色短皮大衣，把十字架从地上扶起，他们扛着横木的两翼：格里戈里和一个生人挺费劲地把沉重的十字架主干放到"小茨冈"的宽大的肩膀上；他跟跄了一下，两腿叉开站着。

"吃得住劲吗？"格里戈里问道。

"不知道。好像很重……"

米哈伊尔舅舅气冲冲地喊道：

"开开大门，瞎鬼！"

雅科夫舅舅说：

"瓦尼卡，你不嫌害臊，我们俩合起来都不如你有劲！"

格里戈里把大门打开的时候，严厉地嘱咐伊凡说：

"要当心，别累坏了！上帝祝福你！"

"秃驴！"米哈伊尔舅舅从街上喊了一声。

所有站在院子里的人都笑了，高声地谈论起来，仿佛大家都为拿走这十字架而高兴。

格里戈里·伊凡诺维奇牵着我的手走到染坊里，说道：

"外祖父今天也许不打你了，他的眼神挺和气……"

在染坊里，他把我抱到一堆准备染色的羊毛上面，关切地用羊毛围到我的肩膀，他嗅了嗅从染锅里上升的蒸气，沉思地说道：

"亲爱的孩子，我和你外祖父相处三十七年了，他做的事，我从头到尾全看得一清二楚的。从前我们俩是朋友来着，两人一块儿做起这桩买卖，一块儿出主意。你的外祖父是个聪明人！他当上了老板，可是我不会。反正上帝比我们都聪明：他只要微笑一下，连那最聪明的人都变成傻瓜。你还不了解人家为啥那样说，为啥那样做，可是你样样都得懂。孤儿的日子不是好过的。你父亲马克西姆·萨瓦杰维奇是一个无价之宝，他什么都懂得，所以外祖父才不喜欢他，不承认他……"

听好话是令人愉快的；我一面听，一面看炉子里赤红的黄金火焰在嬉戏，染锅上，升起乳白色云雾似的蒸气，它变成灰蓝色的霜附在歪斜的房顶木板上，——透过毛茸茸的房顶缝儿，可以看见一线蔚蓝的天空。风小了，太阳照耀着，玻璃似的灰尘撒满了院子，在大街上，雪橇的滑板发出尖厉的叫声，从房屋的烟囱里袅袅地上升着蓝烟，轻淡的影子在雪地上滑过，也像在讲述着什么。

大胡子格里戈里个子细长，瘦骨嶙峋，没戴帽子，长着一对大耳朵，活像个慈善的巫师，他一面搅和着滚开的颜料，一面不断地教导我：

"对任何人，都要拿正直的眼光看他；一条狗向你扑过来，也要这样，这样它就退后了……"

一副沉重的眼镜压着他的鼻梁，像外祖母的鼻子一样，鼻尖儿凝聚着发青的血丝。

"等一等，什么事？"他忽然说道，侧耳谛听着，然后用脚关上炉门，几个箭步就跑到院子里。我也跟着他跑了出去。

在厨房当中地板上，"小茨冈"仰面躺着；从窗格里射进来一道道宽条的光线，一道儿落在他的头上，胸上，还有一道儿落在腿上。他的额头奇怪地发光；眉毛高高地扬起；斗鸡眼凝然不动地注视着黑色的天花板；发暗的嘴唇颤动着，吐着粉红泡沫；鲜血从嘴角顺着两颊流到脖颈上，再流到地板上；鲜血像一条条浓稠的小溪，从背下面流出来。伊凡的两腿笨拙地伸着，他的裤子显然湿透了，紧紧地黏在地板上。地板用沙子擦得干干净净，闪闪发光。血，鲜亮鲜亮的血，汇成一条条的小溪，横过一道道的光线向门槛流去。

"小茨冈"一动不动,胳膊直挺挺地挨着身子放着,只有手指还动弹,抓地板,染了色的手指在阳光下发光。

保姆叶夫根尼娅蹲在那里,把一支细细的蜡烛往伊凡手里塞;伊凡握不住它,蜡烛倒了,灯芯浸进血里;保姆拾起它,用围裙角擦干净了,又试着放进他那颤动着的手指里。厨房里荡漾着忽高忽低的私语声;它像一阵风似的从门槛上推我,可是我紧紧地抓住了门环。

"他绊了一跤,"雅科夫舅舅用一种惨淡的声调讲道,他的脑袋战栗着转来转去。他面色如土,疲惫不堪,两眼无神,不住地眨巴着。

"他摔倒了,给压住了,——砸到背脊上。我们一看不好,赶紧扔掉了十字架,不然也会把我们砸残废的。"

"是你们把他砸死的,"格里戈里闷声闷气地说。

"就是的,又怎么样……"

"你们!"

血不断地流,在门槛附近聚成一摊血,渐渐变成股黑的,仿佛鼓了起来。"小茨冈"一面吐着粉红色的泡沫,一面像是做梦似的哼哼地叫,他渐渐消瘦了,越来越伸得平坦了,贴在地板上,似乎向地板陷进去。

"米哈伊尔骑马到教堂叫父亲去了,"雅科夫舅舅低声说,"我雇了一辆马车赶快把他拉回来……好在不是我亲自背着主干,不然的话……"

保姆又把蜡烛往"小茨冈"手里塞,蜡和泪滴在他的手掌上。

格里戈里大声粗暴地说:

"你把蜡立在他头旁边地板上好了,蠢货!"

"对了。"

"把他的帽子脱下来!"

保姆把伊凡的帽子脱下来;他的后脑勺碰着地板,发出沉闷的声音。现在他的头歪到一边,血流得更多了,但只从一边嘴角往外流。这样过了很久很久。起先,我还等着"小茨冈"休息一会儿就起来,坐在地板上,吐了一口唾沫说:

"呸,好热……"

星期天午觉醒来，他总是这样做。但这次他没有起来，不断地在消瘦。太阳已经照不着他，一道道的阳光缩短了，只能射到窗台上。他满脸发黑，手指已经不再动弹，嘴角上的泡沫也没有了。在他的天灵盖前，两耳旁，插三支蜡烛，摇曳着黄色的火苗，照耀着黑得发青的蓬乱头发，两片黄光在黝黑的腮帮上颤动，尖锐的鼻尖和粉红的嘴唇发亮。

保姆跪在那里一面哭，一面低声念叨着：

"你是我的小鸽子，讨人欢喜的小鹰儿……"

我又怕又冷。我爬到桌子底下藏着。过了一会儿，外祖父穿着貉绒大衣，脚步沉重地走进来，外祖母穿着带毛尾巴领子的皮大衣，米哈伊尔舅舅，小孩子，还有许多生人，都进来了。

外祖父把皮大衣往地板上一扔，大声嚷嚷道：

"混蛋！你们把一个多么能干的小伙子给糟蹋了！再过五六年，他就是无价之宝……"

地板上堆着衣服，妨碍我看伊凡；我爬出来，碰着外祖父的脚。他把我踢开，捏紧了又红又小的拳头威吓舅舅们说：

"一群豺狼！"

他坐到长凳子上，两手撑着凳子，干抽咽不流泪，发出轧轧的声音说道：

"我知道，他是你们的眼中钉……唉，凡纽什卡……你这个小傻瓜啊！怎么办，嗯？我说，倒是怎么办？人家的马，腐烂的缰绳。老婆子，近几年来上帝不爱我们，嗯？老婆子？"

外祖母整个身子趴在地板上，两手不住地摸伊凡的脸、头、胸，对着他的眼睛呼吸，握住他的手揉搓，把蜡烛全碰倒了。然后，她沉重地站起来，满脸发黑，身上也是黑亮的衣裳，可怕地瞪着两眼，低声地说：

"滚出去，可恶的东西！"

除了外祖父，大家都从厨房里四散走开了。

……"小茨冈"无声无息地、被人遗忘地埋掉了。

四

外祖母的慈爱让阿列克谢感到一丝温暖,然而生活远没有那么平淡,米哈依尔舅舅放火烧了染坊,这个家庭似乎正悄悄地走向毁灭。

我睡在一张宽大的床上,紧紧裹在卷成四层的大被子里,静听外祖母祷告上帝,——她跪在那里,一只手按住胸口,另一只手不慌不忙地、间歇地画着十字。

院子里严寒砭骨;绿莹莹的月光透过玻璃窗上的霜花,清清楚楚地照着她那长着善良的大鼻子的面孔,两只黑眼睛像磷火似的燃烧着。绸子头巾遮盖着外祖母的头发,铁铸般的发亮;黑色的衣裳颤动着,从肩膀上溜下来,铺展在地板上。

_{营造出一种温馨、和睦的气氛。}

外祖母祈祷完了,默默地脱衣裳,细心地把它折好,放在墙角的箱子上,便到床跟前来了。我有意装着睡得很香。

"你哄人呢,我的小强盗,你大概没睡着吧?"她悄悄地说。"我说,你没睡着吧?好孩子!喂,给我被窝!"

我知道她下一步会怎样做,忍不住笑了;于是她粗声粗气地说:

"啊,你竟敢跟你外祖母老太婆开玩笑!"

她揪着被边,敏捷地用劲往回一拉,把我给抛到空中打了几个转儿,扑通一声落到柔和的鸭绒褥垫上;她哈哈大笑:

"怎么样,小鬼头?吃亏了吧?"

有时,她祈祷很久,我真的就睡着了,已经听不见她是怎样躺下来的了。

往往哪天有了烦恼、吵架、斗殴,哪天祈祷的时间就长;听她祈祷很有趣;外祖母把家务事都从头到尾告诉上帝;她跪在那里显得臃肿庞大,像一座小山似的。起先,她又快又含混地细语,然后便咕咕哝哝念叨起来:

"主啊,你是明白的,每个人都想过得好些。米哈伊尔是老大,他应当住在城里,让他搬到河那边去住,使他觉得委屈,再说,那儿是没有住过的新地方;不知道会发生什么事。但是他父亲,比较喜欢雅科夫。对孩子偏心,有什么好哇?老头儿性子拗。主啊,请你开导开导他。"

她那一对又大又亮的眼睛,望着发暗的圣像,她对上帝劝告道:

"主啊,你托个好梦给他吧,让他明白应当怎样给孩子分家!"

> 外祖母的祈祷内容都是为了外祖父以及她的儿孙们,表现出外祖母的慈爱、善良和高尚。

她画十字,磕头,硕大的额头嘣嘣地捣着地板,又直起身子,庄严地说:

"也给瓦尔瓦拉一点儿欢乐吧!她怎么惹你生气了?她哪一点比别人罪过更大?为什么她弄到这个地步:一个年富力强的女人,整日价在悲哀里过日子。主啊,你也不要忘了格里戈里,他的眼睛越来越坏了,瞎了——就得去讨饭,真是不好!他为我们老当家的耗尽了所有的力量,你以为老当家的会帮助他吗!……唉,主啊,主啊……"

她沉默了很久,温顺地低下头,垂着手,屏着气一动不动,仿佛已经睡熟了。

"还有什么?"她微皱着眉头,自言自语地回忆着。"救救所有的正教徒,怜悯他们吧!请原谅我这个该死的老糊涂,——你知道,我犯罪不是出自恶意,是由于愚蠢啊。"

她深深地叹息一声,温和地、心满意足地说:

> 外祖母的上帝和外祖母一样，令"我"喜爱。

"你一切都懂得，亲爱的，你一切都知道，我的主啊。"

我非常喜欢外祖母的上帝，他对外祖母是那样地亲近，我常常央求她：

"讲一讲上帝的故事吧！"

> 外祖母给"我"讲上帝的故事时的表情、动作、语调描写。表现出外祖母的虔诚。

她讲上帝的时候很特别：声音很低，奇怪地拉长了字音，闭着眼，并且一定得坐着讲；她欠欠身，坐下，把头巾披到散发上，她讲得很久，一直讲得使人入睡：

"在山冈上，在天堂的草地中间，在银白色的菩提树阴下，上帝在蓝宝石的宝座里坐着，那些菩提树一年四季都是繁花茂叶的；在天堂里，既没有冬，也没有秋，花儿永远不谢不落，不倦地开着，为的使那些上帝的信徒们开心。天使们在上帝身旁飞翔着，他们成群结队的，多得像飞舞的雪花或者嗡嗡响的蜜蜂，——这些白鸽儿飞降下界，又飞回天上，把我们人间的事儿全报告给上帝。那些天使中有你的，我的，外祖父的——每人都分得一个天使，上帝对任何人都平等看待。比方，你的天使报告上帝说：'阿列克谢对着他外祖父伸舌头出怪相！'上帝就吩咐揍他一顿！天使就这样把一切事情，把每个人的事情，全告诉上帝，上帝赏给各人应得的——有人赏给不幸，有人赏给欢乐。上帝那儿一切都是好的，天使们快乐地游戏，扇动着翅膀，不停地对上帝歌唱：'荣耀归于主，荣耀归于主！'可爱的上帝呢，只是对他们微微含笑，好像是说：行了，行了！"

外祖母也微笑着，脑袋左右晃悠着。

"你这全见过吗？"

"没见过，可是知道！"她沉思地回答道。

> 说明"我"对外祖母的喜爱。

她一讲起上帝、天堂、天使，就变得又小又和蔼，她的面孔变得年轻，湿润的眼睛流露出特别温暖的光芒。<u>我拿起她那粗重的、缎子般的辫发缠到自己脖子上，一动不动地，</u>

专心致志地听那永远讲不完听不厌的故事。

"人不能看见上帝——会把眼睛看瞎的;只有圣徒才能睁大眼睛看见他。天使,我倒见过;当你心境清爽的时候,他们就出现了。有一次做晨祷,我在教堂里站着,祭坛上就有两个天使,云雾一般,透亮透亮的,透过他们的身体,什么都看得见,翅膀尖儿挨着地板,像花边,又像绫罗细纱。他们绕着宝座走来走去,帮助伊利亚老神甫。他举起衰老的手祈祷上帝,他们就扶着他的肘弯儿。他老得眼睛都瞎了,摸摸索索的,过后不久,他就去世了。他一看见那两个天使,就高兴得呆住了,心头一阵难过,眼泪直往下滚,——噢,多么好哇!噢,廖尼卡,亲爱的孩子,不论是天上或人间,凡是上帝的一切都是好的,真好极了……"

"我们这儿也什么都好吗?"

外祖母在胸前画了十字,回答道:

"多谢最神圣的圣母,——一切都好!"

这可使我糊涂:很难承认这家子一切都好;我仿佛觉得,这里的日子越过越糟。

有一天,我从米哈伊尔舅舅的房门前走过,看见纳塔利娅舅母浑身是素白衣裳,两手按住胸口,在屋子里乱窜乱喊,声音不高,但很可怕:

"上帝,把我召回去吧,把我领走吧……"

我懂得她的祷词,同时也弄明白了格里戈里为什么咕咕噜噜地说这话:

"我宁愿瞎了眼要饭去,也比待这儿强……"

我希望他快点瞎,那我就能请求替他带路了,我们一块儿到处讨饭。我把我这个想法告诉了他;老师傅含着笑回答道:

"那好吧,我们一块儿要饭去!我满城吆喝着:这是染坊

"我"对外祖母祈祷后的结果感到了不解。

"我"想离开这个糟糕的地方,甚至不惜和格里戈里去讨饭。

行会头子瓦西里·卡希林的外孙子!那才有趣呢……"

我常常看见,纳塔利娅舅母的无神的眼睛底下有几块青疙瘩,她焦黄的脸上的嘴唇肿着。我问外祖母:

"舅舅打她吗?"

她叹着气回答道:

"他偷着打,这个该死的!外祖父不许打她,可是他每天夜里打。他凶极了,他媳妇偏偏软得像凉粉……"

她兴头上来了,继续讲道:

> 此处描写,反映了舅舅残暴的性格。

"现在总算不像从前打得那样厉害了!现在只照着牙齿、耳朵给她几下,揪一会儿辫子,就完了,从前啊,一折磨起来就是几个钟头!你外祖父有一次打我,从复活节的第一天午祷时分,一直打到晚上。打累了歇一会儿,再打。连缰绳也用过,什么都用过了。"

"为什么打呢?"

"记不得了。有一次,他把我打得半死,五天五夜没给我吃的,好容易活过来一条命。有时还要……"

这可把我给惊呆了:外祖母的块头比外祖父大一倍,不信她打不过他。

"难道他比你有劲吗?"

> 外祖父也打外祖母,很难说舅舅不是受到了他的影响。

"他不是劲儿大,是岁数大!再说,他是我的丈夫!上帝叫他管我,我命定该忍受的……"

看她拂去圣像上的尘土,擦干净法衣,使人觉得有趣而且愉快;圣像都是富丽堂皇的,在圆光上镶着珍珠、银子和宝石;她两手敏捷地拿起圣像,笑容满面地望着它,感动地说:

"你瞧这脸儿多可爱!……"

她一面画十字,一面吻它。

"蒙上尘土了,熏黑了。唉,你这万能的圣母啊,你是我不可多得的欢乐！廖尼亚，好孩子，你瞧这画得多细，花纹多小，可是都清清爽爽的。这叫做'十二节'，中间是至善圣母费奥多罗夫斯卡娅。这幅是：《勿哭我圣母》。"

有时我觉得，她是诚心诚意地、严肃地摆弄圣像，就像受气的表姐卡捷琳娜摆弄洋娃娃一样。

她常常看见鬼，有时看见一大群，有时看见一个。

"有一次大斋期，夜里，我从鲁道夫家门口走过，那夜有月亮，月光照得像牛奶那样白，我忽然看见：在屋顶烟囱旁边，坐着一个黑鬼，它那带角的头正冲着烟囱口在闻呢，一面闻，一面打响鼻，个头挺大，毛茸茸的。一面闻，一面袅动着尾巴在屋顶上扫来扫去，沙沙地响。我画十字咒它：'愿神兴起，使他的仇敌四散，'我这样说。它立刻低低地尖叫了一声，一个倒栽葱从屋顶滚到院子里，就完蛋了！大约，鲁道夫那天煮肉吃了，小鬼在那儿正闻得高兴呢……"

我想象着小鬼一个筋斗从屋顶滚了下去，不禁笑了，她也笑了，说道：

"它们非常顽皮，完全像小孩子！有一次我在浴室里洗衣裳，一直洗到深更半夜；炉子门突然打开了！它们从炉子里涌了出来，一个比一个小，有的红红的，有的绿莹莹的，有的黑得像蟑螂似的。我赶快向门口奔去，但已经没有路了；给小鬼围着了，它们把整个浴室挤得满满的，连转身的空儿都没有，它们往脚底下乱钻，拉拉扯扯的，挤得我腾不出手来画十字！它们都是毛茸茸的，软绵绵的，热乎乎的，像小猫仔一样，只是用后腿走路；它们团团地打转，调皮捣蛋，龇着耗子似的小牙，小眼睛发绿，角儿刚冒出一点儿，像小包似的突出着，尾巴和猪的一样，——哎哟，我的天啊！我晕过去了！我醒来一看，蜡烛快燃尽了，澡盆的水也凉了，洗的东西扔得满地都是。哎呀，我想，真是活见鬼！"

> 这些鬼神故事激发了作家的想象力，对他的文学创作产生了深刻的影响。

> 奇妙的想象，把读者也引入故事之中。

> 这是怎么回事呢？

我闭上眼睛,就看见那些浑身是毛、五光十色的小东西从炉口、从炉子灰色的石头上,像一股稠嘟嘟的水往外流,它们把小小的浴室挤得满满的,直吹蜡烛,顽皮地伸出粉红色的小舌头。这挺可笑,但却令人毛骨悚然。外祖母摇晃着头,沉默了一会儿,她忽然又容光焕发起来。

"有一次,我看见被诅咒的人了;也是在夜里,冬天,刮着大风雪。我打久科夫山谷走过,你可记得,我曾讲过,雅科夫和米哈伊尔在那儿池塘上的冰窟窿里想淹死你的父亲?我就在那儿走;连滚带爬地刚一走到谷底,忽听得满谷都是尖叫声!我一看,嚁,三匹黑马拉着一辆雪橇冲着我直驶过来,一个身躯高大的鬼赶车,它头戴红色高帽子,像个楔子似的站在驭者座上,两手伸直,握着铁链子缰绳。整个山谷都没有路,这辆三套马的雪橇直冲池塘奔去,隐没在云雾般的白雪里了。雪橇上坐的也都是鬼;它们打着唿哨,喊叫着,挥动着高帽子,——后面跟着七辆三套马的雪橇,像消防车似的飞也似的奔过去,马一律都是黑的,所有这些马都是人,是被父母诅咒过的人;他们专门给鬼取乐,鬼让他们替自己拉车,每到夜里就驾着他们去赴各种宴会。我那次看见的,大约是鬼在娶媳妇呢……"

> 都是亲戚,他们为什么要淹死父亲呢?"我"会怎么想呢?

不能不相信外祖母,——她说得是那么简单明了,那么令人信服。

> 外祖母有着超凡的语言表达能力。

她念起诗来特别好听,有一首诗是讲圣母巡视苦难的人间情景,讲她训诫女强盗安加雷奶娃"公爵夫人"不要抢劫和殴打俄罗斯人;还有些诗是讲神人阿列克谢的,讲战士伊凡的;还有关于大智大慧的瓦西莉萨、关于公羊神甫和上帝的教子的童话;还有关于女王公玛尔法、关于绿林女头领乌斯达、关于一个有罪的埃及女人玛丽亚、关于强盗的母亲的悲哀等可怕的童话;她记得的童话、故事和诗歌,多得数

> 外祖母那里有着各种各样的精彩的故事。

不清。

不管是人是鬼，不管是外祖父还是什么邪气，她都不怕，就是怕黑蟑螂怕得要命，离她老远老远的，她就能听见它们在爬。她常常夜里把我叫醒，对我耳语说：

"阿廖沙，亲爱的，有一只蟑螂在爬呢，你去碾死它，看在基督的份上！"

我睡意蒙眬地点上蜡烛，在地板上爬来爬去寻找敌人；但不是一下子、也不是每次都能找到。

"哪儿也没有，"我说；她连头蒙在被窝里，躺着一动不动，声音低得几乎听不清地要求说：

"咳，有啊！求求你再找找吧！是它，我知道……"

她从来没有说错过，我在离床老远的地方找到了一只蟑螂。

"打死了吗？谢谢上帝！也谢谢你……"

她掀开被窝露出头来，微笑着松了口气。

如果我没有找到那个小虫子，她就睡不着；我能感觉到，在深夜死寂的空气中，只要稍微有点儿动静，她就浑身打战，我听见她屏着呼吸轻声地说：

"它在门槛附近……在箱子下面爬呢……"

"你为什么怕蟑螂啊？"

她满有理地回答道：

"我不了解它们有什么用处。这些黑东西，老是爬啊爬的。上帝给每个小虫都有任务：土鳖是表示屋里潮湿了；臭虫是叫人知道墙脏了；跳蚤咬人，那就是说，那个人要生病了，——都是可以理解的！只有这些东西——谁知道它们身上有什么魔力，上帝派来它们是干什么的？"

有一天，她正跪在那里虔诚地和上帝谈话，外祖父忽然打开房门，嘶哑着嗓子说：

"老婆子，上帝到咱家光顾来了——失火了！"

> 害怕蟑螂与救火时的勇敢形成鲜明的对比，使得人物形象更加丰满。

> 外祖母的上帝也是那么的神奇。

58 童年

"你说什么?"外祖母大叫一声,从地板上跳起身来,两个人脚步沉重地向黑暗的大厅奔去。

"叶夫根尼娅,把圣像摘下来!纳塔利娅,给小孩子穿上衣裳!"外祖母严厉地、声音坚定地指挥着,而外祖父却低声地号泣:

> 对比描写,可以看出外祖母和外祖父面对困难时的不同表现。为什么会有这样不同的表现呢?

"噫——噫!……"

我跑到厨房里;面朝院子的窗户照耀得金光灿烂;一片片的黄光在地板上浮动着;赤脚的雅科夫舅舅一面穿靴子,一面在一片片的黄光上乱跳,仿佛烫着了他的脚掌似的,他喊道:

"这是米什卡放的火,放了火就跑了,好嘛!"

"住嘴,狗崽子,"外祖母说,把他往门口一推,他几乎摔了个筋斗。

> 此处运用了多种修辞手法,有比喻、拟人、排比。

透过玻璃窗上的霜花可以看见:染坊的房盖在燃烧,火舌曲卷着,旋风似的直往染坊的门外冒。火焰的红花,纯净无烟的红花,在静静的黑夜里盛开着;在高高的空中荡漾着一朵黑云,但银白的天河仍然看得清清楚楚。雪被照得通红,建筑物的墙壁颤抖着,摇晃着,仿佛要冲到院子燃烧的地方,那里火焰正玩得高兴,往染坊的宽宽的墙缝里灌满了红光,从这缝里吐出无数弯弯曲曲的烧红的钉子。整个干燥的黑色屋顶木板,很快透透迤迤地缠满了红色和金色的带子;在这些带子中间,细细的缸瓦烟筒冒着烟,突突地响着;低低的破裂声,像绸缎似的沙沙声,叩打着窗户玻璃;火头越来越高;染坊被火装饰得像教堂里的圣壁一般,令人难以抗拒地想到它跟前去。

我往头上披了一件笨重的短皮大衣,一双脚伸进不知谁的靴子里,我跌跌拉拉地从过道里走到台阶上,一下就把我吓呆了:明晃晃跳动着的火头令人目眩,外祖父、格里戈里、舅舅的叫喊声和噼噼剥剥的爆炸声，把耳朵都震聋了；外祖母的行动把我吓坏了：<u>她头上顶着空口袋，身上裹着马被，直冲着火跑了进去</u>，一面喊叫：

"硫酸盐，混蛋们！硫酸盐要爆炸了⋯⋯"

"格里戈里，拉住她！"外祖父狂叫。"哎哟，这下她可完啦⋯⋯"

但外祖母已经钻了出来，浑身冒烟，直摇头，躬着腰，伸直两手捧着像水桶大小的一瓶子硫酸盐。

"老当家的，快把马牵走！"她一面咳嗽，一面哑着嗓子喊。"快给我脱下来，我要烧着了！看不见还是怎么啦？⋯⋯"

格里戈里给她脱掉了烧糊了的马被，折成两段；他开始用铁锹铲起大块的雪往染坊门里扔；舅舅拿着一把斧头绕着他乱跳；外祖父在外祖母身旁奔忙，往她身上撒雪；她把瓶子塞到雪堆里，向大门口奔去，打开大门，向那些跑进来的人们鞠躬，说道：

"街坊邻居们，快救救仓库吧！眼看火就要烧到仓库，烧到干草棚，——我们烧光了，你们的家也免不了的！把仓库顶盖扒掉，把干草都扔到花园里！格里戈里往上扔，你干吗老往地下扔啊！雅科夫，不要瞎忙，把斧头都拿来交给大家，铁锹也都拿出来！我的好邻居啊，做做好事吧，上帝保佑你们。"

她像大火一样有趣：她被火照得亮堂堂的，火仿佛捉住了她这个一身黑衣裳的人，她在院子里东奔西跑，哪儿有事就到哪儿，所有的人都听她指挥，什么事都逃不过她的眼睛。

沙拉普跑到院子来了，它直立起来，把外祖父悬空掀起；它那两只大眼睛被火照得红光闪闪的；这匹马高声嘶叫，前蹄紧贴着地；外祖父松开了缰绳，跳到一边喊道：

"老婆子，牵住它！"

她抢向前去，奔到直立起来的马的前腿下面，张开两手挡

> 外祖母是如此的勇敢。

> 整个救火事件中，我们又发现了一个新的"外祖母"。比较染布事件发现的新"外祖父"。他们是怎么样的两个人？

着它，马悲哀地长鸣一声，斜视着火焰，顺从地向她凑近来了。

"你用不着怕！"外祖母声音低沉地说，拍拍它的脖颈，牵起了缰绳。"我哪能忍心使你担惊受怕啊？咳，你这个小老鼠……"

这个比她大三倍的小老鼠，乖乖地跟着她向大门口走去，一面瞅着她那通红的脸，一面打着响鼻。

叶夫根尼娅保姆从屋子里把裹得紧紧的、呜呜地哭着的小孩子领了出来，喊道：

"瓦西里·瓦西里奇，阿列克谢找不到……"

"走吧，走吧！"外祖父摆着手回答道。我藏在门口台阶下面，怕保姆把我领走。

染坊的顶盖已经塌下来了；细细的梁柱冒着烟向天空耸立着，像一根根金色的火炭亮光闪闪；建筑物内部，哔哔剥剥地爆发出一阵阵绿色、蓝色、红色的怒号的旋风，一团团的火焰掷到院子里，掷到人身上，聚集在这一大堆篝火跟前的人们，正用铁锹把雪扔进去。几口染锅疯狂地沸腾着，蒸气和烟，密云似的往上升，院子里充满了奇怪的气味，眼睛被侵蚀得流泪；我从台阶底下爬出来，正碰着外祖母的脚。

"走开！"她大喊一声。"踩死你，走开……"

一个骑马的人闯进了院子里，他戴着隆起鸡冠的铜盔、枣红马溅着白沫，骑马的人高高举起鞭子，威吓地叫喊着：

"闪开！"

小铃铛快活而急促地响着，一切都像过节那样好看。外祖母把我往台阶上一推，说道：

"我不是告诉你了？滚开！"

在这时刻不能不听她的话。我跑进了厨房，又贴近窗户玻璃往外瞧，但一大群黑糊糊的人挡住了火，只能看见在那冬季黑便帽和带檐的帽子中间，铜盔在发光。

火很快被压下去，浇灭了，踩熄了。警察把人们赶走，外祖母走进了厨房。

"谁在这儿？你啊！没有睡，怕吗？不要怕，现在已经没事儿了……"

她在我身旁坐下，晃悠着身子，一句话也不说。真好，又回复到静夜和黑暗了，但火灭了也怪可惜的。

外祖父走进来，在门槛旁停下脚步，问道：

"是老婆子吗？"

"嗯？"

"烧伤没有？"

"不要紧的。"

他划着硫黄火柴，一片青光照亮了他那涂满烟滓的黄鼠狼似的脸，他找到桌上的蜡烛，慢条斯理地挨着外祖母坐下。

"你最好去洗一洗，"她说，她也是满脸烟滓，发散着刺鼻的烟味。

外祖父叹息一声：

"上帝总是对你大发慈悲，给了你很大的智慧……"

他抚摩着她的肩膀，龇了龇牙干笑一下，又补充说：

"虽然时间很短，虽然一个钟头，上帝总算给你了！……"

外祖母也苦笑一下，想说句什么话，但是外祖父把眉头一皱，说：

"要跟格里戈里算账，——这都是他的粗心大意！这个老家伙干活儿干够了，活到头了！雅什卡坐在门口哭呢，这个浑小子……你去看看他……"

她站起来，把两只手捧到脸前面，吹着指头，走出去了；外祖父眼睛不望着我，轻声问道：

"失火的情形都看见了吧？从头看到尾？你瞧你外祖母怎么样？嗯？已经是老太太了……受一辈子苦，病病歪歪的……可

_{火熄灭了，恢复了暂时的宁静。}

_{外祖父对外祖母的赞美。}

真能干！嗨，你们这些人啊……"

他躬着腰，半天没说话，然后站起来，掐掉烛花，又问道：

"你害怕了吗？"

"没有。"

"其实没有什么可怕的……"

他气汹汹地脱掉衬衫，走到角落去洗脸，他在那黑暗的地方把脚一跺，大声嚷嚷道：

谁放的火呢？

"失火是一件蠢事！应当把灾主牵到广场上痛抽一顿；他是混蛋，再不然就是小偷！要这么办就不会有火灾了！……睡觉去吧。干吗老坐在这儿？"

夜里仍无法安静下来。

我走了，但这一夜仍然没有睡成功：刚躺到床上，忽然一阵凄厉的嗥叫声又把我从床上掀了起来；我又跑到厨房里；没有穿衬衫的外祖父手里拿着蜡烛在厨房中间站着；蜡烛直颤悠，他两脚在地板上蹭蹭磨磨，原地不动地沙哑着嗓子说：

"老婆子，雅科夫，出了什么事了？"

惊人的场面描写。

我跳到炕炉上，挤在角落里，屋里又像失火一样开始忙乱起来；有节奏的、越来越高的、紧张的嗥叫，像波浪似的拍打着天花板和墙壁。外祖父和舅舅丧魂失魄地乱跑，外祖母喊叫着；把他们赶到别处去，格里戈里稀哗啦地抱柴火填进炕炉里，往铁罐里倒水，脑袋颤颤巍巍地在厨房里走来走去，活像阿斯特拉罕的大骆驼。

"你先生上火啊！"外祖母指挥道。

他慌忙来找松明，一下子摸着了我的脚，惊慌地叫道：

"谁在这儿？嘿，吓我一跳……你到处碍手碍脚的……"

"这是怎么回事啊？"

"你纳塔利娅舅母生孩子，"他从炕炉跳到地板上，淡漠地答道。

我记得我母亲生孩子并没有叫得这样厉害。

格里戈里把铁罐子放到火上,又爬上炕炉来找我,从衣袋里掏出一个陶制烟袋给我看。

"我开始抽烟了,为了眼睛!你外祖母劝我:闻鼻烟吧,可是我觉得最好还是抽……"

他耷拉着两腿坐在炕炉沿上,朝下望着微弱的烛光。他的一只耳朵和一边腮都涂着烟淬,一边衬衫被撕破了,我看得见他那宽得像铁箍似的肋骨。眼镜有一边打破了,从镜框里掉了半片玻璃,从破洞里可以看见一只伤口似的又红又湿的眼睛。他把烟叶塞进烟锅里,细听着产妇的呻吟声,他像个醉汉似的前言不搭后语地咕哝着:

"你外祖母烧成这个样子,她怎么能接生啊?你听,你舅母叫唤的!大家把她忘了;火刚烧起来,她就抽筋,是吓的……你瞧生孩子多难,就是这样人们还是不尊敬女人!你记住:应当尊敬女人,尊敬女人就是尊敬母亲……"

只有格里戈里真诚地赞美外祖母、赞美女性、尊重女性。

我打瞌睡,但嘈杂的人声、关门声、喝醉酒的米哈伊尔舅舅的叫喊声,把我弄醒了,耳朵里闯进几句奇怪的谈话:

"要把上帝的大门打开……"

"把长明灯的油、甜酒和烟淬掺在一起给她喝:半杯油,半杯甜酒,再来一勺厨房的烟淬……"

米哈伊尔舅舅死缠活缠地要求:

"让我去看一看……"

他张开两腿坐在地板上,用手掌拍着地板,直往自己面前吐口水。炕炉上渐渐热得难受了,我爬下来,但刚走到舅舅身旁,他忽然抓住我一只脚,用劲一拉,我仰面朝天地倒了,后脑勺咕咚一声碰着了地板。

舅舅竟然把"我"摔得昏死过去。他为什么这样做呢?

"混蛋,"我骂他。

他跳起身来,又捉住了我,把我揪起来一扔,咆哮道:

"我把你摔死到炕炉上……"

我苏醒过来,这时我已经在前厅犄角的圣像下面,躺在外祖父的大腿上,他瞪着天花板,晃荡着我,低声地说:

"我们谁也得不到宽恕,谁也得不到……"

在他头上方,长明灯的光亮辉耀着,前厅中间的桌子上点着蜡烛,窗外已经露出朦胧的冬天早晨了。

外祖父俯下身子问我:

"你哪儿疼?"

全身都疼。我的头是湿的,身子是沉重的,但不愿把这说出来。周围一切是这样奇怪:大厅里的椅子差不多坐满了生人——穿紫衣裳的神甫,戴眼镜、穿军服的白发老头,还有许多其他的人。他们都像木头似的一动不动,定神地在期待着什么,听附近什么地方发出的水声。雅科夫站在门框旁边,背着双手,直着身子。外祖父对他说:

"来,带他睡觉去……"

舅舅伸出一只手指打手势招我出去,他踮着脚尖向外祖母的房门口走去,当我爬上床时,他悄悄地细语说:

"你舅母纳塔利娅死了……"

这并不使我觉得惊奇。很久以来就没有看见她了,她既不到厨房里去,也不来吃饭。

"外婆在哪儿?"

"在那儿,"舅舅把手一挥,答道,他仍然踮起打赤脚的脚尖儿,走开了。

我躺在床上东张西望。不知是哪些人的面孔——头发又长又白,眼睛是瞎的——紧贴着窗户玻璃;在角落箱子上方,挂着外祖母的衣裳,这我是知道的,但是现在仿佛觉得有一个活人在那儿藏着,在等待着什么。我把头埋到枕头底下,用一只眼睛瞅着门,我直想从鸭绒褥子上跳起来跑开。觉得很热,稠密沉重的空气窒息人,令人想起"小茨冈"死的情形,地板上到处流的都是血;有一块什么东西在我的脑袋里和心里肿胀起来;我在这屋里所看到的,仿佛是冬季大街上的载重车队,慢慢地从我身上走过,把一切都轧碎了……

门慢悠悠地闪开了,外祖母几乎是爬着进来,用肩头把门挤开,背靠着它,对着长明灯的青光伸出两手,静静地、像孩子似的诉苦地说道:

"我的手啊,我的手好疼啊……"

> "小茨冈"的死。所有这些残酷的现实,令"我"不堪重负。

情境赏析

本章是对外祖母性格和品质的生动感人的记录。她的坚强、果断、勇敢都在这场大火中得到了展示。

本章运用了多种写作技巧,如用行动刻画人物;还运用了对比和反衬的手法,外祖母与外祖父在大火中的表现形成鲜明的对比;以及运用多种修辞手法进行场面描写,如比喻、拟人、排比,栩栩如生地刻画出一个救火的场面,给人留下了深刻的印象。

而这一切都是通过孩子的视角来写的,在阿廖沙眼中,外祖母坚强、勇敢、镇定之外还很有趣。"她像大火一样有趣:她被火照得亮堂堂,火仿佛捉住了她这个一身黑衣裳的人。"这样的写法造成一种轻松的气氛,使文章显得独具韵味。

名家点评

只有读过高尔基的《童年》的人,才能正确地评价高尔基惊人的历程——他从社会的底层上升到具备当代文化修养、天才的创作艺术和科学的世界观这样一个阳光普照的顶峰。在这一方面,高尔基个人的命运,对于俄国无产阶级来说,是有象征意义的。

——(德)卢森堡

五

> 舅舅们分家了；外祖父发生了很大的变化。外祖母向阿列克谢讲了她和外祖父苦难的过去。

开春的时候，舅舅们分家了；雅科夫留在城里，米哈伊尔搬到河对岸。外祖父在田野街上买了一所挺漂亮的大宅子，楼下的石头建筑是一家酒馆，还有一间舒适的小阁楼，从后花园下去便是山沟，这里长满了光秃秃的柳树条子。

"你瞧好多鞭子！"我和外祖父沿着松软的、融雪的小路一面走，一面瞧看花园，他快乐地向我眨眨眼，说道。"我快要教你识字了，那时这些鞭子就有用处了……"

整所宅子住满了房客，外祖父只留楼上一大间给自己住和接待客人，我和外祖母住在顶楼上。顶楼的窗户朝着大街，每天晚上和每逢过节，从窗台探着身子，可以看见醉汉们跌跌撞撞地从酒馆走出来，满街乱闯，叫喊，跌跤。有时他们像口袋似的被人扔了出来，但他们又往酒馆的门里硬挤；门乒乒乓乓、哗哗啦啦地响，滑轮吱吱呕呕地叫，又开始了一场斗殴。从楼上看这一切非常好玩。外祖父一早就到儿子们的染坊去帮助他们安排活计；他晚上回来的时候，又累、又郁闷、又生气。

外祖母在家做饭，缝衣裳，在菜园和花园里刨刨地，她像一个大陀螺，被一条看不见的鞭子抽得整天乱转，她闻鼻烟，津津有味地打喷嚏，一面擦脸上的汗，一面说：

"好人啊，祝你们长命百岁！阿廖沙，我的心肝，你瞧，我们过得多么安静！多谢上天的圣母，一切都变得这么好！"

可是我并不觉得我们过得安静，从早到夜，房客们满院子满屋乱哄哄地跑来跑去，邻居的女人们不断地过来，大家都急急忙忙地到什么地方去，时常因为迟误而唉声叹气，大家都在准备什么事情，老是叫喊：

"阿库林娜·伊凡诺芙娜！"

阿库林娜·伊凡诺芙娜不论对什么人都是同样和蔼地微笑着，都温柔地关怀他们，她用大拇指把烟装进鼻孔里，细心地用红方格的手帕擦净鼻子和手指，说道：

"预防生虱子，我的太太，要常洗澡，洗薄荷蒸气浴；要是生癣疥，就舀一羹匙最干净的鹅油，一茶匙升汞，三滴水银，放在碟子里用一片破洋磁研七下，然后抹到身上！要是用木匙或者骨头来研，水银就糟蹋了；也不能用铜器和银器，伤皮肤！"

有时她沉思地劝告说：

"老大娘，您到佩乔雷修道院找苦修士阿萨夫去吧，我不能回答您这问题。"

她给人家接生，和解家庭纠纷，给孩子治病，能背《圣母梦》——女人们背会它能"交好运"，给人们家务方面的忠告：

"黄瓜自己会说明什么时候该腌；它一没有土腥气或者别的怪味，就可以腌了。克瓦斯要发酵，这样才够味儿，才冒泡儿；克瓦斯忌甜，您只要放一点儿葡萄干就行了，要是放糖，一桶只要半两。酸牛奶有各式各样的做法：有多瑙河口味的，有西班牙口味的，还有高加索口味的……"

我整天跟着她在花园和院子里转来转去，跟她到邻居的女人们那里，她有时在别人家一连坐几小时，喝茶，不断地讲各种故事；我仿佛长在她身上了，在我这段生活中，除了这位忙个不停的、无限慈祥的老太婆，再不记得看见别的什么东西了。

有时，我母亲不知从哪儿来了一会儿；她的神气又骄傲又严厉，一对冷冷的灰眼睛像冬天的太阳似的注视一切；她很快又消失不见了，没有给人留下可以回忆的东西。

有一次我问外祖母说：

"你会巫术吗？"

"唔，你真会想！"她微笑一下，立刻又沉思地说，"我哪儿行啊，巫术是一门困难的学问。我不识字，一个字母也不认得；你瞧你外祖父多有学问，我呢，圣母没有使我变得聪明。"

她又向我讲了一段她过去的生活：

"我从小也是孤儿，我的母亲是个贫农，又是个残废；她当闺女的时候，被地主惊吓了一次。她半夜里吓得跳窗户，摔坏了半边身子，臂膀也摔伤了，从那时起，她的右手，那只最要紧的手，就萎缩了。我的母亲是个有名的织花边的。这样一来，她对地主老爷就没用了，地主赶走了她，说是'爱怎么过就怎么过去吧'，少了一只手怎样生活啊？她只得到处流浪，乞求人家的怜悯，那时人们比现在富足，比现在慈善，譬如巴拉罕纳的木匠和织花边的人们，全是些好样的！每年秋天和冬天，我和母亲就留在城里要饭，加百利天使把宝剑一挥，赶走了冬天，春天拥抱着大地了，这时我们继续向前走，眼睛望到哪儿就走到哪儿。到过穆罗姆，也到过尤列维茨，沿着伏尔加往上走，沿着静静的奥卡河也走过。春天和夏天，在大地上流浪真好。大地是亲切的，青草像天鹅绒似的；至圣的圣母在田野上撒满了花，你在这儿真快乐，你的心觉得自由自在！有时候，母亲闭上蓝色的眼睛，提高了嗓子唱起歌来，——她的嗓子不怎样有力，可是响亮，——周围一切都仿佛在打盹儿，纹丝儿不动，都在听她唱歌。讨饭的生活挺好玩！我刚过九岁的时候，母亲觉得牵着我到处要饭怪难为情的，因为怕羞，就在巴拉罕纳城住下来；她沿着大街挨门挨户地求乞，每逢节日，就到教堂门口收集善人们的施舍。我坐在家里学织花边，我拼命地快学，想快一点帮助母亲；有时学得不顺利，就流泪。两年多的工夫，你瞧，我学会了，并且全城闻名：只要有人想要好的手工，马上就找我们：'喂，阿库利娅，给我们织一件吧！'我可高兴啦，像过节似的。当然，不是我的技术巧，是妈妈教得好。她虽然只剩一只手，自己不能工作，但是她会指点。一个好的老师比十个干活的还宝贵呢。可是，当时我自满起来，我说：

'妈妈，你别东奔西跑地要饭了，现在我一个人就能够养活你！'她对我说：'住嘴，你要知道，这是给你攒钱买嫁妆的。'不久你外祖父出现了，一个出色的小伙子，二十二岁，已经当上大船的工长了！他的母亲细细地把我端详了一番，她看出：我会做活计，又是讨饭的女儿，大约挺老实的，行……她卖甜面包，是一个凶恶的女人，别回忆这个了……咳，我们干吗要回忆坏人啊？上帝会亲眼看见他们的；上帝看见他们，小鬼喜爱他们。"

她由衷地笑了，她的鼻子可笑地颤动着，眼睛沉思地闪闪发光，使我感到很亲热，它们所表示的，比言语还要明白。

我记得，一个寂静的晚上，我和外祖母在外祖父的屋里喝茶；他身体不好，坐在床上，没有穿衬衫，肩上披着一条长长的手巾，每分钟都要擦一擦满头的大汗，呼吸急促，声音喑哑。他的绿眼睛发暗，面孔浮肿，紫红紫红的，那又小又尖的耳朵尤其红得厉害。当他伸手拿茶杯时，手哆嗦得可怜。他很温顺，不像往时那样。

"为什么不给我放糖啊？"他像一个惯坏的孩子似的，撒娇地问外祖母。她亲切地，但坚决地回答说：

"给你蜜喝，这对你更好！"

他上气不接下气、吭吭呛呛地很快喝着热茶，说道：

"你好好地看着，可别让我死了！"

"别怕，我小心地看护着。"

"对啦！要是我现在就死——仿佛还完全没有活过似的，——一切都成灰了！"

"别说了，静静地躺着吧！"

他闭上眼，咂着黑色的嘴唇，沉默了一会儿，突然，像被针刺着似的，他浑身颤动起来，自言自语地说：

"雅什卡和米什卡要赶快结婚，也许老婆和新生的孩子能使他们老实点——是不是？"

于是他就提起城里哪一家有合适的姑娘。外祖母一声不响，一杯接着一杯地喝茶；我坐在窗户旁边，望着城市上空的晚霞烧得通红，把房子的窗户都照红了。我因为犯了一件什么过失，外祖父禁止我在院子和花园里玩。

在花园里，甲壳虫绕着白桦树嗡嗡地飞，隔壁院子的桶匠正在干活，附近有人霍霍地磨刀；在花园下边的山谷里，孩子们吵吵闹闹，在灌木林里乱窜。很想到外面去玩，黄昏的惆怅涌上了心头。

忽然，外祖父不知从哪里得到一本小小的新书，放在手掌上用力一拍，兴致勃勃地叫我：

"喂，调皮蛋，小鬼头，来！坐下，你这个高颧骨的。你看这个字？这是аз。你念：аз！буки！веди！这是什么？"

"буки。"

"对了！这个呢？"

"веди。"

"胡说，是аз！看着：глаголь，добро，есть，这是什么？"

"добро。"

"对了，这个呢？"

"глаголь。"

"对了！这个呢？"

"аз。"

外祖母插嘴说：

"你老老实实地躺一躺吧，老爷子……"

"别管我，住嘴！我现在正要这样才舒服，不然净胡思乱想。念下去，列克谢！"

他用滚烫的、汗津津的胳膊钩着我的脖子，把书摆在我的鼻子下面，越过我的肩膀用指头点着字母。从他身上发出一股子酸味、汗味和烤葱味，弄得我几乎透不过气来，而他却冒起火来，哑着嗓子对着我的耳朵喊叫：

"земля！люди！"

字是认识了，但斯拉夫字母和它的名称不相符合："земля"像一条虫子，"глаголь"像驼背的格里戈里，"я"像外祖母和我，而在外祖父身上却有着字母表中所有字母共同的东西。他叫我把字母表念了好几遍,有时顺次问我,有时打乱问我;他的热狂劲头感染了我,我也冒汗了,可着嗓子喊。这使他觉得可笑,他抓着胸脯,咳嗽着,揉皱着书,哑着嗓子说:

"老妈妈,你听他嗓门多高?嗨,你这个阿斯特拉罕打摆子的,你叫喊个什么啊,嗯,叫喊什么?"

"是您在叫喊嘛……"

我看了看他,看了看外祖母,觉得很快乐:她用肘子倚着桌子,用拳头支着腮帮向我们望着,低声笑着,说:

"行了,你们别拼命喊了!……"

外祖父友爱地对我解释:

"我喊是因为身体不好,你是为什么啊?"

他摇晃着汗淋淋的脑袋对外祖母说:

"死去的纳塔利娅说他记性不好,这话不对;谢天谢地,他的记性像马似的!翘鼻子,继续念下去!"

最后,他像开玩笑似的把我从床上推下来。

"行了!把这本书拿去。明天你得把所有的字母都念给我听,不能有错,念对了我给你五个戈比……"

我伸手拿书的时候,他又把我拉到怀里,忧郁地说:

"你母亲把你撇到人世上受苦,小弟弟……"

外祖母打了一个寒战:

"嗨,老爷子,你干吗提这个啊?"

"我本不想说的,但心里难过,由不得嘴……唉,多好的一个姑娘,走错路了……"

他猛然把我一推,说:

"去玩去吧!不要到街上,就在院子里、花园里玩玩……"

我正想到花园里:我一走进园子,爬到山上,一些野孩子就从山谷里向我扔石子,我也高兴地回击他们。

"'贝尔'来了!"他们喊道,远远地一看见我就武装起来。"剥他的皮！"

我不知道"贝尔"是什么意思，这个外号并不惹我生气，但一个人能打退好多人倒是一件快事，看见你扔出的石子百发百中，逼得敌人逃跑，躲到灌木林里，真使人高兴。进行这种战斗毫无恶意，结束的时候也几乎没有恼怒。

我学认字并不吃力，外祖父渐渐对我关心起来，越来越少打我，虽然在我看来，应当比以前打得更勤才对：我一天天长大了，更大胆了，我越来越常破坏外祖父的规矩和训示，可是他只不过骂我几句，拍打我几下罢了。

我心里想，大约他以前打我是没有道理的。有一次我把我这个想法告诉了他。

他轻轻地把我的下巴颏往上一托，仰起我的头，眨巴着眼皮，拉长了腔说道：

"什——么？"

他嘿嘿地笑了，说：

"嗨，你这个异教徒！你怎么能够算出我该打你多少次？除了我自己，谁能知道啊？滚开！"

他立刻抓住我的肩膀，注视着我的眼睛，又问道：

"你是精还是傻，嗯？"

"我不知道……"

"你不知道？那么我来告诉你：要学着精，这样好些。傻就是愚蠢，你懂吧？绵羊傻呵呵的。记住！去吧，玩去吧……"

很快我就能拼音念诗篇了，通常总是在吃过晚茶才学习，每次都是由我来读圣歌。

"Буки-люди-аз-ла-бла；живе-те-иже-же-блаже；наш-ербла-жен，"我一面用指字棒在篇页上移动着，一面念，我感到枯燥无味，于是问道：

"贤人就是雅科夫舅舅吧？"

"我给你一拐脖，叫你知道谁是贤人！"外祖父气哼哼地吹着鼻孔说。

可是我觉得他生气不过由于习惯，为了做做样子。

我几乎从来没有弄错，过了一会儿，看样子，外祖父就把我给忘了，咕咕哝哝地说：

"在游戏唱歌上，他简直是大卫王，但做起事来，却像毒辣的押沙龙！会编歌，会花言巧语，会逗笑……嗨，你们这些人啊！'用快活的两腿跳着玩'，能跳出多远啊？嗯，能跳多远？"

我不再读下去，注意地听着，望着他那阴沉的、忧虑的面孔；他的眼睛眯缝着，从我头上往前看去，两眼放射着忧郁的、温暖的光芒，我已经知道，这时外祖父心里正怀着平素那种严酷的性情。他用细细的手指嘭嘭地敲着桌子，染色的指甲闪着光，金黄色的眉毛颤动着。

"外公！"

"嗯？"

"讲个故事吧。"

"你念吧，懒鬼！"他咕咕哝哝地说，仿佛刚醒过来，用手指揉揉眼睛。"喜欢听笑话，不喜欢念诗篇……"

但是我怀疑他自己对笑话就比对诗篇欢喜，诗篇他几乎全都记得，他立誓每晚睡觉前高声念它几章，就像教堂里的助祭念祷词一样。

我热心地央求他，老头子慢慢变得柔和了，对我让步了。

"那好吧！诗篇能永远带在你身边，我呢，快到上帝那儿受审判去了……"

他往古老的安乐椅的毛线绣花靠背一仰，缩着身子靠得更紧点，抬头望着天花板，他静静地若有所思地讲起那些陈年往事，讲起自己的父亲。

有一次，一群强盗来巴拉罕纳抢劫商人查耶夫，我祖父的父亲跑到钟楼敲钟告警，强盗追上了他，抽出马刀把他砍死，扔到钟的下面。

"当时我还小得很，没有看见这件事，所以不记得；我最早懂事的时候，是从法国人开始的。那是一千八百一十二年，当时我刚过十二岁。那时有三十来个法国俘虏押解到我们的巴拉罕纳，他们都是精瘦的小个子；衣服穿的一个人一个样，比要饭的穿得还坏，浑身发抖，有几个甚至冻坏了，站都站不住了。老百姓想打死他们，可是护送兵不让，驻防军来了，把老百姓赶回各家院子里。后来倒没啥，大家都混熟了；这些法国人都精明强干；甚至满快乐，时常唱歌。大老爷们坐着三套马车从尼日尼来看俘虏；他们来到后，有些人谩骂，伸出拳头吓唬法国人，甚至揍他们；有些人和蔼地和他们谈法国话，给他们钱，给他们些保暖的破烂衣服。其中有一个老头子用手蒙起脸来哭了，他说：'拿破仑这个坏蛋可真把法国人害苦了！'你瞧：俄国人心眼多好，甚至贵族老爷都怜悯别的民族……"

他沉默了一会儿，闭上眼睛，用手掌抹抹头发，细心地回忆过去，然后继续说下去。

"冬天，暴风雪扫过大街，严寒往屋里挤进来，那些法国俘虏时常跑到我们窗户下面敲玻璃，喊叫着，跳跃着，向我母亲要热面包，——她是卖烤面包的。我母亲不让他们到屋里来，把面包从窗口递出去，法国人抓起面包就揣到怀里，面包从火里刚取出来，滚烫的，一下子就贴到皮肤上，放到心窝上，他们怎么受得了，我真不明白。有很多人活活冻死了，他们是从暖和的国度来的，不习惯严寒。在我们菜园里有一间浴室，那儿住着两个法国人，一个军官和他的勤务兵米朗；那个军官又瘦又高，皮包骨头，穿一件女外套，外套只到他膝盖。他很和气，但是一个酒鬼，我母亲偷偷地酿啤酒卖，他买了去大喝特喝，整天唱歌。他学会了说咱们这话，时常唠叨：'你们这地方不是白的，是黑的，凶恶的！'他俄国话说得不好，但可以懂得。的确是这样：咱们这上游地带不可亲。伏尔加河下游地方，比较暖和些，一过里海，简直见不到雪了。这话是可以相信的，因为不论是在《福音书》里，在《使徒行传》里，尤其是在诗篇里，都没有提到雪，提到冬，耶稣住的地方就在那边……读完诗篇，咱们就开始读《福音书》。"

他又不说话了，像是在打盹，他整个人又小又尖，斜着眼睛向窗外望，仿佛在想什么事情。

"您讲啊，"我悄悄地提醒他。

"好的，"他颤抖一下，开始说，"我是说法国人！他们也是人，并不比我们这些有罪的人差些。他们时常喊我母亲：'玛达姆，玛达姆，'这是说：太太，太太，可是我们这位太太能从面铺里扛五普特面粉。她那股劲头简直不像个女人，我已经二十岁了，她揪住我的头发还能不费劲地摇晃一气，我二十岁的时候也相当棒了。那个勤务兵米朗爱马，他常常到各家院子里走走，打手势要求洗马！起先我们怕这个敌人使坏，后来老百姓们自动地叫他：去洗马，米朗！他微微一笑，低着头，像牛似的走去了。他头发棕红，大鼻子，厚嘴唇。他非常会管马，并且给马治病很拿手，后来，在尼日尼做马医，但不久他疯了，被救火队活活打死。那个军官春天生了病，在春尼古拉节日那天，他悄悄地死了：心事重重地在浴室窗下坐着，就这样头伸到外面断了气。我很可怜他，我甚至偷偷地为他哭了一场；他很温柔，他揪着我的耳朵亲切地说些法国话，我不懂得，但是觉得挺好。人的亲切不是在市场上能买到的。他本想教我法国话来着，但母亲不让学，她甚至领我去见神父，神父吩咐揍我一顿，并且控告了那个军官。小弟弟，那时日子不好过，冷酷得很，你没有经历这些，别人替你受了那些气，你要记住这个！比方我，就受过那些气……"

天黑了。在暮色中，外祖父奇怪地长大了，他的眼睛像猫似的发光。他谈别的事情的时候，总是放低了声音，小心翼翼的，若有所思的，但一谈到自己，就热烈、迅速，而且吹嘘。我不喜欢他谈自己的事情，不喜欢他经常地命令：

"记住！你要记住这个！"

他所讲的，有许多事情我都不愿意记住，但是这些事情，即使没有外祖父的命令，却像令人疼痛的刺似的硬刺进记忆里。他从来不讲童话，只讲过去的事情，我还看出他不喜欢别人问他，但我偏死缠着问他：

"谁好些？法国人好还是俄国人好？"

"那我怎么能知道啊？我又没有看见法国人在自己的家里是怎样生活的，"他气嘟嘟地说了后，又补充说：

"在自己的洞里连黄鼠狼也是好的……"

"俄国人好吗？"

"好的坏的都有。在地主时代要好些，那时人们是给绳索捆绑着的。现在大家都自由了，但却穷得没面包，也没有盐！大老爷当然是不慈善的，但是他们精明些，这话不是说所有的老爷，要是老爷好，越看越叫人喜欢。也有的老爷是傻瓜，脑袋像口袋似的，往里面装什么，他就兜走什么。我们有许多谷壳，你当他是人，但你走近一看，原来是谷壳子，没有仁儿，仁儿给吃掉了。我们应当受受教训，把智力给磨一磨，但又没有真正好的磨刀石……"

"俄国人有力气吗？"

"俄国人有些大力士，但问题不在力气，而在敏捷；力量不论多大，总大不过马。"

"法国人为什么打我们？"

"战争是皇帝的事情，我们不了解这个。"

外祖父对于我问拿破仑是什么人的回答，令人永远忘不了：

"他是一个性如烈火的人，想征服全世界，然后让大家都过一样的日子，既没有老爷先生，也没有达官贵人，就这样过着没有等级的生活。各人不过有各人的名字，而权利人人都一样。信仰也只有一个。这当然是胡闹，只有龙虾才没法分别，鱼就有各式各样的了：鳣鱼和鲶鱼不能合伙，鲟鱼和青鱼不能做朋友。我们俄国也有过拿破仑派——拉辛·斯杰潘·季莫菲耶夫，布加奇·叶米里扬·伊凡诺夫，我以后再讲他们……"

他有时沉默不语地长久地注视着我，把眼睛睁得圆圆的，仿佛是第一次看见我。这使人很不愉快。

他从来没有和我谈过我的父亲和母亲。

在谈这些的时候，外祖母常常走进来，她静静地坐在角落里，不言不语地长久地在那儿坐着，仿佛没有她在场似的，可是她忽然声音柔和得像把人拥抱起来似的问道：

"老爷子，你记不记得，咱们到穆罗姆朝山去，那是多么好？那是哪一年来着？……"

外祖父想了想，详细地回答道：

"说不准了，是在霍乱病流行以前，正是在森林里捉拿奥洛涅茨人那年。"

"对了！我们还害怕他们呢……"

"一点不错。"

我问奥洛涅茨人是谁，他们为什么逃到森林子去，外祖父不大乐意地解释说：

"奥洛涅茨人就是普通老百姓，他们是从官厅、工厂、工作中逃跑的。"

"怎么样捉他们？"

"怎么样？就像小孩子捉迷藏一样：有些人跑，又有些人捉，找。捉住就用树条子抽，鞭子打；撕破鼻孔，在额头上打烙印，算是惩罚的记号。"

"为什么？"

"为了需要这样做。这件事弄不清楚，到底谁有罪，是逃跑的人还是捉的人，咱们不明白……"

"你记不记得，老爷子，"外祖母又说道，"在大火以后……"

外祖父一向对什么事都很认真，他严厉地问道：

"哪一次大火？"

他们一回忆过去，就忘掉我了。他们的声音不高，很和谐，有时我觉得他们仿佛是在唱歌，唱的全是不快乐的歌；歌唱疾病，失火，打人；歌唱暴卒横死，巧取豪夺；歌唱疯傻的乞丐，暴跳如雷的老爷。

"我们倒经历了多少，看见了多少啊！"外祖父低沉地咕哝着。

"难道咱们过得坏吗？"外祖母说。"你想想，我生过瓦里娅后，那年春天多好啊！"

"是在一八四八年，正是远征匈牙利那年；圣诞节第二天把教父吉洪拉了去打仗……"

"以后就没有下落了，"外祖母叹息一声。

"是啊，没有下落了！从那年起，上帝的恩惠像大水流送木筏子似的，流到我们家里来。唉，瓦尔瓦拉啊……"

"你算了吧，老爷子……"

他生气了，沉着脸。

"为什么算了？不论从哪方面看，这些孩子都是不成器的。我们心血用到哪儿去了？咱们心里想，把他们好好地放在篮筐里，而上帝偏偏给我们一个坏筛子……"

他乱喊乱嚷起来，像被火烧着似的，在屋里乱跑，痛苦地哼哼唧唧，骂自己的儿女，伸出又瘦又小的拳头威吓外祖母。

"都是你把他们惯坏了，惯成一群贼娃子！你这个老妖婆！"

他越来越悲痛，带着哭声号叫，跑到角落圣像前面，挥起拳头把干瘦的胸脯捶得咚咚响。

"主啊，我比别人罪孽更大还是怎么啦？为什么啊？"

他全身发抖，湿漉漉的含泪的眼睛委屈地、凶恶地闪光。

外祖母坐在黑暗里默默地画十字，然后小心地走近他，劝慰地说：

"嗯，你干吗这么愁啊？上帝知道应当怎么办。你看比咱们家的儿女好的人家能有几个啊？老爷子，到处都一样：吵架，打架，闹得一团糟。所有当父母的都得用自己的眼泪洗清罪恶，不止你一个人……"

有时这些话使他感到安慰，他一声不响，疲倦地往床上一歪，我和外祖母悄悄地走开，回到自己的顶楼上。

但是，有一次她又到他跟前说这些安慰的话，他猛一翻身，挥起拳头吧唧一声打在她的脸上。外祖母往后一踉跄，晃了几晃，用手按住嘴唇，站稳了脚步，安详地放低了声音说：

"嗨，你这个大傻瓜……"

她往他脚跟前吐了一口血水，他长啸两声，举起两手：

"走开，我打死你！"

"大傻瓜，"外祖母又说了一句，一面往门口走去；外祖父向她扑过去，但她不慌不忙地迈过门槛，把门一带，门扇从他的脸掠过，关上了。

"老家伙，"外祖父气哼哼地说，脸红得像炭火，手扶着门框，用劲地抓挠它。

我半死不活地坐在炕炉头，我不相信我所看见的：他第一次当着我的面打外祖母，这令人感到一种难以忍受的厌恶，在他身上暴露了一种新的品性，一种不能容忍而且仿佛在压迫着我的品性。他老是抓住门框站着，身上像是蒙上一层灰,变成灰色的了,身子缩得紧紧的。他忽然走到屋子中间,双膝跪下,因为吃不住劲往前倾了一下,一只手碰着地板,但马上又跪直了,用手捶胸说道:

"主啊,主啊……"

我像滑冰似的从炕炉头热砖上滑下来,一下子跑了出去;外祖母在顶楼屋子里走来走去漱着口。

"你疼吗?"

她走到角落,把水吐到污水桶里,静静地回答道:

"没有关系,牙齿没事儿,就是嘴唇打破了。"

"他为什么要这样?"

她看了看窗外的大街,说道:

"他老发脾气,他这个上了年纪的人感到很困难,事事不如意……你好好地睡吧,不要想这些……"

我又问了她一句什么话,她不像平时,严厉地喝了我一声:

"我跟谁说躺下来着?这么不听话……"

她在窗旁坐下,吸着嘴唇,不断地往手帕里吐。我一面脱衣服,一面望着她:在她黑色的头影上青色的方窗户里,闪烁着星光。街上静悄悄的,屋里黑洞洞的。

我躺下,她过来轻轻地抚摩我的头,说道:

"安静地睡吧,我到他那儿去一趟……你不要太怜惜我,亲爱的,我自己大约也有过错……睡吧!"

她亲了亲我走了,我心里难过得受不了,我从又柔软又暖和的宽大的床上跳下来,走到窗前,望着下面寂静无人的街上,难耐的愁闷使我发僵了。

六

舅舅们分家了，为了争夺家产，父子相残，在他们争斗过程中，打伤了外祖母。

又是一场噩梦。有天晚上，喝过茶后，我和外祖父坐下念诗篇，外祖母在洗碟碗，这时雅科夫舅舅忽然闯了进来，他的头发和平时一样，乱得像一把破笤帚。他连问好都不问，就把帽子往角落一扔，浑身打战，挥着两手，开始叨叨地说起来：

"爸爸，米什卡闹得反常！他在我那儿吃饭，多喝了两盅，就发起酒疯来：打碎了碟碗，把一件染好的毛料子撕得一块块的，把窗户也打掉了，欺负我和格里戈里。他现在正往这儿来，他吵吵嚷嚷地吓唬说：'把父亲的胡子拔掉，杀死他！'您要当心……"

外祖父手支着桌子慢慢地站起来，他整个脸都皱到鼻子周围，活像一把斧头。

"你听见没有，老婆子？"他尖叫了一声。"你瞧多好，嗯？杀父亲来了，还是亲生的儿子呢！到时候了！到时候了，孩子们……"

他端平了肩膀在屋里走一趟，走到门前，猛然把沉重的门钩一拴，转身对雅科夫说：

"你想把瓦尔瓦拉的嫁妆拿到手才甘心，是不是？拿去吧！"

他把拳头——食指和中指之间露出大拇指——伸到舅舅的鼻尖下；舅舅委屈地往旁边闪开。

"爸爸，关我什么事？"

"你？我知道你是什么东西！"

外祖母一句话不说，连忙把茶杯收到柜子里。

"我是来保护你的……"

"保护我？"外祖父嘲笑地喊道。"那好极了！谢谢，好儿子！老妈妈，递给这个狐狸一件武器，火钩子或者熨斗！雅科夫·瓦西里耶夫，你哥哥一跑进来，你就对准我的脑袋打他！"

舅舅把手插进裤兜里，躲到角落里去了。

"您既然不相信我……"

"不相信？"外祖父把脚一跺，大喝一声。"不，不管什么野兽，狗、刺猬，我都相信，可是对你，我得等等看！我知道是你灌醉了他，是你教他的！好吧，现在来打吧，打他或者打我，悉听尊便……"

外祖母悄悄地告诉我说：

"快跑上去从小窗户往外守望着，你舅舅米哈伊尔在街上一露头，你就跑下来告诉我们！快去……"

我有点害怕狂暴的舅舅吓人的袭击，但委托我这个任务又使我觉得骄傲。我探身窗外注视着街道，宽阔的大街蒙着一层厚厚的尘土；大块的卵石像肿疱似的从尘埃中鼓出来。这条街远远地向左伸展开去，横过山沟，一直通到慎行广场，在黏土地的广场上敦敦实实地矗立着一座灰色的、四角有四个岗楼的建筑物——旧监狱，它有一种忧郁的美和庄严气象。往右，隔三个门就是宽大的干草广场，广场尽头是拘留所的黄色房屋和铅色的消防瞭望塔。一个值班的救火队员绕着塔顶瞭望口像一只套着锁链的狗来回走动。整个广场被山沟切成几段；有一段沟底积着一汪绿莹莹的水潭，靠右首是久科夫臭水塘，这就是外祖母讲过的，有一年冬天舅舅们曾把我父亲扔进那儿的冰窟窿的水坑。差不多正对着窗户，是一条小巷子，那里面都是五颜六色的小房子；巷子尽头是一座臃肿低矮的三圣教堂。对直看去，教堂顶像一艘翻了底的小船漂在花园中的绿浪上。

被漫长的冬季的大风雪磨损、被连绵的秋雨冲洗、已经褪色的我们街道上的房屋，蒙了一层尘土，它们挤在一起，像教堂门前的一群叫花子，那些窗户也怀疑地瞪着眼睛，和我一起在等待什么人。街上的行人不多，他们像炉门前沉思的蟑螂，不慌不忙地走着。闷人的热气向我冲上来，我嗅到一阵浓烈的、我所不喜欢的大葱胡萝卜包子馅的味道，这种味道总是使我心情郁闷。

闷得慌，好像特别地闷，几乎不能忍耐；胸中灌满了热铅的熔液，它从里面往外挤，撑破胸膛和肋骨；我仿佛觉得，我像一个尿泡似的吹胀了，在小屋子里、在棺材式的顶棚底下，感到很拥挤。

那不就是他，米哈伊尔舅舅吗！他正从巷口灰色的墙角张望呢，他把帽子拉到了耳根，两只耳朵压得往外张着。他的上衣是棕黄色的，扑满尘土的靴子长到膝盖，一只手插进方格布的裤兜里，另一只手握着胡子。我看不见他的脸，但是他站的姿势，就仿佛要一下跳过街去，用毛茸茸的两只黑手抓住外祖父的房屋。应当跑下去告诉他已经来了，但是我好像给钉在窗户旁边，动弹不得。我看见舅舅，仿佛怕把他的灰色靴子沾上尘土似的，蹑手蹑脚地走过街来，我听见他在开酒馆的门，——发出吱吱呀呀的门声，哗哗啦啦的玻璃声。

我跑下去敲外祖父的门。

"谁打门？"他没有开门，粗暴地问道。"是你？干什么？他进酒馆了？好了，你去吧！"

"我在那儿害怕……"

"你凑合待一会儿吧！"

我又趴在窗户上。天渐渐黑了，街上的尘土膨胀起来，显得更深更黑了；家家户户的窗户上，一片片黄色灯光像油脂似的融化开来；对面房子里奏着音乐，许多琴弦发出忧郁而悦耳的声音。酒馆里也在唱歌，门一打开，疲倦的、嘶哑的歌声流到街上来；我听得出这是独眼乞丐尼吉图什卡的声音，这个大胡子老头的右眼是一块红炭，左眼紧紧地闭着。门一关上，他的歌声就像被斧头给砍断了似的戛然而止了。

外祖母很羡慕这个乞丐。她一面听他唱，一面叹息着说："会唱这些诗歌，是多么幸福，多么幸运！"

有时她把他叫到院子里，他拄着棍子坐在台阶上，有时唱，有时讲，外祖母坐在他身边，听着，询问着。

"我问你一句话，在梁赞也有圣母吗？"

那乞丐声音低沉地确信地说：

"到处都有她，各省都有……"

梦境般的疲倦，在大街上无形地流动着，它挤压着人的心和眼睛。外祖母要是来了，该多好啊！即使外祖父来了，也是好的。我父亲究竟是一个怎么样的人，为什么外祖父和舅舅们都不喜欢他，可是外祖母、格里戈里和叶夫根尼娅保姆谈起他来都说得那样好呢？我的母亲到哪里去了？

我越来越常常想到母亲，把她当做外祖母所讲的童话和传说中的中心人物。母亲不愿在家里住，这在我的幻想中把她提得更高了。我仿佛觉得，她现在跟着绿林豪杰住在阳关大道旁的客栈里，这些绿林豪杰抢劫过往的富商，然后和乞丐们分享抢来的财物。也许她住在森林里，住在山洞里，当然，也是和善良的强盗们在一起，她替他们做饭，看守抢来的财宝。也许她就像安加雷柴娃公爵夫人和圣母一样，在周游天下，数一数地上的宝藏，圣母也像劝告公爵夫人一样，劝告我的母亲说：

> 贪心的奴隶啊，
> 你何必收集地上的金银财宝；
> 贪得无厌的灵魂啊，
> 地上的全部财产，
> 都遮不住你那赤裸的身子……

母亲也用女强盗公爵夫人的话来回答她：

> 请你原谅我，至圣的圣母，
> 可怜我这有罪的灵魂吧。

> 不是为了自己我才打家劫舍，
> 而是为了我那唯一的儿子！……

于是圣母，像外祖母那样慈祥的圣母，原谅了她，说道：

> 嗨，玛留什卡，你这个鞑靼人的血统，
> 啊，你这基督的不肖信徒！
> 那么就走你的路吧——
> 路也是你自己的，泪也是你自己的！
> 你穿过森林去抢光莫尔德瓦人，
> 你穿过草原去追赶加尔梅克人，
> 但是你可别动那俄罗斯人啊！……

回忆这些童话，我仿佛是在做梦；下面过道和院子里的脚步声、忙乱声、吼叫声把我惊醒了；我探身窗外，看见外祖父、雅科夫舅舅和酒馆的堂倌麦里扬——一个样子可笑的车累米西人，把米哈伊尔舅舅从角门往街上拖，他硬撑着不愿意走，人们打他的胳膊、背脊、脖子，用脚踢他，最后，他一溜烟似的飞到街道的尘埃里去了。角门啪的一声关上了，响起闩门和上锁的声音，揉皱的帽子从垣墙的大门上扔了出来，周围又寂静了。

舅舅躺了一会儿，慢慢地站起来，全身都撕破了，头发乱糟糟的，他拾起一个大卵石对着大门扔去，发出一声钝响，仿佛打着桶底似的。从酒馆里蹒跚地走出一帮黑不溜秋的人，他们号叫，发出呼呼噜噜的声音，大摇大摆地走着；从各家的窗口伸出了人头——街道活跃了，充满了笑声和喊叫声。所有这一切也像童话一样有趣，但是使人感到不愉快，可怕。

忽然间，一切都扫光了，一切都沉寂消失了。

……外祖母弯着腰坐在门槛旁边的箱子上，屏息静气地一动不动；我站在她面前，抚摩着她那温暖的、柔软的、潮湿的腮帮，她大约没有理会我，神色阴沉地咕咕哝哝地说：

"主啊，难道你那善良的智慧不够分给我，分给我的孩子们吗？主啊，宽恕我们吧……"

我仿佛记得，外祖父在田野街那所房子住了不到一年的光景——从头年春天到第二年春天，但在这期间，这所房子却声名大噪了，几乎每星期都有一群小孩子跑到我们大门口，他们满街欢呼着：

"卡希林家又打架了！"

通常米哈伊尔舅舅一到晚上就来了，他整夜地埋伏起来窥伺我们的住宅，弄得全院都提心吊胆；他有时邀请两三个助手，他们都是库纳维诺不务正业的小市民；他们从山沟偷进花园，一棵不留地拔掉所有树莓和酸栗，淋漓尽致地撒了一阵酒疯；有一次他们把浴室给捣毁了，把浴室里能够弄破的东西——蒸浴架、长凳子、水锅——全弄破了，把炉子拆散开来，掀掉好几块地板，把门窗也拆掉了。

外祖父面色发黑，一声不响，站在窗前静听着人们破坏他的财产；外祖母在院子里跑来跑去，在黑暗中看不见她，她恳求地叫道：

"米沙，你干什么，米沙！"

回答她的是从花园里飞来的不堪入耳的俄罗斯式的咒骂，咒骂的含意，大约不是这帮骂人的畜生的理智和感情所能理解的。

这时刻不能跟着外祖母，可是我身边没有她又觉得可怕，我下来到外祖父的房间，但是他喑哑的嗓子迎头大叫：

"滚开，该死的！"

我又跑回顶楼，从天窗口瞅着黑暗中的花园和院子，目不转睛地盯着外祖母，我怕她被人家杀死，大声地喊叫她。她不来，喝醉酒的舅舅听见了我的声音，粗野而污秽地骂我的母亲。

有一次，也是在这样的晚上，外祖父有点不舒服，躺在床上，包着手巾的头在枕头上来回翻滚，大叫大嚷地诉苦：

"辛辛苦苦，作了不少孽，攒钱，到头来却落得这个！要是不嫌害臊，不怕丢人，早就叫警察来，明天就找省长去……多丢人啊！叫警察来管教自己的孩子，这算什么父母啊？只好老老实实地躺着，老头儿。"

他忽然从床上下来，摇摇晃晃地走到窗前，外祖母抓住他的手，说：

"你到哪儿去，到哪儿去？"

"点灯！"他上气不接下气地、呼呼地吸着气，命令道。

外祖母点起蜡烛，他像兵士持枪似的，两手把烛台捧在胸前，冲着窗户嘲笑地、大声地喊道：

"喂，米什卡，黑夜小偷儿，癞皮疯狗！"

话未落音，窗户上方的玻璃就哗啦一声飞开了，在外祖母身旁桌子上落下半块砖头。

"没有打中！"外祖父号叫起来，哈哈大笑，也许是在哭。

外祖母抱起他来，就像抱我似的，把他放到床铺上，神色仓皇地说：

"你怎么啦？你怎么啦？耶稣保佑你！你这不是要把他送到西伯利亚去吗？他一时发火，他不懂得这样会充军到西伯利亚的！……"

外祖父两腿乱蹬，哑着嗓子干号：

"让他打死好了……"

窗外传来一阵咆哮声，脚步声，抓墙声。我从桌上拿起那块砖头就往窗口跑；外祖母赶忙抓住我，把我推到角落里，愤怒地说：

"嗨，你这个浑小子……"

有一次，舅舅手持一根粗大的木锥，从院子里向过道冲来，他站在黑色廊檐下的台阶上打门，在门后等着他的是拿着大棍子的外祖父、拿着尖头长棍子的两个房客、拿着擀面杖的酒馆主人的妻子——一个高个子女人；外祖母在他们后面踌躇着，央求说：

"你们让我出去见见他，我来和他说句话……"

外祖父一条腿向前伸着，就像《猎熊图》上手持叉子的猎人一样；外祖母跑到他跟前时，他默默地用肘子推她，用脚踢她。四个人杀气腾腾地站在那里做好准备。墙上挂着一个灯笼，忽明忽暗、影影绰绰地照着他们的头；我从顶楼的梯子上看这场情景。我很想把外祖母拉上来。

舅舅拼命而有成效地毁坏着门，门已经摇晃了，眼看就要从上面的蝶铰跳出来；下面的蝶铰已经脱落，锵锵地响得怪难听的。外祖父也用这种锵锵的声音对自己的战友说：

"请你们照胳膊和腿打，可不要打脑袋……"

在门旁的墙上有一个小窗户，只能伸出一个头，舅舅已经把上面的玻璃打破了，周围插着玻璃碴儿的窗口黑洞洞的，像一只挖掉眼珠的眼睛。

外祖母扑到窗口，伸出一只胳膊，一面摆手，一面喊叫：

"米沙，看在上帝的分上，快走吧！他们要把你打残废的，快走！"

舅舅照着她的胳膊就是一木锥，可以看见有一个很粗的东西在窗口一闪，落到她的胳膊上，接着外祖母就坐到地上，仰面躺了下去，但仍然喊了一声：

"米沙，快跑……"

"哎呀，老婆子怎么啦？"外祖父可怕地号叫一声。

门豁然敞开了，舅舅跳进漆黑的门洞里来，但马上就像铲垃圾似的，从台阶上被甩了出去。

酒馆女主人把外祖母搀到外祖父屋里；接着外祖父也回来了，脸色阴沉地走到外祖母跟前。

"没有伤着骨头吧？"

"哎哟，大概是断了，"外祖母说，眼睛仍然闭着。"你们把他怎么啦，怎么啦？"

"安静吧！"外祖父严厉地喝了一声。"我是畜生还是怎么的？把他绑起来了，在板棚里躺着呢。我浇了他一身水……嘿，真凶！这种人倒是像谁？"

外祖母呻吟起来。

"我已经派了人去找正骨婆，你稍为忍耐一会儿！"外祖父一面说，一面凑近她坐在床上。"他们要把咱们俩折磨死，老妈妈，不到时候就把我们折磨死！"

"你把所有财产都给他们吧……"

"瓦尔瓦拉怎么办呢?"

他们谈了很久：外祖母的声音又低沉又可怜，外祖父却大吵大闹，怒气冲冲。

过了一会儿，来了一个驼背的小老太婆，嘴大得咧到耳根；下巴颏哆嗦着，像鱼似的张着嘴，尖尖的鼻子好像越过上唇向嘴里探望似的。看不见她的眼睛；她用拐杖探着路，手里提着哗啦作响的包袱，一趋一趋地移动着。

我以为外祖母的死神到了，我跳到那个老太婆跟前，使劲大叫：

"滚出去!"

外祖父粗暴地揪着我，很不客气地把我领到顶楼上去了……

七

阿列克谢看出来，在外祖父、外祖母的心中各有一个上帝，他们是不同的。街道对阿列克谢充满了诱惑，但阿列克谢没有伙伴，邻居的小孩都仇视他，格里戈里沿街乞讨成了街上最令他难过的印象了。

我很早就明白：外祖父有一个上帝，外祖母另有一个上帝。

我记得，外祖母每天醒来，长久地坐在床上梳着令人惊羡的头发，梳得头一翘一翘的，咬紧了牙关，撕下一绺绺长长的黑丝，怕惊醒我，放低了声音骂它：

"你这个鬼！叫你得纠发病，可恶的东西……"

把头发梳顺溜后，她快快地编了辫子，草草洗两把脸，愤愤地哧哼鼻子，没有把怒色从睡皱了的大脸上洗掉，就站到圣像面前祈祷了，——这时才算是开始真正的早晨的盥洗，她整个人立刻变得朝气蓬勃了。

她把驼背伸直，昂起头来，和蔼地看着喀山圣母的圆脸，她张开臂膀虔诚地画着十字，热烈地低声祈祷着：

"最光荣的圣母，把你的恩惠施与未来的日子吧，圣母！"

她鞠躬到地，慢慢地抬起身来，于是更加热烈、感动，重新低声祈祷起来：

"最圣洁的圣母，你是快乐的泉源，盛开的苹果树！……"

几乎每天早上，她都找到新的赞美的词句，所以每次我都全神贯注地听她祈祷。

"我的纯洁的上天的心灵啊！我的保佑者，我的恩人，圣母，你是金黄的太阳，祛除恶毒的诱惑吧，别让任何人受欺侮，也别让我无缘无故地受欺侮！"

她那一对黑眼睛含着微笑，她仿佛变得年轻了，她抬起沉重的手，又慢慢地画着十字。

"耶稣基督，上帝的儿子，施舍恩惠给我吧，给我这个有罪的，看在圣母的份上……"

她的祈祷从来都是赞美歌，都是诚恳而率直的颂扬。

早晨她祈祷的时间不长，因为要烧茶炊，外祖父已经不用人了，如果在他规定的时间外祖母还没有把茶准备好，他会怒骂半天的。

有时他比外祖母醒得早，就到顶楼上来，碰见她在祈祷，听一会儿她低声的祷告，轻蔑地扭歪两片发暗的薄嘴唇，在喝茶的时候唠叨起来：

"我教过你这个橡木脑袋多少次应当怎样祈祷，可是你老是念你那一套，异教徒！上帝怎么能容忍你啊！"

"他懂得，"外祖母自信地回答。"不论对他说什么，他都清楚……"

"你这个该死的楚瓦什人！嗨，你们这些人啊……"

她的上帝整天和她在一起，她甚至对畜生也提起上帝。我明白，一切生物——人、狗、鸟、蜂、草，都很容易地、顺驯地服从她的上帝；上帝对人间的一切都是同样的仁慈，同样的亲切。

酒馆女主人养一只娇生惯养的猫，它狡猾，爱吃美味的食物，会巴结人，生就一身云烟似的毛，金黄色的眼睛，全院的人都喜欢它。有一天，它从花园里拖走一只八哥儿；外祖母把这只快折磨死的鸟夺下来，责备那猫说：

"你不怕上帝，你这下流的恶棍！"

酒馆女主人和扫院子的听了这话都笑起来，但外祖母愤怒地呵斥他们道：

"你们以为畜生不懂上帝吗？任何生物都懂上帝，并且懂得并不比你们差些，你们这些没有心肝的人……"

她一面套那匹肥胖的、无精打采的沙拉普，一面和它谈话：

"你干吗老是闷头闷脑的啊，上帝的劳动者，嗯？老家伙……"

那马喘息着，摇着头。

然而外祖母念上帝的名字，并不像外祖父念得那么多。我觉得外祖母的上帝很好理解，也不可怕，但在他面前不能撒谎，——不好意思撒谎，他在我心里引起的只是不可克服的羞耻，而且我从来也不对外祖母说谎。隐瞒这个仁慈的上帝简直不可能，仿佛连隐瞒的念头都没有过。

有一天，酒馆女主人和外祖父吵架，她捎带着把没有参加吵架的外祖母也给骂上了，骂得很凶，甚至向她扔胡萝卜。

"您真糊涂，我的好太太，"外祖母安详地对她说，然而可把我气坏了，我决定对这个恶婆报复一次。

我想了又想，怎样才能给这个双下巴、细眼睛、火红头发的胖女人来一次更大的打击。

据我对邻里们的内讧的观察，知道他们互相报复的方法是：切掉猫尾巴，把狗给毒死，打死公鸡和母鸡，或者半夜偷偷地进到仇人的地窖里，把煤油倒入腌白菜和黄瓜的木桶里，把桶里的克瓦斯放出来，——但是这些办法都不合我的意；需要想一个更惊人更厉害的方法。

我想到一个法子：我瞅酒馆女主人下地窖的时候，合上地窖的顶盖，锁上，我在上面跳了一通复仇者之舞，把钥匙扔到屋顶上，就一溜烟地跑到厨房里，外祖母正在那里做饭。她没有马上明白我为什么高兴，但当她弄明白后，狠狠地朝我的屁股拍了几巴掌，把我拖到院子里，叫我到房顶上去找钥匙。我对她的态度觉得很奇怪，我默默地把钥匙拿下来，躲到院子角落里看她释放被俘获的酒馆女主人，她们俩友善地一面走过院子，一面大笑。

"我叫你知道厉害，"酒馆女主人攥紧胖胖的拳头威吓我说，但她那看不见眼睛的胖面孔露出和蔼的笑意。外祖母揪住我的领子，把我拉到厨房里，问道：

"你干吗要这样做？"

"她拿胡萝卜打你嘛……"

"你是为了我吗？原来这么回事！你瞧我把你这块废料塞到炉底下喂老

鼠，你就知道了！你算什么保护者啊，一个小泡泡儿，一戳就破！你看我告诉外祖父，他不打掉你一层皮才怪呢！到顶楼念书去吧……"

她整天不理我，到晚上，在没有祈祷以前，她在床沿上坐下，教训了我几句永志不忘的话：

"廖恩卡，亲爱的孩子，你要记住：不要管大人的事！大人都学坏了，上帝正考验他们呢，你还没有受考验，你应当照着孩子的想法生活。等上帝来开你的心窍，指示你应当做什么，领你走那应走的道路。懂不懂？至于什么人犯了什么过失，这不是你的事。这让上帝来判断，惩罚。这要他来管，不是我们！"

她沉默了一会儿，嗅了嗅鼻烟，眯缝起右眼，补充说：

"是啊，谁犯了过错，大约连上帝也不是任何时候都弄得清楚的。"

"上帝不是什么都知道的吗？"我吃惊地问道，她轻轻地、悲哀地回答道：

"他要是什么都能知道，大约有很多事情人们就不会做了。他老人家从天上向人间、向我们大家看了又看，有时会大哭起来，一面哭一面说：'我的人们啊，我的亲爱的人们啊！噢啊，我是怎样可怜你们啊！'"

她自己也哭了，带着满脸的泪痕，到墙角祈祷去了。

从那时起，她的上帝对于我更亲近更可理解了。

外祖父也是这样教导我，说上帝是无所不在，无所不能，无所不见的，不管什么事他都给人们以善意的帮助，但他的祈祷却和外祖母的不一样。

每天早晨，在没有站到墙角对圣像祷告以前，他洗了又洗，然后把衣服穿得整整齐齐的，细心地梳着棕色的头发，理理胡子，照照镜子，拉直了衬衫，把黑色的三角围巾塞进背心里，然后小心翼翼地，仿佛怕人知道似的，走到圣像跟前。他总是在那块有马眼睛似的节子的地板上停下来，沉默不语地站上一会儿，低着头，像兵士似的两只胳膊紧贴着身子垂直着。然后，他挺直了纤细的身子，庄严地说：

"'以圣父圣子圣灵之名！'"

我似乎觉得，在他说了这几句话后，屋子里显得特别肃穆，连嗡嗡叫的苍蝇都飞得更小心了。

他仰头站着，他的眉毛扬起，头发竖立，金黄色的胡子撅得跟地平线一样平。他念起祈祷词来毫不含混，像是在回答功课：字音咬得清楚而且带着恳求的调子。

"'审判官突然到来，每个人的行为都暴露了……'"

他握起拳头轻轻地捶着胸，坚决地请求：

"'我只对你独自一人犯罪，请你转过脸去不要看我的罪恶吧……'"

他一字一板地念《信经》，他的右腿一抽一抽的，仿佛无声地给祈祷打拍子；他全身紧张地倾向圣像，好像长高了，愈来愈细、愈瘦了，他浑身上下是那么清洁、整齐，神情是那么恳切：

"'诞生了一个医生，医治我多年痛苦的灵魂，我从心灵里不断地向你呼唤，发发慈悲吧，圣母！'"

他高声呼唤，绿眼睛含着泪水：

"'我的上帝，请多多看在我的信仰份上，不要管我做的事情，也不要找寻能替我辩护的事情！'"

念到这里，他不断抽着筋画十字，头点得像羝人似的，他抽抽搭搭地发着尖厉的声音。后来我到过犹太教会，才知道外祖父是照犹太人那样祈祷。

茶炊早就在桌上扑扑地响了，满屋子飘荡着奶渣煎黑面饼的热烘烘的味道，我很想吃！外祖母阴沉沉地靠着圆柱子，垂下眼睑望着地板，叹息着。快乐的太阳从花园照进窗户，树上珍珠般的露水闪耀着，早晨的空气散发着茴香、酸栗、成熟的苹果的香味，可是外祖父还在祈祷，摇晃着身子，吱吱地叫：

"'熄灭我痛苦的火焰吧，我又穷又坏！'"

晨祷和晚祷的全文我都记熟了，不仅记熟，而且紧张地注意听外祖父有没有念错，有没有漏掉字。

这种情形不常发生，但一发生，就使我幸灾乐祸。

外祖父做完祈祷，对我和外祖母说：

"你们好啊!"

我们鞠躬,大家终于围着桌子坐下。我马上对外祖父说:

"你今天漏了'补偿'两个字!"

"你是胡说吧?"他不安地、不相信地问道。

"真的漏了!应当是'但是我的信仰补偿了一切',可是你没有说'补偿'。"

"是真的吗!"他惊叫起来,抱歉地眨巴着眼睛。

过后,他一定找个岔儿,狠狠地报复我的指摘,但眼前,我看见他那副窘态,却觉得高兴。

有一次外祖母打趣地说:

"老爷子,上帝听你那祷告,大约觉得很乏味,你念的永远是老一套。"

"什——么?"他拉长了调子,凶恶地说。"你吼叫什么?"

"我说,我听来听去,你从来没把你心里的话掏出来给上帝!"

他满脸通红,浑身打战,在椅子上跳了一下,拿起碟子朝着她的头掷去,一面掷,一面吱吱哇哇乱叫,像锯子碰到木节似的:

"哼,你这老虔婆!"

他在对我讲上帝的力量无限的时候,总是首先强调这种力量的残酷。他说,人们犯了罪,就得淹死,再犯罪,就得烧死,他们的城市得毁灭;他说,上帝用饥饿和瘟疫惩罚人们,他永远是用宝剑统治人间,用皮鞭对付罪人。

"不听从上帝法律的人都要遭受灾难和灭亡的惩罚!"他一面用细细的手指关节敲着桌子,一面教训说。

我很难相信上帝是残忍的。我怀疑这一切是外祖父有意想出来的,为的让我怕他,而不是怕上帝。于是我直率地问他:

"你这样说,是想叫我听你的话吧?"

他也同样率直地回答:

"当然是啦!你敢不听话?!"

"那外婆为什么不这样说呢?"

"你别信那个老糊涂的话！"他严厉地教训说。"她从小就愚蠢，她不识字，又没脑筋。我不准她跟你谈这些大事情！回答我：天使分多少级别？"

我回答了，跟着问道：

"这些级别的官都是什么人啊？"

"看你扯哪儿去了！"他咧嘴笑了笑，他把眼睛避开，咬着嘴唇，不高兴地解释说：

"这跟上帝没关系，做官，这是人的事情！官是吃法律的，他把法律都吞掉了。"

"什么是法律？"

"法律？法律就是习惯，"老头子更高兴更乐意地说，一对聪明带刺的眼睛闪闪发光。"人们在一起生活，商量好：这个样子最好，我们就把这当做习惯，立下规矩，定为法律！比方：小孩子游戏，先得说好怎样玩，规定个秩序。对了，这个定规就是法律！"

"官是干什么的呢？"

"官像顽皮的孩子，走上来就把一切法律破坏了。"

"那是为什么啊？"

"得了，你搞不清这个！"他严厉地皱起眉头说，接着又教训起来：

"上帝管着人们的一切事情！人们要这样，他偏那样。人的事情都是不牢靠的。只消上帝吹口气，一切都变成灰，变成土了。"

有很多原因使我对官吏发生兴趣，我继续追问：

"可是雅科夫舅舅这样唱：

上帝的官，是光明的天使，
人间的官，是撒旦的奴隶！"

外祖父用手掌捧起胡子，把它填进嘴里，闭起眼睛。他的腮颊颤抖着。我明白他内心在笑呢。

"把你的和雅什卡的腿拴在一起扔到河里！"他说。"这些歌不该他唱，也不该你听。这是分裂派教徒开的玩笑，异教徒想出来的。"

他沉思起来，眼睛越过我往前注视着，轻轻地拉着腔说：

"嗨，你们这些人啊……"

但是，他虽然把上帝威严地、高高地放到人们的头上，但他也像外祖母一样，请上帝参与他的事情，——不仅请上帝，并且请无数的圣徒。而外祖母仿佛完全不知道这些圣徒，她只知道尼古拉、尤里、弗罗尔和拉夫尔，虽然他们也非常仁慈，对人非常亲近：他们走遍村镇和城市，干预人们的生活，具有人们的一切属性。外祖父的圣徒几乎都是受难者，他们打倒偶像，跟罗马教皇争论，为了这，他们受刑，被烧死，被剥皮。

有时外祖父幻想：

"上帝帮助我把这所房子卖掉吧，哪怕赚五百卢布也好，我情愿给圣徒尼古拉做一次谢恩祈祷！"

外祖母嘲笑地对我说：

"尼古拉连房子都替这个老糊涂卖了，好像尼古拉他老人家再没有更好的事可做似的！"

外祖父的教历我保存了很久，上面有他写的各式各样的字迹。譬如，在约阿基姆节和安娜节背面，用红墨水写着直体字："恩人啊，救救我免于灾难吧。"

我记得他说的那场"灾难"：外祖父为了帮助不争气的儿子们，开始放高利贷，秘密地接受典当。有人告了他的密。一天夜里，警察突然来搜查。大乱了一阵，但结果却平安无事。外祖父一直祷告到太阳出来，早晨当我面在教历上写下这句话。

晚饭前，他和我一块儿念诗篇、祷词或者叶夫列姆·西林的大本的著作；吃过晚饭，他又祈祷，在傍晚的寂静中，长久地响着凄凉的，忏悔的语句：

"我怎样供奉你，怎样报答你啊，伟大不朽的上帝……保佑我不受任何的诱惑……上帝，保佑我不受坏人欺负……为我流泪吧，在我死后记住我吧……"

可是外祖母却常常说：

"哎哟，我今天可累坏了！看样子不祈祷就得躺下睡觉了……"

外祖父常常带我到教堂去：每星期六去做晚祷，每逢假期，就去做晚弥撒。在教堂里，我也把人们对上帝的祈祷区别开来：神甫和助祭所念的一切，是对外祖父的上帝祈祷，而唱诗班却永远是对外祖母的上帝歌颂。

当然，我只是粗略地说说两个上帝在孩子眼中的区别，我记得，这种区别曾不安地分裂着我的心。外祖父的上帝使我恐惧和敌视：他不爱任何人，用严厉的目光注视一切，他首先寻找和看见人的坏的、恶的、有罪的一面。显然，他是不相信人的，总是期待着人们的忏悔，喜欢惩罚人们。

在那些日子，对于上帝的思想和感情是我的主要的精神食粮，生活中最美的东西，其他一切印象都是残酷的、污秽的，只能惹我生气，引起反感和恶劣的心情。上帝是我周围一切东西中最美好最光辉的，外祖母的上帝是一切生物可爱的朋友。当然，有个问题不能不使我不安：为什么外祖父看不见仁慈的上帝？

家里的人不让我上街玩耍，因为大街太刺激我，街上给我的那印象，使我像喝醉了似的，几乎每次都要做一个闯祸和捣乱的人。我没有结交伙伴，邻里的孩子仇视我，我不喜欢他们叫我卡希林，他们看出这一点，因此他们互相叫得更厉害：

"瘦鬼卡希林的外孙子出来了，瞧！"

"打他！"

于是开始了一场斗殴。

论年岁，我算是力气大的，打起架来也灵巧，就是那些合伙攻打我的敌人也承认这一点。但我仍然受整条街的小孩的痛打，走回家的时候，通常总是鼻子流血，嘴唇破裂，脸上带着青疙瘩，衣服撕得稀烂，浑身是土。

外祖母一看见我，就大吃一惊，怜悯地说：

"怎么啦，小萝卜头儿，又打架了？这像什么样子啊！我非给你一顿左右开弓不可……"

她给我洗了脸，在青肿的地方敷上湿海绵，贴上铜钱或者抹醋酸铅水，并且劝我说：

"你干吗老打架？在家里老老实实的，一到街上就不是那样的了！没羞没臊的。看我告诉外祖父，把你关在家里……"

外祖父看见我脸上的青疙瘩，可是从不骂我，只是嘴里喷喷作响，低吼着说：

"又带上奖章了？你这个阿尼克武士，不准你到街上去瞎闯，听着！"

如果街上静悄悄的，那么大街就不会吸引我了，但是我一听见孩子们快乐的闹声，就不顾外祖父的禁令，从院子里蹿了出去。打得青肿和皮破倒并不可气，但街道上那些恶作剧，却令人不能不愤慨。那些为我非常熟悉的残酷行为，有时达到疯狂的程度。看见孩子们挑唆狗或公鸡互相斗架，虐待猫，追赶犹太人的羊，凌辱喝醉的乞丐和外号叫"兜里装死鬼"的傻子伊戈沙，我就气得受不了。

伊戈沙又高又瘦，浑身好像被烟熏过似的，穿一件沉重的羊皮统子，在皮包骨头的铁锈的脸上，长满了硬毛。他躬着腰在街上走着，奇怪地摇晃着，一言不发，死盯着脚下的地。他那有着一对细小而忧郁的眼睛的铁灰面孔，使我敬畏。我仿佛觉得这个人正在从事一件了不起的事情，他在寻找什么东西，不应妨碍他。

孩子们跟在他后面跑，对着驼背扔石子。他好像半天都没有注意他们，也不觉得疼；可是，他忽然停住了，抬起头，用抽搐着的手整一整头上的破帽子，四下里张望着，仿佛刚醒过来。

"兜里装死鬼的伊戈沙！伊戈沙，到哪儿去啊？小心，你兜里有个死鬼！"小孩子叫喊着。

他用手握住口袋，然后，很快地弯下腰从地上拾起石子、木橛子、土疙瘩，他一面笨拙地扬起长胳膊，一面咕咕哝哝地骂人。他从来只骂那同样的三句脏话。孩子们在这方面的语汇，比他的要丰富多了。有时他拐着瘸腿追他们，长皮袍子老绊他的腿，他摔倒了，双膝跪着，两只像干树枝的黑手支住地。孩子们往他腰里和背脊上扔石子，最大胆的跑到紧跟前，往他头上撒把土就马上躲开。

街上还有一个更令人难过的印象，那就是老师傅格里戈里·伊凡诺维奇。他完全瞎了，到处去要饭，他个子高高大大，样子堂堂正正，像哑巴似的不吭气。一个矮小的难看的老太婆牵着他，她站在人家窗户下面，眼睛老是往一旁瞟着，拉着尖腔说：

"行行好吧，看在上帝的份上，可怜可怜又穷又瞎的人吧……"

格里戈里·伊凡诺维奇沉默着。他的黑色眼镜对着人家的墙、窗户、迎面走来的人的面孔直视着，染透了的手静静地捋着大幅的胡须，双唇紧合着。我常常看见他，但从来没有听见从那紧闭的嘴发出一点声音，老头的沉默使我很气闷。我不能到他跟前去，从来也没有走到他跟前，相反的，远远地一看见他，就跑回家去告诉外祖母：

"格里戈里在街上要饭呢！"

"真的吗？"她不安地、怜悯地叫了一声。"拿着，快跑去给他！"

我粗鲁而且气愤地拒绝了这个差使。她于是亲自到大门外，站在人行道上，和他谈了许久。他含着笑，抖嗦着胡须，但是他很少说话，总是三言两语的。

有时外祖母把他叫到厨房里，请他喝茶吃东西。有一次他问我在哪里。外祖母叫我，但是我跑了，躲在柴火堆里。我不能到他跟前去，在他面前觉得非常难堪，我也知道，外祖母也很难为情。我和外祖母只有一次谈起格里戈里。她把他送出大门后，慢慢地在院子里走着，低头哭泣着。我走到她跟前，拉着她的手。

"你干吗要躲开他呢？"她低声地问。"他挺喜欢你的，他是好人……"

"外祖父为什么不养活他？"我问。

"外祖父吗？"

她站住了，把我搂到她怀里，差不多耳语似的，预言说：

"记住我的话：上帝要为这个人狠狠地惩罚我们一顿的！一定要惩罚的……"

果不出她所料：十年后，那时外祖母已经长眠地下，外祖父自己也成了乞丐和疯疯癫癫的人，在城里串大街走小巷，哀声哀气地在人家窗下讨饭：

"我的好厨师啊,给一个包子吧,给我一个包子吧!嗨,你们这些人啊……"

从前的他,只剩下这个辛酸的、漫长的、激动人心的一句话:

"嗨,你们这些人啊……"

除了伊戈沙和格里戈里,使我感到气闷、一看见就躲开的,是那个放荡的女人沃罗尼哈。她每逢过节就来,——高大的个子,蓬乱的头发,喝得烂醉。她走起路来步伐很特别,仿佛脚不着地,像一朵乌云似的在移动,一面走一面唱着猥亵的歌子。所有碰见的人都回避她,躲到大门后面、墙角、铺子里。她一走过好像就把大街扫净了似的。她的脸几乎是青的,腮帮胀得像尿泡,灰色的大眼睛又可怕又可笑地圆瞪着。她有时号叫,哭泣:

"我的孩子们,你们在哪儿啊?"

我问外祖母:这是怎么回事?

"这不是你应当知道的!"她阴沉沉地回答道,但仍然简短地讲了讲:这个女人原先有个丈夫叫沃罗诺夫,是做官的,他想给自己谋一个大官,于是他就把妻子卖给了自己的上司,这个上司把她带到别处去,她离开家有两个年头。她回来时,她的两个孩子——一男一女——都已经死了,丈夫把公费输光了,被抓了去坐牢。她一伤心,就开始喝酒、放荡、胡闹起来。每逢过节的夜晚,她就被警察给抓了去……

不,家里究竟比街上好,特别是吃过中饭以后那段美好时光。这时外祖父到雅科夫舅舅的染坊去了,外祖母坐在窗户旁给我讲有趣的童话故事,讲我父亲的事。

她由猫嘴里夺下一只八哥儿,她把它折断了的翅膀剪掉,在它腿上被咬掉的地方巧妙地绑上一根木片,把这只鸟儿治好了以后,教它说话。有时,她在笼子前面靠着窗户框整小时地站着,像一只和善的大兽似的,用低沉的声音对着黑炭似的爱模仿的鸟重复说:

"喂,你说:给俺小八哥儿——饭!"

八哥儿对她斜着幽默家的活泼的圆眼,用腿上的小木片敲打着薄薄的笼底,伸长了脖子学黄鹂啼啭,取笑似的学松鸦和布谷鸟,竭力学猫咪咪地叫，模仿狗叫，而人说话它却学不好。

"你别淘气！"外祖母对它认真地说。"你说：给俺小八哥儿——饭！"

这只长羽毛的黑色猴子，震耳地喊了一声像外祖母说的话，老太太快乐地笑起来，用指头递给这只鸟要的饭，说道：

"我就知道你这个滑头，有意装相。其实你什么都能，什么都会！"

她真的把八哥儿教会了。过了一些时候，它能相当清楚地要饭吃，远远地看见外祖母，就拉着嗓子喊出像"你——好——哇……"的声音。

起先它挂在外祖父屋里，但不久外祖父就把它赶到我们顶楼上来，因为这只八哥儿老学外祖父说话，外祖父清晰地念出祈祷词，这只八哥儿把黄蜡似的鼻尖从笼缝里伸出来，莺啼燕啭似的叫：

"球，球，球——一二，秃——一、二，踢——一——二，球啊！"

外祖父觉得这是欺负他。有一次，他停下祈祷，把脚一跺，狂怒地喊道：

"把这个魔鬼拿开，我要杀死它！"

家里有许多有趣的和好玩的事，但是有时候，一种无法排遣的愁苦压抑着我，我全身仿佛被一种沉重的东西注满了，好像长久地住在黑暗的深坑里，失去了视觉、听觉和一切感觉，像一个瞎子，一个半死不活的人……

八

外祖父搬家了，阿列克谢认识了一个奇怪的人——"好事情"。外祖母在家里举行了非常有趣的晚会，"好事情"听完一个故事后的激动反应吸引了阿列克谢。他们成了忘年交。

> 搬家了，"我"对新家充满好奇和新鲜感，对自己的新生活充满了希望。

外祖父突然把房子卖给酒馆的老板，在缆索街上另买了一所。这是一条没有铺装、长满了草、然而却很清洁而且安静的街，它穿过两排色彩斑驳的小屋，一直通到田野。

新房子比从前那所漂亮，可爱；正面涂着令人感觉温暖恬静的深红颜色；三个天蓝色的窗扉和一扇带栅栏的顶楼百叶窗鲜亮得耀眼；靠左边的屋顶遮掩着榆树和菩提树的美丽的浓荫。院子里，花园里，有许多舒适的僻静角落，像是专为捉迷藏用的。花园特别好，它不大，但草木茂盛，凌乱得令人愉快；花园的一角有一所玩具似的矮小澡塘；另一角是一个相当深的大坑；坑里野草丛生，乱草里突出一根粗大的木炭头，这是被烧毁的旧澡塘留下来的残迹。左边是奥夫相尼科夫上校马厩的围墙，右边是贝特连家的房舍，花园前面连接着卖牛奶的彼得罗芙娜的宅地。彼得罗芙娜是一个又胖又红、像铃铛似的整天吵吵闹闹的女人。她的小屋坐入地平线下面，阴暗而且破旧，均匀地盖着一层青苔，两个窗眼和善地瞅着深谷纵横的、远方有一片浓密的青云般的森林的田野，田野里整天有兵士行走、跑步；刺刀在秋天的斜晖中闪着白光。

整所宅子住满了我没有见过的人们：前院住着一个鞑靼军人，他的妻子又小又圆。她从早到晚吵吵嚷嚷，嘻嘻哈哈，弹着装饰得富丽堂皇的吉他，她常常放开高亢嘹亮的嗓子唱一支热情的歌儿：

> 光有爱情不快乐，
> 还要另外找一找！
> 好生想法找到它。
> 沿着这条正道走，
> 自有奖赏等待你！
> 哦，甜蜜蜜的奖赏啊！

那个军人也圆得像个皮球，坐在窗户旁，吹鼓了发青的脸，快乐地瞪着棕黄色的眼睛，不住地抽着烟斗，咳嗽的声音很奇怪，像狗吠似的：

"呜汪，呜汪，汪！汪……"

在地窖和马厩上面，有一间温暖的小屋。里面住着两个运货的车夫——小个的灰白头发的彼得伯伯，他的哑巴侄子斯捷帕，一个面孔像红铜托盘一般的、皮肤光滑的、结结实实的小伙子；还有一个细长个子的鞑靼人勤务兵瓦列伊。这都是些新的人物，他们身上有许多我不熟悉的东西。

但是，特别把我抓得紧和吸得牢的是一个名叫"好事情"的包伙食的房客。他在后进院子厨房隔壁租了一间屋子，这间屋长长的，有两面窗户——一面对着花园，另一面对着院子。

这个人清瘦，驼背，面色雪白，留两绺黑胡子，眼镜底下闪着一对和善的眼睛。他沉默寡言，不被人注意，每次叫他吃饭或喝茶的时候，他总是回答：

"我"对一切充满新奇感。

"好事情。"

不管是当面或背地里，外祖母就这样叫他：

"廖恩卡，去叫'好事情'来喝茶！'好事情'，您怎么吃得这样少啊？"

> 一个有知识的人置身于一群愚昧的人中间，自然显得有点"怪"了。

他的整个房间都被什么箱子和我所不认识的世俗字体的厚本子书籍塞满和堆满了，到处都是盛着各种颜色的液体的瓶子，一块块的铜铁，成条的铅。从早到晚，他穿着棕红色的皮上衣，带方格的灰色裤子，全身涂满了不知什么颜料，发散出一种刺鼻的味道，头发蓬乱，笨手笨脚的，老是在那里熔化铅，焊什么铜的小东西，在小的天平上称来称去，像牛似的低吼着，烧疼了指头，连忙向它吹气，跌跌撞撞地走到挂图跟前，他擦擦眼镜，他那又细又直的、白得出奇的鼻子几乎碰到图纸，像是在那儿闻它。有时他突然在屋子中间或者窗户旁边停下来，长久地站着不动，闭着眼，抬着头，一声不出，像一段呆木头。

我爬到板棚顶上，隔着院子从开着的窗户观察他；我看见桌子上的酒精灯的青色火焰，黑色的身影；看见他在破本子里写字，他的眼镜像两片薄冰，放射着寒冷的青光；这个人玩的魔术使我一连几个钟头待在棚顶上，好奇心烧得我难过。

有时，他反背着手站在窗户跟前，像站在木框子里似的，对直棚顶望着，但他仿佛没有看见我，这使我很生气。忽然，他三步两步地跳到桌子跟前，腰弯成两段，在桌子上搜寻什么东西。

我想，要是他有钱，穿得好，我会怕他的，但是他很穷：皮短衣的领口露出皱皱巴巴的脏衬衣的领子，裤子上全是污点和补丁，赤脚穿着破鞋。穷人不可怕，也没有危险，外祖母对他们的怜悯和外祖父对他们的蔑视，不知不觉地使我相信了这一点。

全宅子里,谁也不喜欢这位"好事情"。大家都用嘲笑的口气讲他,那个快乐的军人妻子,叫他"石灰鼻子",彼得伯伯叫他"药剂师"和"巫师",外祖父叫他"妖术师"、"危险人物"。

"他在搞什么?"我问外祖母。她严厉地喝了一声:

"与你不相干。别多嘴,听见吗?……"

有一天,我鼓足了勇气,走到他的窗前,勉强压抑着心头的激动,问道:

"你在搞什么?"

他震动了一下,从眼镜的上方把我打量了半天,向我伸出了满是溃疡和烧伤的手,说道:

"爬进来吧……"

他不叫我从门口进去,而叫我跳窗户,这使我更觉得他了不起。他坐在箱子上,把我抱在他面前,把我一会儿推开,一会儿拉近,最后,他低声问道:

"你是从哪儿来的?"

这太奇怪了:一天四次在厨房里吃饭喝茶,我都是坐在他身旁的!我回答道:

"我是房东的外孙子……"

"噢,对了,"他观察着自己的手指说道,接着又不吭声了。

我认为得向他解释一下:

"我不是卡希林,是彼什科夫……"

"彼什科夫?"他不相信地重复了一句。"好事情。"

他把我推开,站起身来,一面向桌子走去,一面说:

"乖乖地坐着,别动弹……"

我坐了很久很久,观察他锉那块用虎头钳子夹着的铜,

"好事情"不被人们接受。

他却吸引了"我"。

在钳子下面,金星似的铜末落到马粪纸上。他把铜末撮成一把,撒到厚沿的杯子里,再从罐子里添点食盐似的白粉,又从黑瓶子里倒上一点什么,于是杯子里就发出咝咝的声音,冒着烟,一股呛人的气味直扑我的鼻子。我咳嗽起来,乱摇头,可是这位巫师却夸耀似的问道:

> "我"对他充满了好奇,仔细地观察着他。

"挺难闻吧?"

"可不是!"

"那就对了!小弟弟,这就好极了!"

"有什么可夸耀的!"我心里想,于是严厉地说:

"既然难闻,那就是不好……"

"是吗?"他眨巴着眼惊问了一声。"那可不见得,小弟弟!哎,你玩羊趾骨吗?"

"你是说玩羊拐吧?"

"对,玩羊拐,玩不玩?"

"玩。"

"你要不要我给你做一个灌铅的羊拐?用它来打,准极了!"

"好哇。"

"那你就拿一个羊拐来吧。"

他又向我走来,一面走,一面用一只眼睛望着手里冒烟的杯子,到了我跟前说道:

"我给你做铅羊拐,你以后别到我这儿来了。好不好?"

> 他的话实在让"我"很生气。原来给我做羊拐是有条件的。

这可把我气坏了。

"就是不给我做,我也不来了……"

我憋了一肚子气,走进了花园。外祖父正在那儿忙着把粪围到苹果树根上。当时是秋天,树木早就开始落叶了。

"来,把覆盆子剪齐,"他把剪子递给我说道。

我问他:

"'好事情'在造什么？"

"他在破坏房子，"他气汹汹地回答。"地板烧坏了、墙纸弄脏了，撕破了。我就要告诉他，叫他搬走！"

"该这样办，"我同意地说，一面开始剪覆盆子的枯藤。

然而我答得太急了。

秋雨淋淋的晚上，要是外祖父不在家，外祖母就在厨房里举行非常有趣的晚会，请房客们——车夫，勤务兵——都过来喝茶，还有泼辣的彼得罗芙娜，有时连那个快乐的女房客也过来。"好事情"总是坐在墙角炉子那边，一动不动，一声不响。哑巴斯捷帕和鞑靼人玩纸牌，瓦列伊用牌朝着鞑靼人宽大的鼻子拍了几下，照例加上一句：

外祖母热情、乐观。

"阿——撒旦！"

彼得伯伯带来一大块白面包和一大瓦罐"种子"果酱，把面包切成片、抹上厚厚的果酱，他用手掌托着这些好吃的涂有树莓酱的面包片，低低地鞠着躬，分送给大家。

根据大家的表现，可以看出大家都喜欢这样有趣的晚会。

"请赏光吃一片吧！"他亲切地请求道，当人家从他手里把面包拿走，他注意地看看自己漆黑的手掌，如果发现上面有一滴果酱，就用舌头舔掉它。

彼得罗芙娜带来一瓶樱桃甜酒，那个快乐的女人拿来带壳的果子和糖果。外祖母最喜爱的娱乐——热闹的宴会开始了。

就在那次"好事情"贿赂我、叫我不要再找他以后不久，外祖母举行了一次这样的晚会。外面哗哗地下着连绵的秋雨，风呜呜地吹，树枝子刮得墙壁咔咔地响。在厨房里，又暖和又舒服，大家紧紧地挨坐着，人人都显得特别可亲而且安静。外祖母很少像今天这样滔滔不绝地讲童话故事，一个比一个讲得好。

她坐在炕炉沿上，脚蹬着炉阶，俯下身来对着一群被小洋铁灯的亮光照耀着的人。每当外祖母兴头来了的时候，就爬到炕炉上，声明说：

"我要在高的地方讲，在高的地方讲好些！"

我在她腿旁边宽宽的炉阶上，几乎是在"好事情"的头上，找一个地方坐下。外祖母讲了一个关于伊凡勇士和米龙隐士的美妙故事。那些富于表现力的、有分量的词句有节奏地畅流着。

> 这是一则寓言，也是一个童话，述说了"邪不压正，善终将战胜恶"的道理。

龌龊(wòchuò)：
① 不干净；脏。
② 比喻人品质恶劣。
③〈书〉形容气量狭小，拘于小节。

从前有一个凶恶的督军高尔将，
他有一颗石头心，龌龊的灵魂黑似漆；
他灭绝了真理，折磨老百姓，
他好比住在树洞里的枭，满心都是坏主意。
他最恨的是哪一个？
最恨的就是那个隐居的老人米龙，
米龙那是个暗中维护真理的人，
为了给人们做好事他什么都不怕。
督军叫来忠实奴仆——
勇敢的勇士伊凡奴什柯：
"伊凡柯，你去杀死那个老头子，
杀死那个骄傲的老隐士米龙！
你去砍掉他的头，
提着他的花白胡须
把头颅献给我，我好把它来喂狗！"
　　伊凡领了命令就动身，
　　伊凡一路苦苦在寻思：
　　"我不是自愿去行凶——这事实在不得已！
　　上帝赐给我的命运该如此。"
一把锋利的宝刀衣襟下面藏，

伊凡走到隐士老人前，
弯身打躬忙行礼，叫一声：
"正直的老人啊，你一向身体好？
上帝把你保佑得可安全？"
　　这个未卜先知的老人笑容满面，
施展了聪明的口才对他说：
"你算了吧，伊凡奴什柯，
干吗把真情实况来隐瞒！
上帝什么事情不知道，
善与恶都掌握在他的手里头！
我知道你是为何来找我！"
　　伊凡一听脸通红，
违抗命令伊凡怎么敢，
他从皮鞘里抽出刀一把，
在宽大的衣襟上磨磨刃。
"米龙，我本想不叫你看见这把刀，
冷不防就结果你的性命。
好，现在你来祷告上帝吧，
你最后一次向他祷告吧，
为了你，为了我，为了全人类，
然后我再砍下你的头……"
　　老人米龙双膝跪在地，
　　跪在年轻的小橡树下，
　　橡树对他弯身行个礼。
　　老人微微含笑开言道：
"喂，伊凡，请注意：你要等得非常久！
为全人类祈祷是桩大事情！
最好一下就把我杀死，

免得你多余受折磨！"
　　伊凡一听怒眉竖，
　　他马上愚蠢地夸海口：
"不，我说到，就做到，
你祷告吧，等候一百年我也不怕！"
　　隐士祷告到傍晚，
从傍晚祷告到出早霞，
从早霞一直祷告到深夜，
从夏他又祷告到春。
米龙那祈祷一年复一年，
年轻的橡树已经长得冲云霄，
橡树的籽儿已经传播成大密林，
那个圣者还是没有祈祷完！
　　直到如今他们仍然是那样：
　　老人还是那样对上帝暗暗地哭泣，
　　请求上帝给人们以帮助，
　　请求光荣的圣母给人们以快乐。
勇士伊凡就站在他身旁，
他的宝刀早已化成土，
铁盔铁甲也锈完，
一身好的衣衫变成灰，
伊凡不论冬夏光着身子站，
夏天烈日晒他也晒不干，
蚊虫吸他的鲜血也吸不尽，
狼和熊不来欺负他，
风暴和严寒和他也无关。
他动也动不得，
手也举不得，话也说不得。

你们瞧，给他的惩罚多可怕：
罚他不该听从坏人的话，
不该认为自己是代人受过！
但那老人为我们罪人的祈祷，
直到如今仍向上帝那儿流，
就像清澈明亮的大河流入大海洋！

外祖母刚开讲的时候，我就看见"好事情"不知为什么心神不安：他两手的动作很奇怪，像抽筋似的，眼镜一会儿摘下，一会儿戴上，两手随着歌唱似的语言来回摆动，他时而点点头，时而摸摸眼睛，使劲儿用指头按它们，不住地用手掌迅速地擦着额头和腮帮，好像出了满头满脸的大汗。要是听众有人动弹、咳嗽、蹬脚，这个房客就厉声地喊出：

"嗤——嗤！"

外祖母讲完了的时候，他忽地一声站起来，舞动着两手，不知怎的很不自然地乱打转儿，嘟嘟哝哝地说：

"要知道，这太好了，应当写下来，一定要写下来！这真实极了，我们的……"

现在可以很清楚地看出，他是哭了，满眼都是泪。眼泪从眼圈周围一齐涌出，整个眼睛浸在泪水里，这叫人奇怪，又叫人非常可怜。他可笑地、笨手笨脚地、一跳一跳地在厨房里跑来跑去，手里拿着眼镜在鼻子前摆动着，想戴，可是眼镜腿老是挂不到耳朵上。彼得伯伯望着他微微含笑，大家都不知所措地沉默着，外祖母急忙地说：

"那您就写下来吧，这没什么罪过。像这样的故事我还多着呢……"

"不，就要这个！这是地道俄罗斯的，"这个房客兴奋地喊叫，忽然间，他在厨房中间呆若木鸡地站住了，开始大声

"好事情"的行为正显出他的奇怪、与众不同。

不知所措：不知道怎么办才好，形容受窘或发急。

地讲起来，右手在空中乱画，左手拿着眼镜发抖。他讲了很久，很激昂，声音尖厉，不住地跺脚，常常重复说那同样的一句话：

"不能让别人牵着鼻子走，对的，对的！"

后来不知怎的，声音忽然断了，他不再说下去，看了看大家，就悄悄地、抱歉似的低下头走了。人们都笑了笑，狼狈地你看看我，我看看你，外祖母挪到炕炉上面黑影里，在那儿深深地叹息。

彼得罗芙娜用手掌擦擦又红又厚的嘴唇，问道：

"他怕是生气了吧？"

"没有，"彼得伯伯答道。"他就是这样……"

外祖母从炕炉上爬下来，默默地把茶炊煨热，彼得伯伯不慌不忙地说道：

> 煨（wēi）：烹调法，用微火慢慢地煮。

"这些先生们全是这个样子——喜怒无常！"

瓦列伊阴沉地咕哝了一句：

"单身汉都有个怪脾气！"

人们全笑了，彼得伯伯拉长了声音说道：

"甚至老泪横流。看起来，从前上钩的都是大鱼，如今连小鱼都很少来了……"

空气沉闷，一种忧郁的情调紧缩着心。"好事情"使我很惊奇，同时我又可怜他，我清清楚楚地记得他那浸湿了泪水的眼睛。

> 是忏悔，愤慨，还是痛苦呢？他到底是个什么样的人呢？留下悬念。

那天他没有回家过夜，第二天吃过午饭才回来，他安安静静的，全身的衣服都揉皱了，样子十分狼狈。

"昨天我吵闹您了，"他像孩子似的抱歉地对外祖母说。"您没有生气吧？"

"生什么气？"

"气我插嘴，气我说话？"

"您谁也没得罪……"

我觉得外祖母怕他,她的视线避开他的脸,不像平常那样说话,声音特别低。

他逼近了外祖母,非常直爽地说:

"您瞧,我孤独得可怕,一个亲人也没有!憋着,憋着,可是心里忽然沸腾起来,决口了……哪怕对一块石头,对一棵树,也想谈谈心……"

外祖母躲开他。

"那您就结婚好了……"

"唉!"他哭丧着脸叹息了一声,一甩手就走开了。

外祖母皱紧了眉头,望着他的背影,闻了闻鼻烟,然后严厉地教导我说:

"你要当心,不要老在他身边转,天晓得他是什么人……"

可是我又被他吸引住了。

我看见,当他说"孤独得可怕"的时候,他的脸色变了,变得没有人色了。在这句话里,有一种我所理解的,感动我心的东西,我找他去了。

我从院子里偷偷地往他的窗户瞧,他的房间是空的,像贮藏室一样,里面杂乱地随手堆放着各种正像它们的主人一样多余而且古怪的东西。我到花园去,在花园的坑里看见了他,他弯着腰,把手放在脑袋后面,肘弯支着膝盖,挺不舒展地坐在烧焦了的梁木末端。梁木上撒满了土,它的末端,黑炭发着光泽,在枯萎的蓬蒿、荨麻、牛蒡上面突出着。他坐得挺不舒展,这使人更同情他。

他好一会儿都没有看见我,一对猫头鹰似的瞎眼向远处眺望,然后忽然仿佛抱怨似的问道:

"是找我吗?"

"不是。"

> "我"再次被他深深地吸引,迫不及待地要了解他。

"来干什么？"

"不干什么。"

他摘下眼镜，用一块印有红黑斑点的手帕擦它，说道：

"哎，爬过来吧！"

我挨着他身边坐下，他紧紧地搂着我的肩膀。

"坐坐吧。我们坐着别谈话，好不好？这样最好……你的脾气拗吗？"

"拗。"

"好事情！"

这样的沉默，使"我"内心感到了宁静。

我们沉默了很久。傍晚寂静而且温和，这是忧郁的"秋老虎"季节的一个傍晚，周围是万紫千红的草木，但显然已在褪色，每小时都变得更为苍白，土地也已经耗尽它那饱满的夏天气息，只发散着寒冷的潮气，空气出奇的明净，在红晕的天空中，匆忙的寒鸦闪闪地飞过，唤起人们抑郁寡欢的思绪。一切都静悄悄的，每一个声音——鸟雀的动弹声，簌簌的落叶声——听来都是巨响，使人不禁要打冷战，但冷战过去后，你又在寂静中凝神不动了，——寂静拥抱着整个大地，充满了整个心胸。

每当这样的时刻，就发生一些特别纯洁、轻飘的思想。这些思想是微妙的，像蛛网那样透明，难以用言语表达。这些思想有如流星忽然爆发，转瞬就陨逝了。它们像一种忧伤的感情焚烧着人的心灵，同时又安慰它，又使它惊慌，而心灵就立时沸腾，熔化，铸成一种终身不变的形式，心灵的面貌于是就创造出来了。

和他在一起"我"感受到了从来没有的安宁。

我在寄食人的暖和和的身边偎依着，和他一起透过苹果树的黑色枝芽眺望发红的天空，注视着奔忙的朱顶雀飞翔，看见几只金翅雀撕碎干枯的牛蒡花的果儿，啄食里面酸涩的种子，看见从田野上涌起镶着血红边沿的毛茸茸的灰蓝色的云彩。在云彩下，老鸦姗姗地向坟场的鸟巢飞去。一切都是那么好，那么特别，不像平时那样容易理解和令人亲近。

有时，这人深深地叹口气，问道：

"小弟弟，美吧？美！你觉得潮湿吗？冷不冷？"

天渐渐黑了，周围的一切都膨胀起来，充满了潮湿的昏暗。他说：

"坐够了！咱们走吧……"

在花园的耳门旁，他站住了，静静地说：

"你的外祖母真好。啊，多么奇妙的大地！"

他闭上眼睛，微笑着，声音不高，但很清楚地念道：

给他的惩罚多可怕：
罚他不该听从坏人的话，
不该认为自己是代人受过！

他是一个有着高尚追求的人，与"我"的渴望知识与真理的心灵暗合。

"小弟弟，你要记住这些话，要好好地记住！"

他把我推到前面，问道：

"你会写吗？"

"不会。"

"要学。你要学会，把外祖母讲的记下来，小弟弟，这非常有用……"

我们俩做了朋友。从那天起，我随时都可以到"好事情"那儿去，坐在盛满破烂的箱子上，我毫不受阻挡地观察他熔铅，烧铜，把铁片烧红，用红把儿的小锤在小小的砧子上捶打，用木锉、锉刀、纱布和细线似的锯做工。他老是把东西拿到灵敏的铜做的天平上称称。往挺厚的白杯子里倒各种液体，看它们冒烟，满屋子都是呛人的气味，他皱着眉头查看厚本子书，咬着红嘴唇哼哼着，或者拉着腔低低地哑声唱道：

"我"有了一个真正意义上的好朋友。

沙朗的玫瑰哟……

"你做什么啊？"

"做一件东西，小弟弟……"

"什么东西？"

"噢，怎么说好呢，我不会说得使你明白……"

"外祖父说，恐怕你是在做假钱……"

（他很愿意和"我"交流。）

"外祖父？嗯嗯……他胡扯！钱，小弟弟，算不了什么……"

"那用什么买面包啊？"

"对了，小弟弟，买面包得用钱，不错……"

"我说得对吧？买牛肉也得……"

"买牛肉也得……"

他轻轻地、非常可亲地笑了，他揪着我的耳朵，像揪小狗似的，说道：

"我怎么也说不过你，小弟弟，你把我给考着了，咱们还是别做声吧……"

有时他停下工作，挨着我坐下。我们长久地对着窗外眺望，望那细雨洒在房顶上，洒在长满杂草的院子里，望那苹果树在落叶，枝丫渐渐裸露出来。"好事情"很少说话，但他说的总是些必要的话。要是想让我注意什么东西，他常常只是轻轻地推推我，向我眨眨眼睛。

（表现了小弟弟的机灵、可爱。）

我在院子里并没有看见什么特别的东西，但是经他用肘子推一推和说一两句话，所看见的一切就觉得特别有意义，一切都牢固地记在心里。比方说，院子里跑来一只猫，在明亮的一潭水洼前面停住，瞅着自己的影子，抬起软绵绵的爪子，像是要打它。"好事情"便轻轻地说：

"猫儿又骄傲又多疑……"

金红色的大公鸡玛玛伊飞到花园的篱笆上，站住，拍拍翅膀，险些儿摔了下来。它给惹火了，伸长脖子，怒冲冲地咕噜起来。

"这位将军好大的架子，但聪明可不怎么的……"

笨手笨脚的瓦列伊像一匹老马，沉重地踏着泥泞的院子走过去。他颧骨凸出，两颊气鼓鼓的，眼睛挤得细细的仰望天空，白晃晃的秋天阳光一直射到他的胸上。——瓦列伊的上衣铜扣子金光闪闪，这个鞑靼人站住了，用弯曲的手指摸摸铜扣子。

"他像是得到一枚奖章似的，在欣赏呢……"

很快我对"好事情"就产生了牢固的情感，不论是在苦痛的受辱日子，还是欢乐的时刻，他都成为我不可缺少的人了。<u>他沉默寡言，但却不禁止我讲我想到的一切</u>，外祖父可总是用严厉的呵斥打断我的话：

"别多嘴，像小鬼推磨似的！"

外祖母已经是满腹的心事，不再听别人的话和过问别人的事了。

"好事情"总是聚精会神地听我瞎扯，常常微笑着对我说：

"小弟弟，不对头，这是你自己瞎编的……"

他的简短评语总是恰当其时，而且是必要的。我心里和头脑里所想的一切，我还没说出口的废话和不正确的话，他仿佛都看得雪亮，并且用亲切的三言两语就给打了回去：

"瞎胡说，小弟弟！"

我时常有意试验他这种魔术似的本领。有时我编造一套，讲得像真的一样，可是他听不到几句，就摇着头说：

"你又瞎扯啦，小弟弟……"

"你怎么知道的？"

"小弟弟，我看得出……"

> 他肯听"我"的内心表达，"我"的倾诉，是对"我"的一种尊重。

> "我们"的交往是一种灵魂最为亲密的交流。描写时充满了依恋不舍之情，并对这个具有先进思想的知识分子予以高度的评价。它是一种理性的高尚的情感，是启迪人的智慧的情感。

外祖母常常带着我到干草广场去挑水。有一次，我们看见五个小市民打一个乡下人。他们把乡下人按倒在地上，像群狗似的撕他。外祖母扔掉水桶，挥着扁担向打架的人跑去，同时向我喝了一声：

"跑开！"

可是我害怕，跟着她跑，拾起圆石子和石头往小市民身上扔。外祖母勇敢地用扁担戳小市民，敲他们的肩膀和脑袋。接着又来了一些人，小市民们逃跑了，外祖母给那个遍体鳞伤的人洗了洗，他的脸给踩得血肉模糊，直到现在我一想起就觉得恶心。他用脏污的指头按着撕破了的鼻孔，又是号叫，又是咳嗽，从手指下面溅外祖母一脸一胸的血。她也叫唤，全身发抖。

> 遍体鳞伤：满身都是伤痕，形容伤势重。

我一到家，就跑去找那个房客，把这件事讲给他听。他停下工作，站在我面前，举起长锯，像举一把马刀似的，从眼镜底下严厉地注视着我。停了一会儿，突然打断了我的话，非常带劲地说：

"妙，就应当这样办！太好了！"

刚才所看到的使我太震动了，对他的话来不及觉得惊奇，又继续说下去，但他搂住我，跌跌撞撞地在屋子里走来走去，说道：

"行了，不必多说了！小弟弟，你已经把要说的都说了，懂不懂？全说了！"

我委屈地住了嘴，但是想了想，却忽然惊奇地使我永远不忘地明白过来，他叫我不要再说下去正是时候：我的确已经把话说尽了。

"小弟弟，这种事件不必老挂在嘴边，这不是好的记忆材料！"他说。

> "好事情"对"我"的影响是巨大的。

有时，<u>他突如其来地对我说一句什么话，这句话就跟随着</u>

<u>我一辈子</u>。我对他讲我的敌人克留什尼科夫,这个体胖头大的<u>孩子</u>,是新开路打架的能手,我怎么也打不赢他,他也打不赢我。"好事情"注意地听了我的可悲的遭遇,说道:

"这是小事情。这种力气算不得力气,真正的力气在于动作快,越快越有力——懂不懂?"

下星期日,我试着把拳头打得快一点,果然不费大劲就把克留什尼科夫打败了。这使我更重视这位房客的话。

<u>"任何东西都得会拿,你懂不懂?要善于拿,这是件非常困难的事!"</u> 言辞恳切,富含哲理。

我一点儿也不明白,但不由得就记住了这类话,正因为在这些简单朴素的话里有一种恼人的神秘,所以才记住了:拿石头、面包、茶碗、锤子,不是不要任何特别技巧吗?

家里的人越来越不喜欢"好事情",连快乐的女房客的那只可亲的猫也不往他的膝盖上爬,而别人的膝盖它都爬。他亲切地召唤它,它也不理。我为这打它,揪它的耳朵,为了劝它不要怕这个人,我几乎哭起来。

"我身上有股酸味,所以猫不接近我,"他解释道,但是,我知道所有的人,连外祖母也在内,另有一套敌视房客的不正确的气人的解释。

"你干吗老在他那儿磨蹭?"外祖母气愤愤地问道。"你要当心,他会教你什么的……" 可见外祖母也有她狭隘的一面。

我到房客那儿去,渐渐被外祖父这个红毛黄鼠狼知道了,我每去一次,他就狠狠地揍我一顿。我当然不把禁止我和他接近这件事告诉"好事情",但却坦白地说出家里的人对他的态度。

"外祖母怕你,她说你'邪魔鬼道的',外祖父也说你是上帝的敌人,对人有危险……"

他仿佛撵走苍蝇似的把头一甩,微笑使他的白粉似的面孔顿时泛起一层红润。看他那微笑，我的心紧缩起来，眼睛发出了绿光。

"小弟弟，我早就看出了！"他低声说道。"这真叫人愁闷，小弟弟，是吧？"

"是！"

"愁闷啊，小弟弟……"

后来，他终于被撵走了。

有一天，我吃过早茶到他那儿，看见他坐在地板上，一面唱着"沙朗的玫瑰"，一面把东西装到箱子里。

"小弟弟，别了，我要走了……"

"为什么？"

他定神地注视着我，说道：

"你真的不知道吗？要腾屋子给你母亲住……"

"这是谁说的？"

"外祖父……"

"他撒谎！"

"好事情"捉住我的手把我拉到他身旁，我坐到地板上，他悄悄地说：

"不要生气！小弟弟，我以为你知道不告诉我呢，这真不好，我错怪你了……"

不知怎的，令人感到惆怅，而且为他惋惜。

"你听我说，"他微笑，几乎是耳语似的说。"你还记得我跟你说过'不要到我这儿来'吗？"

我点点头。

"你当时生我的气了，是不是？"

"是的……"

"我是不愿意惹你生气的，小弟弟。你瞧，我就知道，要是咱们俩做朋友，你家里的人准会骂你，是吧？果然是这样吧？你明白我为什么跟你说这话了吧？"

他像一个跟我一般大的孩子似的说话。听了他说这些话，使我高兴得发狂。我甚至觉得，我早在当初就是了解他的。我这样对他说：

"我早就明白了！"

"唔，真的！对了，小弟弟。正应该这样，亲爱的……"

我心里难过得不得了。

"为什么他们谁也不喜欢你呢？"

他搂着我，使我贴紧他，眨眨眼睛，回答道：

"我是一个外人，你懂不懂？就是为了这。不是那样的人……"

我拉着他的袖子，我不知道怎样说，也不会说。

"不要生气，"他重复了一句，又凑近我的耳朵喃喃地补充说："也不必哭……"

可是他自己的眼泪却从昏蒙蒙的眼镜下面往下滚。

然后，我们像平时一样，默默无言地坐了很久，仅仅有时交换一两句话。

晚上他走了，和大家亲切地告别，紧紧地拥抱我。我走出大门外，看见他坐在大车上，震得颤颤巍巍的，车轮子搅和着冻结的泥疙瘩。他刚走，外祖母就洗刷那间脏污的房子，我来回地从这墙角走到那墙角，有意打搅她。

"走开！"她嚷嚷道，因为我老绊她的腿。

"你们为什么把他赶走？"

"没有你说的话！"

"你们全是傻瓜，"我说。

她用湿布打起我来，一面喊道：

"你发疯了，顽皮鬼！"

"不是说你，除了你全是大傻瓜，"我纠正道，但这并不

122 童 年

能宽慰她。

吃晚饭时，外祖父说：

"嚄，谢天谢地！不然的话，我一看见他，心窝里就像攮一把刀子似的：嗨，真该撵走！"

我怀恨地把羹匙弄断，于是又挨了一顿揍。

我和祖国的无数优秀人物中的第一个人的友谊，就这样结束了。

> 他一定是一个为俄罗斯人民的幸福而奋斗的人。

情境赏析

本章的描写文字简洁而又洗练。文字描述时体现出作家细致的观察力。小街、田野、房子颜色、顶楼颜色、榆树、菩提树等，错落有致，真实形象，栩栩如生，读起来犹如身临其境。对邻居的介绍，也是平常几笔，却尽得其旨。

这样的环境与原来那个下面是酒馆的房子十分不同，这里充满了恬静的气氛，没有人群的嘈杂、孩子们的打骂。这里的人们也很友好，阿廖沙在这里交到了几个朋友。这些正是阿廖沙所喜欢和看重的。在他的天性中，与大自然的亲近，有花鸟虫草的陪伴，是最惬意不过的生活了。

本章是写景的典范，景物的描写又渗透着作家的真挚情感。通过对新家风景的记录，表现作家热爱生活、热爱自然的本性，也表达了阿廖沙对未来的生活充满了渴望。

名家点评

高尔基的书不是安慰我们的书，这是惊醒我们的书。

——瞿秋白

九

"好事情"走了，阿列克谢和彼得伯伯挺要好，后来又与隔壁的三个小朋友结下了友谊。

小的时候，我想象自己是一个蜂窝，各式各样普通的粗人，全像蜜蜂似的把蜜——生活的知识和思想，送进蜂窝里，他们尽自己所能做到的慷慨大量地丰富我的心灵。这种蜂蜜常常是肮脏而味苦的，<u>但只要是知识，就是蜜</u>。

"好事情"走后，彼得伯伯和我挺要好。他很像外祖父：也是那样干瘦，那样干净利落，但他个子比外祖父矮小。他像是一个为了逗笑装扮老头儿的小孩。他的脸像个筛子，全是由条条纤细的皱皮组成的，皱皮之间，那对眼白发黄、可笑的灵活的眼睛，就像笼子里黄雀似的骨碌碌乱转。他那浅灰色的头发曲卷着，胡子拧成圈圈儿。他抽烟斗，喷出跟他头发的颜色一样的烟，也是袅袅上升。他说话也是挺绕圈子的，满口的俏皮话。他的声音嗡嗡地响，听来好像很亲切，但我总觉得他是在嘲笑所有的人。

"开头几年，伯爵小姐，敬爱的塔季扬·列克谢芙娜，命令我说：'你做铁匠吧，'过了一些时候，她又吩咐我说：'帮帮园丁的忙！'行啊，不管把一个老粗安排在哪儿都不合适！过了一阵子她又说：'彼得鲁什卡，你应当去捕鱼！'反正什

> 这是高尔基关于知识的一句名言。它说明高尔基对科学知识的极端重视、尊敬和赞美。他把知识比作蜂蜜，把自己比作贮藏蜂蜜的蜂窝，把各种各样的普通人比作蜜蜂，正是这些普通人把各种生活知识送给了阿廖沙，使他心灵丰富，茁壮成长。

么都一样,我就去捕鱼……可是,我刚爱上这一行,又和鱼分了手,分手就分手吧!又叫我到城里赶马车,缴租金。好吧,赶马车也行,还干些什么?后来小姐还没来得及叫我再改行,<u>农奴就解放了</u>,我身边只剩下这匹马,现在它就算是我的伯爵小姐了。"

> 1861年沙皇亚历山大二世签署了宣布农奴解放的改革宣言。

它是一匹老马,就好像它原来是白的,曾经被一个醉鬼画匠用五彩颜料乱涂一气,可是只开了个头,没有涂完似的。它的腿脱了臼,全身像是用破布连成的,它的眼睛昏沉沉,悲哀地低垂着瘦骨嶙峋的头颅,突出的青筋和磨光的老皮松弛地包着躯干。彼得伯伯对它总是毕恭毕敬,从不打它,并且叫它丹尼卡。

有一次,外祖父对他说:

"你为什么用基督教的名字称呼牲口?"

"不是的,瓦西里·瓦西里耶夫,不是的,可敬的先生!基督教没有丹尼卡这样的名字,只有塔季扬娜!"

> "好事情"走了,来了个彼得伯伯,他们会成为好朋友吗?

彼得伯伯也识字,《圣经》读得烂熟,他和外祖父常常争论圣徒里面谁最神圣。他们把那些负罪的古人一个比一个批评得厉害,特别对押沙龙不客气。有时争论纯粹属于语法性质的,外祖父说:"согрешихом,беззаконновахом,неправдавахом",可是彼得伯伯却一口咬定是"согрешиша,беззаконноваша,неправдоваша"。

"我说的是一回事,你说的是另一回事!"外祖父冒火了,满脸通红,学他说话:"ваша,шиша!"

但是彼得伯伯,被烟雾缭绕着,尖酸地问道:

"你那хомы有哪点好?它对上帝一点儿也不好。说不定上帝一面听你祈祷,一面想:不管你怎样祷告,可一文不值!"

"滚出去,列克谢!"外祖父狂怒地喊道,绿眼珠子直射光。

彼得很爱整洁,他从院子走过,总是把碎石头、碎瓦片、骨头踢开。他一面踢,一面追上去骂:

"多余的东西,净碍事!"

他喜欢说话,看来人倒善良而快乐,但是他的眼睛经常充血而且混浊,有时像死人似的停滞不动。他有时坐在黑暗的墙角,蜷着身子,阴沉着脸,像他的哑巴侄子似的一言不发。

"彼得伯伯,你怎么啦?"

"走开,"他沉闷而严厉地说。

我们那条街上,有一家搬来一位老爷,额头上长了个肉瘤。他有一个非常奇怪的习惯:每逢休息日,他就坐在窗口用鸟枪射击狗、猫、鸡和乌鸦,对他所不喜欢的行人也射击。有一次,他用打鹬鸟的小霰弹射中了"好事情"的腰,皮上衣没有被霰弹打穿,但有几颗跑进口袋里。我记得,房客透过眼镜留心地查看发蓝光的霰弹。外祖父劝他去告状,但是他把霰弹往厨房角落里一扔,说:

"不值得。"

有一次,这位射手打进外祖父的腿上几颗霰弹,外祖父气坏了,向调解法官递了状子,召集街上受害者和证人,可是那位老爷忽然不见了。

每次,一听见街上枪响,彼得伯伯——只要他在家——就连忙把晒褪色的、过节才戴的宽檐帽子戴到灰头发的头上,赶快跑出大门。他两手藏在背后长衫下面,把长衫撑得像公鸡尾巴似的,挺着肚子,大模大样地沿着人行道从射手身旁走过。他走过去,返回来,又走过去。我们全家都站在大门口,那个军人从窗户伸出黢青的面孔往外看,在他的脸上面,是他妻子的金发的脑袋。贝特连院子里也走出一些人,只有灰色的、死气沉沉的奥夫相尼科夫的房屋里没有人出来。

一个奇怪的人出现了。

霰(sǎn):霰弹。

黢(qū):黑。

有时，彼得伯伯逛来逛去毫无结果，大约那个猎人不承认他是一个值得射击的野禽，但有时双筒枪一连发出两响：

"嘣——嘣……"

彼得伯伯不加快脚步走，走到我们面前，心满意足地说：

"打着下襟了！"

有一次，霰弹打中了他的肩膀和脖子。外祖母用针挖霰弹，她数落彼得伯伯说：

"你干吗纵容这个野种？小心他把你的眼睛打瞎！"

> 彼得伯伯为什么这样做呢？他是个什么样的人？

"不，不会的，阿库林娜·伊凡娜，"彼得拉着腔轻蔑地说。"他算什么射手……"

"你干吗要惯他啊？"

"我哪儿是惯他，我是想逗逗这位老爷……"

他把挑出来的霰弹放在手掌上，细细地观察，说：

"算不得一把射手！伯爵小姐跟前有一个临时充任丈夫职务的，——她挑换丈夫像挑换佣人一样，——名字叫马蒙特·伊里奇，是个军人。嗬，他的枪法可真行！老妈妈，他只用单打一的子弹，不用别的！他让傻子伊格纳什卡站得远远的，大约四十步，傻子的腰带系一个瓶子，瓶子就悬在他的两腿之间，伊格纳什卡把腿叉开，傻笑着。马蒙特·伊里奇用手枪瞄准了，砰一声！瓶子碎了。只有那么一次，不知是牛虻，还是什么的，咬了伊格纳什卡一口，他一动弹，子弹穿进了他的腿，正打中膝盖骨。大夫一叫来，便马上把他的腿给剁了去，——完事大吉，把腿给埋了……"

"傻子呢？"

> 反映了当时的社会现实。

"他没关系。傻子脚手都不需要，他光凭那副蠢相就能吃饱饭。傻瓜人人爱，愚蠢不惹人生气。俗话说得好：<u>只要是法院的文书就会管人，只要是傻子就不会欺负人</u>……"

这种故事并不使外祖母惊奇，她自己就知道几十个这类的故事，我可有点怕，我问彼得：

"老爷会打死人吗？"

"干吗不会？会。他们彼此也打死。有一次，塔季扬·列克谢芙娜那儿来了一个枪骑兵，他和马蒙特吵起架来，马上就拼手枪。他们走到花园里，池塘旁边小路上，这位枪骑兵啪哧一下，正打中马蒙特的肝脏！马蒙特送到坟地里，枪骑兵送到高加索，——完事大吉！这是他们打死自家人！要是打死农民什么的，那就更没话好说了。现在他们可能就更不怜惜人了，那些农民不是他们的农奴了。先前总还有点心疼，私人的财产嘛！"

> 残忍，在他们眼中生命如同草芥。

"就是那时候也不十分心疼，"外祖母说。

彼得伯伯表示同意：

"这话也对：私人的财产，可不值钱……"

他对我很亲热，跟我谈话，比跟大人谈话和气些，也不回避目光，但他身上有一种<u>我不喜欢的东西</u>。他请大家吃心爱的果酱的时候，我的面包片上的果酱抹得特别厚，常常从城里给我带来麦芽糖、罂粟饼。跟我谈话的时候，总是一本正经，声音很低。

> "我不喜欢的东西"是什么呢？

"将来做什么啊，小爷子？当兵还是当官？"

"当兵。"

"这是好事。如今当兵也不苦了。当神甫也好，自言自语地喊叫几声'上帝饶恕吧'——完事大吉！当神甫甚至比当兵容易，当个渔夫，那才叫容易呢，啥本领都不要，只要习惯就行……"

他可笑地形容鱼儿围着饵怎样游来游去，形容鲈鱼、鲤鱼、石斑鱼上了钩怎样挣扎。

> 在教育孩子这一点上，彼得伯伯和外祖父的方法如出一辙。

"外祖父打你，你生气了吧？"他安慰地说。"小爷子，生气大可不必，打你是为了教训你，这种打法，是管孩子！我那位塔季扬·列克谢芙娜小姐,你知道吧?嚆,她打人可凶啦,出了名的!她养一个专门打人的家伙,名叫赫里斯托福尔,打人他算得一把能手,邻近的地主都向伯爵小姐借他帮忙:塔季扬·列克谢芙娜小姐,把赫里斯托福尔借给我们揍农奴一顿吧!她就借给他们。"

他心平气和地、详细地讲起那位伯爵小姐:她穿着白细纱衣裳,顶着天蓝色的轻盈的头巾,在圆柱的廊檐下红色椅子里坐着,赫里斯托福尔就在她面前鞭打那些农妇和农夫。

"小爷子,这个赫里斯托福尔虽然是梁赞人,可是他很像茨冈或者乌克兰人,他的上唇胡子长到耳根,脸黢青,下巴胡子剃了。不知他真傻,还是怕人家找他麻烦装傻。他有时在厨房里往茶杯里倒水,捉苍蝇,再不然就是捉蟑螂、甲壳虫,捉来就用树枝子按到水里淹死,淹很久。有时从自己领子里捉到虱子,也拿来淹死。"

诸如此类的故事,都是我非常熟悉的,由外祖母和外祖父口述,我听了很多。它们是各式各样的,但彼此都奇怪地相似:每一个故事里面都有折磨人、欺负人、压迫人的事情。这些故事听够了,不愿再听了,我请求车夫道:

这些故事就是当时历史的反映。

"讲点别的吧!"

他把全部皱纹都集中到嘴角,然后又把皱纹掀到眼角,他同意了:

"好吧,你这个听不够的,就讲点别的。我们那儿有一个厨子……"

"到底是哪儿啊?"

"就是在塔季扬·列克谢芙娜伯爵小姐那儿嘛。"

"你为什么叫她塔季扬?她是男人吗?"

他尖声地笑了。

"她当然是小姐啰,可是她有小胡子。漆黑漆黑的小胡子,她的祖先是黑皮肤的德国种,这个民族像阿拉伯人。咱们还是来讲这个大师傅。小爷子,这个故事才逗笑呢……"

这个逗笑的故事是这样的:大师傅弄坏了一个大馅儿饼,主人就逼他一下子把它吃完,后来他就病倒了。

> 仍旧是个以折磨人为乐的故事。

我生气地说:

"这一点儿也不可笑!"

"什么才可笑?你说!"

"我不知道……"

"那你就别吭气!"

于是他又胡诌些无聊的东西。

有时过节的时候,两个表哥——一个是愁眉苦脸而且懒惰的米哈伊尔的儿子萨沙,一个是精细而且懂事的雅科夫的儿子萨沙——来做客。有一次,我们三个人在屋顶上蹿来蹿去,看见贝特连院子里有一位穿绿色皮礼服的老爷,他坐在墙边柴火堆里,正逗几个小狗崽玩呢,他那又小又黄的光脑袋没有戴帽子。有一个表哥提议偷他一只小狗,马上就拟订一个机智的偷窃计划:两个表哥马上到大街贝特连的大门前,由我来吓唬这个老爷,等把他一吓跑,他们就溜进院子抱小狗。

"怎么样吓唬呢?"

有一个表哥提议:

"你往他的秃脑袋瓜上啐唾沫!"

> 啐(cuì):①用力从嘴里吐出来。②叹词,表示唾弃、斥责或辱骂。

往人头上啐唾沫算得了什么大罪啊?有比这坏得多的事情,我都不止一次听过,也不止一次亲眼见过,当然,我就诚恳地执行了我所担当的任务。

这一下可惹起了一场轩然大波,贝特连家里到我们院子里来了一大队男男女女,带头的是一个年轻漂亮的军官。因为在我犯罪的时刻两个表哥正在街上乖乖地玩耍,一点儿不知道我的恶作剧，所以外祖父只打我一个人，充分地满足了贝特连全家的男女老少。

挨过打，我就在厨房里吊床上躲着，快乐的彼得伯伯穿着过节的衣服爬上我的床。

"你真想得妙，小爷子！"他耳语道。"对他就该这么办。这个老山羊，就该这样啐他，啐他们！最好用石子砍他发霉的脑袋！"

> 彼得的阴暗心理可见一斑。

我眼前浮现出那位老爷的脸，滴溜圆，没有胡须，像小孩的脸一样。我记得，他像狗崽子一样，声音又小又可怜地吭吭吱吱叫起来，一面用小手擦发黄的秃脑壳，我羞得难以忍受，我憎恨两个表哥，但是，我细细瞧了瞧这个马车夫<u>皱纹纵横</u>的脸，顿时把这一切都忘掉了：他那副面孔令人可怕而且可厌的哆嗦着，就像外祖父打我的时候，脸上的表情一样。

> 说明马车夫是一个上了年纪的老人。

"走开！"我喊道，用手和脚把彼得推开。

他嘿嘿地笑着，眨巴着眼，爬下了吊床。

从那时起，我再也提不起跟他谈话的兴致了，我躲避他，同时用怀疑的眼光盯视着这个马车夫，模糊地期待着会有什么事情发生。

在得罪秃头老爷事件以后不久，又发生了一件事：奥夫相尼科夫寂静的庭院早就吸引着我，我觉得，<u>在这座灰色的房屋里过着一种特别的、神秘的童话般的生活</u>。

> 为什么有这样的感觉呢？

贝特连家过着喧闹而且快乐的生活，有很多美貌的小姐、军官和大学生常来家里找她们。那里什么时候都可以听见笑声、喊叫声、歌声、音乐声。房屋的外貌也是悦目的，玻璃窗亮堂堂的，玻璃窗后面盆花的绿影显出各样鲜丽的色彩。

外祖父不喜欢这一家。

"异教徒，不信神的人，"他一提起这家人就这样说，而对这家的女人，总是用肮脏的字眼称呼她们。彼得伯伯有一次给我解释这个字眼，他的解释是令人作呕、幸灾乐祸的。

严峻而沉默的奥夫相尼科夫的房舍使外祖父肃然起敬。

这所高大的平房伸进院子里，院中是块茂盛的草坪，清洁而僻静。院子当中有口井，井上有一个用两根柱子支起的顶盖。<u>房子就仿佛想躲开大街缩回去</u>。三个狭窄的拱形的窗户离开地面很高，窗户玻璃是朦胧的，在阳光下放出灿烂的彩虹。大门旁边是一座仓库，正面跟房屋完全一样，也有三个窗户，不过是假的：在灰色的墙壁上装嵌三个窗口，用白颜料画上窗框。这些瞎眼的窗户令人看去很不愉快，整个仓库像在暗示：这所房子想躲起来偷偷地生活。整个园地，以及园地上空荡荡的马厩和开有一扇大门、而且也是空荡荡的板棚，仿佛都给人一种安详而屈辱的、或者安详而高傲的感觉。

有时，有一个老头在院子里走动，个子高高的，有点瘸腿，剃光了头，雪白的胡子像一根根的针似的翘着。有时，另一个留着络腮胡子、鼻子歪斜的老头从马厩里牵出一匹长脸的灰马。这匹瘪胸细腿的马走到院子里，冲着周围的一切都点头哈腰的，<u>好像一个谦恭有礼的尼姑</u>。那个瘸腿的老头用手掌响亮地拍打着马，吹着口哨，呼呼地喘气，然后又把马藏到黑暗的马厩里。我仿佛觉得，这个老头想离开这所房子，可是办不到，被魔法给捆住了。

在那院子里，几乎每天都有三个小孩子从中午玩到晚上。他们穿着一色的灰上衣和裤子，戴着一样的帽子，圆脸灰眼睛，彼此长得那么相像，我只根据个子的高低才分得清他们三个。

我从墙缝里观看他们，他们看不见我，我很希望他们能看见我。我喜欢他们那样巧妙、快乐、和好地做我不熟悉的

拟人的修辞手法。

这样描写，形象生动地突出了房子的特点。

厩（jiù）：马棚，泛指牲口棚。

为什么"安详而屈辱"、"安详而高傲"呢？

为什么要这样比喻？

游戏，喜欢他们的衣服，喜欢他们彼此善意的关切，特别是两个哥哥对待那个小弟弟——长得挺好玩的活泼的小矮胖子。他要是摔倒了，他们也像平常人们笑一个摔倒的人那样大笑，但不是幸灾乐祸的笑，他们马上扶起他，他要是弄脏了手或者膝盖，他们就用牛蒡叶子、用手帕擦他的手指和裤子，而二哥哥和蔼地说：

"看你笨的！……"

他们从来不骂架，不互相欺骗，三个人都很敏捷，有劲儿，不知疲倦。

有一次，我爬到树上对他们吹口哨，他们一听见口哨声都站住了，然后不慌不忙地聚在一起，一面瞧着我，一面低声地商量着什么。我心里想，他们要向我扔石子了，我于是下来把所有口袋和怀里都装满了石子，然后又爬到树上，但他们已经离开我远远地到院子角落玩去，把我给忘了。这叫人有点惆怅，然而我不愿意先开仗。不大工夫，有人从窗户的通风口喊他们：

"孩子们，回家啦！"

他们不慌不忙地、服服帖帖地走了，像三只小鹅。

有好几次，我在围墙上面的树上坐着，等待他们叫我和他们一起玩，可是他们没有叫我。我的心已经跟他们一起玩了，有时是那样入神，甚至大叫大笑起来。于是，他们三个一齐看我，悄悄儿谈论着什么，我觉得怪不好意思的，就从树上爬下去了。

有一次，他们玩捉迷藏，轮到老二找，他站在仓库拐角地方，诚实地用手蒙着眼，不偷看，他的两个兄弟跑去躲藏。哥哥敏捷地爬进仓库廊檐下面一套宽大的雪橇里面，弟弟手忙脚乱地、可笑地绕着井乱跑，不知道藏到哪儿好。

"一，"哥哥喊道，"二……"

蒡（bàng）：牛蒡，两年生草本植物。

令阿廖沙向往的生活。

为什么会感到惆怅？

"我"已在心里融入了他们之中。

那个小弟弟跳到井栏上，抓住绳子，把脚放进空桶里，那个水桶砰砰地碰着井栏的墙壁，掉下去不见了。

我看见那缠得整整齐齐的辘轳飞快无声地旋转，愣住了，但马上就明白了会发生什么事，一个纵身就跳到他们院子里，喊道：

"掉到井里去了！……"

老二和我同时跑到井栏旁边，他抓住了井绳，拼命想往上拉，他的手摩擦得像火烧的一般，但我已经截住了井绳，在这当儿，大哥哥也跑来了，帮助我拔水桶。他说：

"请您轻轻地拉！……"

我们很快地把小孩拉上来，他也吓坏了。鲜血从他右手指往下滴，腮帮也弄得乌黑，直到腰部都是湿淋淋的，脸白得发青，但是他微笑着，打着寒噤，睁圆了眼，一面微笑一面拉着腔说：

"我怎——么——掉下——去了……"

"你发红（疯）了，你知道吗，"二哥哥说，他抱着他，用手帕擦他脸上的血，大哥哥皱着眉说：

"咱们回去吧，反正瞒也瞒不住……"

"你们会挨打吗？"我问。

他点点头，然后向我伸出手来说：

"你跑得真快！"

我听他夸奖觉得很高兴，我还没来得及握住他的手，他又对二弟说：

"咱们走吧，他会着凉的！咱们就说他摔倒了，可别提掉井的事！"

"对，别提，"小弟弟打着哆嗦表示同意说，"我摔到水洼里去了，是吧？"

他们走了。

这一切做得这样快,我看了看那个我蹬着跳到院子的树枝,它还在摇晃着呢,一片黄叶从那上面落下来。

三兄弟差不多有一个星期没有在院子露面,后来出来了,比先前玩得更热闹。那个大的看见我在树上,亲切地喊道:

"来我们这儿玩!"

我们爬到仓库廊檐下面破旧的雪橇里,彼此细细端详着,谈了很久。

"你们挨打了吗?"我问。

"挨了,"大的回答。

> 真是"同病相怜"!

很难使人相信这些孩子也和我一样挨打,真叫人为他们抱屈。

"你干吗要捉鸟?"小弟弟问。

"它们叫得好听。"

> 孩子们天真、活泼,早把痛苦抛向了脑后。

"不,你别捉它们,最好让它们爱怎么飞就怎么飞……"

"好吧,我以后就不捉了!"

"不过你得先捉一只送给我。"

"你要什么样的?"

"活泼的。装到笼子里的。"

"那你就是想要黄雀了。"

"猫会吃掉的,"小弟弟说。"爸爸也不让玩。"

大孩子附和说:

"爸爸不让玩……"

"你们有妈妈吗?"

"没有,"大的说,但二的改正说:

"有,不过是另外一个,不是亲的,亲的没有了,她死了。"

"不是亲的叫后娘,"我说。大孩子点点头:

"是的。"

三兄弟都沉思起来,神色暗淡了。

从外祖母讲的童话里，我知道什么是后娘。所以这种默默的沉思我是懂得的。他们紧紧地偎依着，像三只一模一样的小雏鸡。我想起了童话里的巫婆后娘，她用欺骗的方法占据了亲娘的地位，于是我应许孩子们说：

"亲娘还回来呢，你们等着吧！"

大孩子耸了耸肩膀：

"死了还能回来？这不会的……"

不会？我的天啊，死人复活的事儿可多着呢，甚至被剁成肉块，只要洒上活水就复活了，这种情形可多啦：死了，但不是真死，不是上帝的旨意，而是受了妖人的摆布和受了魔法的捉弄！

我于是兴奋地给他们讲起外祖母讲的故事。大孩子起先总是含着笑，轻轻地说：

"这我们知道，这是童话……"

他的两个弟弟一声不响地听着，小的抿紧了嘴，脸色阴沉，二弟用肘弯支着膝盖，对我探着身子，伸出另一只胳膊钩着小弟弟的脖颈。

天已经很晚了，绯红的彩云高悬在屋顶上，这时有一个白胡子老头在我们左近出现，穿一身像神甫穿的肉桂色的长衣裳，戴一顶毛茸茸的皮帽子。

"这是什么人？"他指着我问道。

大孩子站了起来，向我外祖父的房子摆摆头：

"他是从那儿来的……"

"谁把他叫来的？"

三个孩子立刻一声不响地从雪橇上爬下来，回家去了，他们使我又想起一群服服帖帖的鹅。

老头紧紧抓住了我的肩膀，牵着我经过院子向大门走去。我被他吓得想哭，但是他的步子迈得又大又快，我还没来得

> 经历了那么多事情，"我"已慢慢成熟了。

> 此处描写得十分传神，三兄弟的表情、动作跃然于眼前。

> 这样比喻有什么作用？

及哭出来,已经到了街上了。他在旁门站住,指着我吓唬道:

"不准到我这儿来!"

我冒火了:

"我根本不是来找你的,老鬼!"

他那长长的手臂又抓住了我,牵着我在人行道上走,一面走,一面问我,问我的话像是一把锤子敲着我的头。

"你外祖父在家吗?"

该我倒霉,外祖父正好在家。他站在那个凶恶的老头面前,仰着头,胡子往前翘着,瞅着他那对像瓜子似的混浊的圆眼,慌忙说道:

"他母亲不在家,我忙得很,没人管他。请您原谅,上校!"

上校吭呛一声,震响了全屋,他像一段木柱子,转过身走了。过了一会儿,我就被扔到院子里彼得伯伯的马车里了。

> 上校为什么对"我"采取了这种态度?

"又闯祸了,小爷子?"他一面卸马套,一面问道。"为什么挨打啊?"

当我对他讲了为什么挨打的时候,他马上火了,愤怒地说:

"你干吗和他们一块儿玩?他们是少爷,是毒蛇。看你为了他们被打成这个样子!你好好揍他们一顿,怕什么!"

他咆哮了半天。我因为挨打满肚子怒气,起先怀着同情听他讲,但他那皱纹纵横的脸抖动着,越来越令人讨厌,我回想起,那三个孩子也挨打,他们并没有什么对不住我的地方。

> "我"为朋友辩护。

"打他们倒不必,他们是好人,你尽撒谎,"我说。

他看了看我,突然喊了一声:

"从马车上滚开!"

"你这个傻瓜!"我跳到地上,喊了一声。

他满院子追我,就是捉不到我。他一面跑,一面声音不自然地喊道：

"我傻瓜？我撒谎？我叫你知道厉害……"

外祖母走到厨房台阶上，我扑到她身上，他开始向外祖母诉起苦来：

"这孩子弄得我活不了啦！我比他大五倍，他竟骂我母亲，什么都骂……还骂我是骗子……"

我一听见人家当着我的面撒谎，我就会惊奇得不知所措，发起呆来。这工夫我真是茫然失措了，但外祖母强硬地说：

"彼得，你这简直是在撒谎。他不会骂你太难听的话的！"

有时外祖父就会相信这个马车夫。

从那天起，我们之间就发生了无言的、恶毒的战争：他极力装着无意地碰我一下，用缰绳蹭我，放我的鸟儿。有一次把我的鸟儿喂了猫，每因一点事故就加油添醋地向外祖父告我的状，<u>我越来越觉得他也跟我一样是个孩子，不过装扮成老头罢了</u>。我拆散他的草鞋，不露痕迹地弄松并且弄伤草鞋带，当彼得穿它们时，就会断掉。有一次我撒了他一帽子胡椒，使他打了个把钟点的喷嚏，总之，我使尽了力量和智慧设法报复他。每逢节日或假期，他整天都在机警地监视着我，不止一次地抓住我做犯禁的事情——和小少爷们来往，他一抓住就向外祖父告密。

我仍然继续和小少爷们来往，并且愈来愈使我愉快。在小小的僻静角落里，在外祖父的院墙和奥夫相尼科夫的围墙之间，生长着榆树、菩提树和茂密的接骨木丛薮。在丛薮下面，我在围墙上凿了一个半圆的小洞，三弟兄轮流或者每次两个人到小洞前面来，我们蹲着或者跪着悄悄地谈话。他们中间总有一人放风，怕上校冷不防碰见我们。

他们讲自己的苦闷的生活，连我听到都觉得很悲伤。他们讲被我捉来的小鸟怎样生活，讲许多童年的事情，但从来

外祖母的英明与外祖父的蛮横形成鲜明的对比。

分析得十分透彻。

"我们"的友谊如此牢固。

没有一句话是提到后母和父亲的,至少我不记得有这样的话。他们只是常常要我讲童话,我诚恳地把外祖母讲过的故事重讲一遍,如果哪儿忘了,就请他们等一会儿,我跑去问外祖母忘了的地方。这从来都是使她愉快的。

我对他们讲了许多关于外祖母的事。大孩子有一次深深地叹了一口气:

"大约外祖母都是很好的,从前我们也有一个好的外祖母……"

> 11岁就感觉活了100年,大孩子身上有着与他年龄不符的沧桑。

他常常感伤地说:过去、从前、曾经,就好像他已经在地球上活了一百年了,而不是才活十一年。我记得,他的手掌窄窄的,手指细细的,整个身体也是又细又弱,眼睛很亮,可是很温和,像教堂的长明灯的火光一样。他的两个弟弟也很可爱,也使人无限地信任他们,经常想替他们做点愉快的事情,但是我更喜欢老大。

我讲得正出神的时候,常常没有留意彼得伯伯是怎样出现的,他用一声拖长的叫喊赶散了我们:

"又——到一起啦——?"

> "我"有着如此敏锐的观察力。

我看到,彼得伯伯的忧郁呆痴病愈来愈犯得勤了,我甚至学会了预先认出他做完了活回来时的心情是怎样的:他通常开门不慌不忙的,门上的枢纽发出漫长而懒散的吱扭声音,如果这个车夫心情不好,枢纽便短促地响一下,就好像因为怕疼而哎哟叫了一声似的。

他的哑巴侄子到乡下结婚去了。彼得独自住在马棚上一间低矮的狗窝里,开一个小小的窗户,里面有一股子臭皮子、焦油、汗和烟草的味道。因为怕闻这种气味,我从来不到他住的地方去。他现在睡觉不灭灯,这使外祖父很不高兴。

"当心烧着我的房子,彼得!"

"不会的,你放心吧!我把过夜的灯放在盛水的碗里,"

他眼睛望着一旁回答道。

　　他现在不知为什么总是往一旁看，很久以来就不参加外祖母的晚会了，也不再请人吃果子酱。他的脸干枯了，皱纹更深了。他走起路来晃晃荡荡的，两只脚划行着，像病人似的。

　　有一天工作的日子，一清早我和外祖父在院子里扫除夜里下的一场大雪，——耳门的门闩突然锵地一声，跟平时不同地响了一下，有位警察走进院子来，他用臂膀把门关上，勾了勾肥大灰色的手指，招呼外祖父过去。当外祖父走到他跟前时，那个警察把长着大鼻子的脸向他俯倾着，就像是在啄外祖父的额头似的，开始嘀咕什么事，而外祖父急忙地回答道：

闩（shuān）：①门关上后，插在门内使门推不开的木棍或铁棍。②用闩插上。

　　"在这儿！什么时候？让我想想看……"

　　他突然可笑地腾空一跳，喊了一声：

　　"上帝保佑，真有这回事吗？"

　　"别嚷，"警察严厉地说。

　　外祖父扭头看见了我。

　　"收起铁锹，回家去！"

　　我躲到拐角后面，他们向车夫的狗窝走去，警察脱掉右手的手套，用它往左掌上拍打着，说：

　　"他——懂得了。扔掉马，自己藏了起来……"

　　我跑到厨房里，把我所看见和所听到的一切都告诉了外祖母，她摇晃着落满面粉的头，正在面槽里和面预备做面包。她听我说完，安详地说：

　　"大约他偷了什么了……玩去吧，少管闲事！"

　　当我又跳到院子里的时候，外祖父站在耳门旁，脱掉帽子，眼望着天，正在画十字呢。他面带怒气，毛发耸起，一只脚打哆嗦。

"我不是说叫你给我滚回家去吗!"他把脚一跺,对我呵斥了一声。

他也跟着我回来了,一进厨房就叫外祖母:

"到这里来,老婆子!"

他们走到隔壁房间里,在那里耳语了半天。当外祖母又到厨房里来的时候,我开始明白发生了一件可怕的事情。

"你干吗惊慌啊?"

"住嘴,听见没有?"她压低了声音回答。

> 为什么会有这样的气氛?

整天家里都令人感到不好受,可怕,外祖父和外祖母时时互相惊恐地张望,说话总是三言两语,悄悄的,使人听不懂,这更加重了惊恐的气氛。

"老婆子,你到处都点上长明灯,"外祖父一面咳嗽,一面吩咐道。

大家吃午饭也没心思,但都急急忙忙地吃,像是在等待什么人似的。外祖父疲倦地吹胀了腮帮,清着嗓子,咕咕哝哝地说:

"魔鬼比人有力!信教的总会是虔诚的吧,可是你看?"

外祖母不住地叹气。

> 这是在暗示着什么吗?

银灰色昏暗的冬日慢慢地逝去,慢得令人疲劳,<u>家里越来越变得不安,沉闷</u>。

快到傍晚的时候,来了一个红头发的胖警察,已经不是原先那个了,他坐在厨房里长凳子上打盹,低声地打着呼噜,磕着头,当外祖母问他"是怎样查访出来的"的时候,他停了停才粗声粗气地回道:

"我们什么都查访得出,你放心吧!"

我记得,我坐在窗户旁,把一枚古老的铜币放在嘴里哈热气,极力想把战胜毒蛇的胜者格奥尔吉的像印在窗户玻璃的冰花上。

门洞里忽然响起咕咕咚咚的声音，房门豁然敞开了，彼得罗芙娜在门口震耳地大叫一声：

"快去看看你们后院是什么！"

她一看见警察，就往过道跑，但是警察抓住了她的裙子，也惊慌地大叫：

"站住！这是什么人？去看什么？"

她在门槛上绊倒了，跪在地上，含着眼泪抽抽咽咽地说：

"我去挤牛奶，看见卡希林花园里有个东西像靴子似的！"

这时外祖父跺着脚狂暴地喊叫：

"胡说，糊涂东西！花园里什么你也看不见，围墙很高，墙上又没有缝，胡说！我们后院什么也没有！"

"哎哟，我的老天啊！"彼得罗芙娜尖声叫喊，她一只手抓着头，一只手向他伸过去。"对啦，我的老天，我胡说！我走着走着，看见有脚印通到你们的围墙，有一片雪地被人踩过了，我往围墙那面一看，看见他躺在那儿……"

"谁——躺——着——？"

这声叫喊长得可怕，一点儿也听不清说的什么。但是大家忽然都像发了狂似的，推推挤挤地从厨房拥了出去，跑到花园里。只见彼得伯伯躺在软绵绵地铺着雪的花园坑里，他背靠烧焦的梁木，头低垂到胸前。他右耳下面有一条深深的裂口，通红，像一张嘴，有几块像牙齿似的发青的东西从裂口里突出来。我吓得闭上眼睛，透过睫毛看见他膝盖上有一把我所认识的马具刀，在刀附近，我看见了他右手的黑手指拘挛着；左手甩开，埋进雪里。车夫身下的雪已经融化了，他那矮小的身体深深地陷入柔软发亮的绒毛里，更显得像小孩子了。他右边的雪地上有一片发红的奇怪的花纹，像一只鸟似的，左边的雪一点没被人动过，平平的，耀眼地光亮。头顺从地低垂着，下巴抵住胸脯，压乱了浓密曲卷的胡须，在一股通红的凝固的血流过的赤裸的胸脯上,有一个大的铜十字架。嘈杂的声音使人的脑袋晕得厉害。彼得罗芙娜不住地喊叫,那个警察也喊叫着打发瓦列伊到什么地方去,外祖父喊道:

"不要踩掉痕迹!"

但他忽然皱紧眉头,眼睛望着自己的脚,大声而威严地对警察说:

"你瞎叫喊,老总!这儿是上帝的事情,上帝的法庭,而你净说些废话,——嗨,你们这些人啊!"

顿时人们都沉静了,目光都集中到死者身上,大家叹息着,画着十字。

不知是些什么人从院子往花园里跑,他们翻过彼得罗芙娜的围墙,跌跌撞撞,发出呼呼噜噜的声音,但仍然是安静的,可是外祖父往四周看了看,绝望地喊了一声以后,却打破了这种寂静:

"街坊们,你们干吗糟蹋树莓,你们怎么好意思啊!"

外祖母拉住我的手,抽咽着,领我回到家里……

"他干了什么事啦?"我问。她回答说:

"你不是看见的……"

整个晚上直到深夜,厨房里和厨房隔壁房间里都挤满了生人。他们叫喊着,警察指挥着,一个像助祭的人写着什么,像鸭子似的嘎嘎叫:

"嘎克?嘎克?"

外祖母在厨房里请所有的人喝茶,桌子旁坐着一个圆滚滚的人,麻脸,大胡子,声音吱吱地讲道:

"他的真正的姓名不知道,只查出他是耶拉吉马人。哑巴一点儿也不哑,一切都招了。还有一个参加这件案子的人也都招了。他们很早很早以前就抢劫教堂,这是他们主要的

以动衬静。

糟蹋(zāotà):
①浪费,损坏;
②侮辱。比喻不爱惜,不珍惜。

本领……"

"噢，我的老天，"彼得罗芙娜叹息着，通红的脸上浸湿了泪水。

我躺在吊床上朝下望着，仿佛觉得所有的人都变得矮小，肥胖，可怕……

> "我"又一次目睹了死亡。恐惧无所不在地潜伏在我的身边。

情境赏析

本章主要写了阿廖沙搬到新住处后的生活，以及他认识了彼得伯伯，又和邻居的三个小伙伴结成朋友。除了第一段是被大家熟识的段落外，从"我仍然继续和小少爷来往"到"这从来都是使她愉快的"这两段也是全章的精彩片段。

文中没有对友情的直接称颂，也没有过多的渲染，只是用平实的语调，叙述着一件件小事，然而平淡的文字遮不住暗涌的情感，使得感情的表达不动声色却汹涌澎湃。整个叙述错落有致，具有散文"形散而神不散"的特点。同时，小少爷们的处境也从侧面反映了当时儿童问题的普遍性。作家在凡人琐事中写出了俄国社会现状，从而使这部自传体小说获得了很高的认识价值。

名家点评

我从我们许多作家身上发现了高尔基的影响，高尔基深深扎根于人民之中的思想光辉，给作家以深入生活的力量，使得他像一张大鱼网一样，从生活中打捞起普通的穷苦人。于是，我们看到这些曾经用泪水洗面的人们，洋溢着斗争的激情，谁也不妥协，全都准备战斗。

——（危）阿斯图里亚斯

一

> 母亲回家了，阿列克谢终于和母亲团聚了。母亲教他识字，教他背诗，阿列克谢感受到母爱的温暖了吗？母亲与外祖父的战争仍在继续着，母亲反抗外祖父要她嫁给一个钟表匠。

有一次星期六一大早，我到彼得罗芙娜的菜园子里去捉灰雀，捉了很久，可是这些大模大样的红胸脯的小鸟不上网。它们老是在卖俏，在镶银似的冰壳上好玩地走来走去，飞到穿着暖暖和和的霜的灌木枝上，像一朵活花似的摆来摆去，撒下光闪闪的银灰色雪花。这多好看，连打猎失败也不使人懊恼了。我并不是一个热衷打猎的人，我对打猎的过程比对打猎的结果更欢喜。我爱看小鸟怎样生活，爱想它们。

这是多么好哇：一个人坐在雪地的边缘上，在严寒的透明的寂静空气中倾听小鸟啾啾地叫，在远方，三套马车的小铃铛——俄罗斯冬季忧郁的云雀——唱着歌儿飞驶着……

我在雪地上打了个寒噤，感觉耳朵冻疼了，于是收起网子和鸟笼，翻过围墙到外祖父的花园里，走回家去。朝街的大门敞开着，一个身材高大的农夫从院子里牵走三匹套在一辆带篷的大雪橇上的马，马身上冒着浓烟，农夫开心地吹着口哨。我的心震动了一下。

"你送谁来了？"

他转过脸来，打着手罩看了看我，跳到驭者座上，说道：

"送老神甫来了！"

送神甫和我没有关系，如果来的是神甫，他大概是找房客的。

"哎，我的小鸡儿！"农夫抻抻缰绳催动了马，吆喝一声，吹起口哨，寂静的空气中顿时显得喜气洋洋。三匹马一齐往田野里飞奔，我望着它们走开，关上大门，可是我走进空荡荡的厨房的时候，从隔壁房间传来母亲的声音，传来她那清晰的语句：

"现在怎么办，杀死我吗？"

我没有脱衣裳，扔掉鸟笼子，就跳到门洞里，迎面碰到外祖父。他抓住我的肩膀，瞪着凶恶的眼睛瞅我的脸，挺费劲地咽了一口什么东西，嗓子沙哑着说：

"你母亲来了，去吧！等一等……"他把我摇晃得几乎站不住脚，然后往房门口一推，说："去吧，去吧……"

我一头栽到钉着毡子和漆布的门上，因为又冷又激动，我的手打着颤，在门上摸了很久才找到门把，终于悄悄地打开了门，我目光缭乱地在门槛上站住了。

"哎哟，来了，"母亲说。"我的天啊，长这么大了！怎样，认不得我啦？看你们给他穿的，不像话……他的耳朵冻白了！妈妈！快拿鹅油来……"

她站在房间中间，对着我俯下身来，把我身上的衣裳脱下来，把我当做皮球似的转来转去。她那巨大的身躯穿着一件像乡下人穿的长袍子一样宽大的又暖和又柔和的红衣服，一排黑色的大扣子从肩膀斜着钉到下襟。我从来没见过这种衣裳。

我觉得她的脸比以前又小又白，可是眼睛大了，更深地陷下去了，头发更显得黄金色的了。她替我脱衣服，把脱下的衣服扔到门槛前面，厌恶地撇着紫红的嘴唇，不断地发出命令的声音：

"你干吗不说话？高兴吗？嘿，多么脏的衬衫……"

然后，她用鹅油擦我的耳朵，有点疼，但从她身上发散着香味，这却减轻了疼痛。我偎依着她，瞅着她的眼睛，激动得说不出话来。透过她的声音，我听见外祖母低沉的不高兴的声音：

"他变成野马了，谁的话都不听，连外祖父也不怕……唉，瓦里娅，瓦里娅……"

"妈妈，别老诉苦，慢慢地会好的！"

和母亲比起来，周围一切都很渺小，很可怜，而且很衰老，我也觉得自己和外祖父一样衰老了。她用腿紧紧地夹住我，用沉重而温暖的手抚摩我的头发，说道：

"该理发了。该上学了。你愿意念书吗？"

"我已经念会了。"

"还要再念一点儿。嘀，你长得这么结实，啊？"

她逗着我玩儿，发出低沉而温暖人心的笑声。

外祖父进来了，他无精打采，毛发竖立，眼睛通红，母亲用手把我推到一旁，大声地问道：

"怎么样，爸爸？要我走吗？"

他站在窗户前面，用指甲搔窗户上的冰花，半天没说话，周围一切都紧张起来，使人觉得毛骨悚然。每逢这紧张的时刻，我全身都长了眼睛和耳朵，胸膛奇怪地扩大了，我简直想大叫一声。

"列克谢，滚出去，"外祖父声音低沉地说。

"为什么？"母亲问道，又把我拉到她跟前。

"你哪儿也不要去，我不准……"

母亲站起来，像一朵红云似的走过去，在外祖父背后停下来。

"爸爸，您听着……"

他转过身来向着她，尖厉地叫了一声：

"住嘴！"

"我不许你对我喊叫，"母亲轻轻地说。

外祖母从沙发上站起来，伸出指头吓唬她说：

"瓦尔瓦拉！"

外祖父坐到椅子上，咕咕哝哝地说：

"你等一等，我是谁？啊？这还了得？"

他忽然声音变得不是自己的似的，吼叫起来：

"你丢了我的脸，瓦里卡！……"

"出去，"外祖母吩咐我。我闷闷不乐地到厨房里去，爬到炕炉上，听了很久：隔壁房里，有时大家一齐说起来，互相打断对方的话；有时大家一声不响，仿佛忽然都睡着了。他们是在谈论母亲生的小孩，她把他送给人家了，但使人不明白外祖父为什么生气：是因为母亲没给他打招呼就生了呢，还是因为她没有把小孩给他带来呢？

过了一会儿，他到厨房里来了，头发乱蓬蓬的，脸通红，疲倦，外祖母在后面跟着，用上衣的衣襟擦腮帮上的泪；他坐到板凳上，两手撑着它，弯着腰，浑身打战，咬着发灰的嘴唇；外祖母在他面前跪下，轻轻地，然而热烈地说：

"老爷子，看在基督面上，你饶了她吧，饶了吧！不用说咱们这种人家会闹出这种事，就是那些老爷、商人，不也同样发生这种事吗？是一个女人，你瞧又是那么漂亮！饶了她吧，反正谁都有罪……"

外祖父往墙上一靠，瞅着她的脸，撇着嘴冷笑，抽咽着埋怨说：

"是啊，当然是了！可不是吗？你没有饶过谁啊？你谁都饶恕，嗨，你们这些人啊……"

他对她俯下身来，抓住她的肩膀，摇晃她，很快地低声说：

"可是上帝对谁也不饶恕，是不是？眼看就要入土了，上帝还惩罚我们，让我们到老来也捞不到平安，捞不到欢乐，将来也捞不到！你看吧，咱们非得讨饭饿死不可，讨饭，你记住我这话！"

外祖母握住他的双手，在他旁边坐下，悄悄地、轻轻地笑了。

"这有什么大不了的！讨饭就把你吓住了？讨饭就讨饭呗。你坐在家里，我挨门求乞去，人家会施舍我的，我们不会挨饿！你别往这上头想！"

他忽然咧嘴笑了，像只山羊似的扭转脖颈，搂过外祖母的脖子，偎近她，他显得又小又憔悴，抽抽咽咽地说：

"哎，傻瓜，你这个有福气的傻瓜，我唯一的亲人！你这个傻瓜对什么都不可惜，你什么也不懂！你想想看：咱们不是为了他们干一辈子活，我不是为了他们作过孽吗，——嗨，哪怕现在，哪怕稍微……"

在这里，我再也忍不住涕泪横流了，从炕炉上跳下来，号啕大哭着朝他们扑了过去。我哭是因为高兴，高兴他们从来没有谈得这样好，还因为替他们悲哀，因为母亲来了，因为他们平等地让我和他们一块儿哭泣。他们俩拥抱我，搂紧了我，眼泪一滴滴地往下落，外祖父对着我的耳朵和眼睛低声说：

"嗨，你这个小鬼头也在这儿！你母亲来了，你现在跟她去吧，外祖父这个老鬼太凶，现在不要他，好不好？外祖母又纵容又溺爱，也不要？嗨，你们这些人啊……"

他两手一摊，把我和外祖母推开，站了起来，高声愤怒地说：

"都走了，都一心一意地要离开，一家子弄得七零八落……把她叫回来吧！快点……"

外祖母从厨房里出去了。他低下头，对着墙角说：

"最仁慈的主啊，你看，你看见了吧？"

他用拳头使劲地咚咚地捶胸。我不喜欢他这样做，我根本不喜欢他那样和上帝说话，仿佛他总是对着上帝夸口似的。

母亲来了，她那鲜红的衣服把厨房映得更亮了，她坐在桌子旁边条凳上，外祖父和外祖母坐在她两旁，她的宽大的袖子搭在他们的肩膀上，她低声地认真地在讲着什么，他们默默地听着，不打断她的话。现在他们俩都变成小孩子了，仿佛她是他们的母亲似的。

激动把我弄得疲倦不堪，我在吊床上香香甜甜地睡着了。

晚上，两个老人穿上过节的衣服去做晚祷，外祖父穿着行会会长的制服，貂绒皮袍子和撒裤脚的裤子，外祖母快活地向他挤了挤眼，一面对我母亲说道：

"你瞧你爸爸打扮的，像一只白白净净的小山羊似的！"

母亲欢畅地笑起来。

在她屋子里只有我和她的时候，她蜷腿坐到沙发上，用手掌在身旁拍了拍：

"到我这儿来，告诉我，你过得怎么样，——不好，是吧？"

我过得怎么样？

"我不知道。"

"外祖父打你吗？"

"现在——不常打。"

"真的吗？你给我随便谈谈什么吧，——说啊？"

我不愿意讲外祖父的事，我开始讲起一个非常之好的人，他以前就住在这间屋子里，可是谁也不喜欢他，外祖父不愿意把房子租给他。看来母亲不喜欢这个故事，她说：

"还有什么？"

我讲起三个小孩的事情，讲起上校把我从院子里赶出来，——她紧紧地拥抱着我。

"净说废话……"

她沉默了，微皱着眉头，望着地板，老是摇头。我问道：

"外祖父为什么对你生气？"

"我对不起他。"

"你应当把小孩给他带回来……"

她把身子往后一闪，皱紧眉头，咬着嘴唇，然后，搂紧了我，哈哈地笑起来。

"嗨，你这个怪人！这种话不是你说的，听见吗？别说，连想都别想！"

她低声地、严厉地说了很久，听不懂她说些什么，然后站起来，走来走去，用指头敲着下巴，浓密的眉毛动弹着。

桌子上点着一支蜡烛，它渐渐地融化，在空荡荡的镜子里反映着，肮脏的黑影在地板上爬来爬去，墙角圣像前面，长明灯发着微光，结冰的窗户涂一层银白色的月光。母亲往周围扫视着，仿佛在光溜溜的墙上和天花板上找寻什么东西。

"你什么时候睡觉？"

"稍微等一会儿。"

"怪不得，白天你睡过了，"她想起来，叹息了一声。我问她道：

"你要走吗？"

"到哪儿去？"她惊奇地反问，捧起我的头，对着我的脸瞅了很久，我的眼泪涌了出来。

"你怎么啦?"

"脖子疼。"

其实心也是疼的,我立刻感觉到,她在这个家是住不下去的,她要走。

"你将来像父亲,"她把毡垫子踢到一边,说道。"外祖母对你讲起他吗?"

"讲起了。"

"她非常喜欢马克西姆,非常喜欢!他也喜欢她……"

"我知道。"

母亲看了看蜡烛,皱着眉头,把蜡烛吹灭了,说道:

"这样好些!"

是的,这样清爽些,脏污的黑影子不再摇晃了,一片片雪青色的亮光投到地板上,玻璃窗户烧起黄金的火花。

"你在什么地方住来着?"

她好像在回忆早已被遗忘了的事情,她说出了几个城市名字,像一只大鹰似的在屋里盘旋。

"你从哪儿弄来这样的衣裳?"

"我自己缝的。我一切都是自己动手。"

令人愉快的是她谁也不像,但是她很少说话又叫人难过。如果不问她,她就一句话也不说。

后来她又挨着我在沙发上坐下,我们不言不语地坐着,互相紧紧地偎依着,一直坐到老人家回来。他们满身的蜡烛和神香味儿,神情都很庄严肃穆,对人也很和蔼。

晚饭吃得像过节一样丰盛,大家都正襟危坐,很少讲话,小心翼翼的,像是怕惊着谁的易醒的睡眠。

过了不久,母亲开始积极地教我"世俗体的"文字。她买了几本书,从其中一本《国语》小学教科书里,我费了几天工夫,学会了读世俗体文字的本领,可是母亲马上让我学着背诗,从此以后,我们俩彼此都烦恼起来。

有一首诗是这样写的：

> 宽广的大路，笔直的大路，
> 你从上帝手里得到不少空地。
> 斧头和铁锹不能把你铲平，
> 马蹄踩着你很软和，灰尘又多。

我把 простора（空地）念成 простого（普通），把ровняли（铲平）念成 рубили（砍伐），把копыту（马蹄——在文法上是第三格）念成копыта（马蹄——在文法上是第一格）。

"要好好地想想，"母亲教导我，"什么 простого？怪人！просто-ра，你懂不懂？"

我懂得，可是仍然念成"простого"，连我自己都觉得奇怪。

她气愤地说我无用，说我性子拗。这话使人觉得刺耳，我诚心诚意地努力背这首该死的诗，在心里念的时候，一点儿也没错，可是一念出声来，准走样。我恨这些不可捉摸的诗行，一生气，我有意念错，把音节类似的字荒谬地排成一行。我很喜欢这些没有任何意义的像是着了魔的诗行。

可是为了这个游戏我也得了一次教训：有一天，在顺利地做完功课以后，母亲问我到底把诗背会没有，我不由自主地咕咕哝哝地念道：

> 路，双角，奶渣，便宜，
> 马蹄，僧侣，水槽……

等我醒悟过来，已经晚了：母亲双手撑着桌子，站了起来，一字一顿地说：

"这是怎么回事？"

"我不知道，"我愣住了，说道。

"不，你说究竟是怎么回事？"

"就是这样。"

"什么就是这样?"

"为了好笑。"

"站墙角去。"

"为什么?"

她低声地,但是威严地又说了一句:

"站墙角去!"

"站哪个墙角?"

她没有回答,直瞅着我的脸,弄得我完全不知所措了,不明白她想干什么。在圣像下面的那个墙角,摆着一张圆桌,桌子上插着芬芳的枯萎的花草,在前墙角,放着一个盖着地毯的箱子,在后墙角,摆着床,第四个墙角没有,因为门框紧挨着侧墙。

"我不知道你要干什么,"我说,再也无法理解她了。

她坐下,沉默了一会儿,擦擦额头和腮帮,然后问道:

"外祖父叫你站墙角吗?"

"什么时候?"

"平时,随便什么时候!"她大叫一声,用手掌照着桌子拍了两下。

"不,我不记得。"

"你知道'站墙角'是一种处罚吗?"

"不知道。为什么处罚我?"

她叹了口气。

"唉!到这儿来。"

我走到她跟前,问道:

"你为什么吵我?"

"你为什么有意把诗念错?"

我尽力向她解释:我一闭眼,那些诗印在书上是怎么样的,我都记得,可是我一念,就念走了。

"你是装的吧?"

我回答说"不",可是马上想了想:"我也许是装的吧?"我忽然不慌不忙地把那首诗念了一遍，念得完全对，这使我惊奇，也使我下不了台。

我觉得我的脸忽然好像肿胀起来，耳朵充血，往下坠，脑袋不愉快地嗡嗡地响，我站在母亲面前，臊得发烧，透过泪水看见她的脸凄惨地发暗了，嘴唇紧紧地抿着，皱着眉头。

"这是怎么回事？"她变了声音问道。"那就是说，你是装的了？"

"我不知道。我不想……"

"你这人真难对付，"她低下头来，说道。"去吧！"

她开始要我背诵更多的诗，我的记忆力越来越坏地领会这些整齐的诗行，想把这些诗行另换一个说法，使它变样，配上其他字眼，这个难以克制的愿望越来越增长，越来越剧烈。我不费劲就能办到这一点——不需要的字眼蜂拥而来，很快就跟需要的、书本上的字眼弄混了。常常整整一行都变得使我看不见，不管我怎样努力想把握住它，总记不住它。有一首凄凉的诗，好像是维亚捷姆斯基公爵的，给了我极大的苦恼：

> 不分早晚，
> 无数的孤寡和老人
> 凭着基督的名分呼吁赒济，

而第三行

> 挎着饭袋从窗下走过，

这一句我准给丢掉。母亲愤慨地把我这些功绩告诉了外祖父。他狠狠地说：

"他顽皮！他的记性可好着呢：祈祷词比我都记得牢。他说谎，他的记忆力像石头似的，只要刻上，那就牢固极了！你狠狠地抽他！"

外祖母也揭发我：

"童话——记得，歌——也记得，歌不是和诗一样吗？"

这话说得对，我觉得自己有过失，可是一拿起诗来学习，有些字眼就不知从什么地方自动出现了，像成群结队的蟑螂，爬了出来，它们也排成行：

> 在我们大门口，
> 无数孤儿和老头，
> 哀号乞讨，到处奔走，
> 讨来的都给了彼得罗芙娜，
> 她卖了钱好买牛，
> 在山沟里喝烧酒。

夜里我和外祖母躺在吊床上，腻烦地一遍又一遍地把我从书本里学来的、我自己编的都讲给她听。她有时哈哈大笑，但通常总是责备我。

"你瞧，你不是知道嘛，不是会嘛！可是不要嘲笑乞丐，上帝保佑他们！耶稣当过乞丐，凡是圣人都当过……"

我咕咕哝哝地说道：

> 乞丐我不爱，
> 外公我也不爱，
> 这有什么办法？
> 饶恕我，主啊！
> 外公老是找茬儿
> 把我一顿好揍……

"你说的什么话，烂掉你的舌头！"外祖母生气了。"外祖父要是听见你说这些话会怎么样？"

"让他听见好了！"

"你调皮，惹你母亲生气，有什么好处！你不这样，她已经够难过的了，"外祖母沉思地、和蔼地劝我。

"她为什么难过？"

"住嘴！听见吗？你不懂得……"

"我知道，这是因为外祖父对她……"

"住嘴，我说！"

我觉得日子不好过，体验到一种近乎失望的感情，然而不知为什么，我想掩饰它，我满不在乎，总是恶作剧。母亲教我的功课越来越多，越来越难懂。我很容易地就学会了算术，可是我非常不欢喜写，对文法也全然不懂。但主要使我难受的，是我看见而且感觉到母亲在外祖父家里生活是多么难。她越来越愁眉不展，用陌生人的眼光看一切，她在开向花园的窗户旁长久地、默默无言地坐着，好像浑身上下都褪了色。刚到的头几天，她行动敏捷，朝气勃勃，可是现在，她的眼皮长了两个黑圈，她一连几天不梳头，穿着皱皱巴巴的衣服，上衣也不扣扣儿，弄得挺难看，这使我生气：她应当永远漂亮、严厉，穿得干干净净，比谁都好！

在上课时，她那深陷的眼睛越过我的头顶朝墙壁、窗户望去，她用疲倦的声音问我，时常忘记答话，越来越爱生气，嚷嚷，这也使我感到委屈：母亲应当公正，像童话中所讲的，比任何人都公正。

有时我问她：

"你和我们一起觉得不好吧？"

她气愤地呵斥我：

"做你自己的事。"

我还看见，外祖父正在准备一件使外祖母和母亲害怕的事情。他常常到母亲屋里，关上门，在那里唉声叹气，尖声号叫，好像那个令我讨厌的、歪身子牧人尼卡诺尔吹响了木笛似的。有一次在这样的谈话中，母亲大叫一声，叫得全房子都听得见：

"不，这办不到！"

砰的一声，她把门关上了，外祖父咆哮起来。

这件事发生在晚上。外祖母坐在厨房桌子旁，给外祖父缝衬衣，自言自语地咕哝着。门响过后，她仔细听了听，说：

"她到房客家去了，啊，我的天啊！"

外祖父冷不防地跳进厨房来，跑到外祖母跟前，照着她的头就给了一下，他一面甩着打疼了的手，一面嘶叫：

"不该说的别多嘴，老妖婆！"

"你这个老混蛋，"外祖母整了整打歪了的帽子，安详地说。"好嘛，我不说！你所有的主意，凡是我知道的，我都要告诉她……"

他向她扑过去，拳头的击打雨点似的落在外祖母的大头颅上。她不防护，也不推开他，只是说道：

"打吧，打吧，混蛋！给你打！"

我从吊床上向他们扔枕头，被卧，从炕炉上扔皮靴，可是狂怒的外祖父没有注意到我扔东西。外祖母倒在地板上，他踢她的头，最后，他绊倒了，弄翻了盛着水的木桶。他跳将起来，又是啐唾沫，又是从鼻孔里喷气，目光凶恶地扫视一下，就跑回他住的顶楼上去了。外祖母站了起来，哼哼歪歪地坐到长凳子上，开始整理弄乱了的头发。我从吊床上跳下来，她生气地对我说：

"把枕头什么的都拾起来放到炕炉上去！你想的好主意：扔枕头！这关你什么事？那个老鬼发了一阵子疯，混蛋！"

她忽然哎哟一声，皱着眉头，低下头来叫我：

"你来看看，这儿怎么疼啊？"

我把沉甸甸的头发分开一看，原来是一根发针深深地扎进她的头皮里，我拔出它，又找到一根，我的手指失去了知觉。

"我最好把母亲叫来。我害怕！"

她摇摇手，说：

"你怎么啦？我看你敢去叫！她没有听见，没有看见，就谢天谢地了，你还要去叫！滚开！"

她开始用她那织花边的灵巧的手指在又厚又黑的头发里自己摸索。我鼓起勇气又从皮肉底下拔出两个戳弯了的粗发针。

"你疼吗？"

"没关系，明天烧好澡堂，洗洗就好了。"

她亲切地向我央求：

"好孩子，别去给你母亲说他打我了，听见吗？就是这他们爷儿俩就够仇恨的了。你说不说？"

"不说。"

"那就好好记住了！来，咱们把东西都收拾好。我的脸没有打破吧？好，这样就神不知鬼不觉……"

她动手擦地板，我从心里受到感动，说道：

"你真像一个圣徒，人家老给你罪受，可是你总是不在乎！"

"你说什么蠢话？圣徒……你真会说！"

她唠唠叨叨地说了半天，用四肢在地板上爬来爬去，把地板擦干净。我坐在炕炉台阶上，思索着怎样替外祖母报仇。

我第一次亲眼看见他这样可恶又可怕地打外祖母。在我面前，在昏暗中，他的脸烧得通红，黄金色的头发在飘扬。屈辱在我心中火烧似的翻滚沸腾，我恨自己想不出一个适当的方法报仇。

但两天以后，不知为了一件什么事，我到顶楼上去找他，我看见他坐在地板上，面前有一个打开着的箱子，他正在整理里面的文件。椅子上放着他喜爱的圣像图——十二张灰色的厚纸，每张纸上按照一月的日子分成方格，每一个方格里是那个日子的所有圣像。外祖父非常珍贵这些圣像图，只有当他偶然特别满意我的时候，才拿出来给我看，每当我观看这些紧紧排列着的可爱的灰色小人儿时，总是怀着一种特别的感觉。有些圣徒的传记——基里克和乌莉塔的，受苦受难的瓦尔瓦拉的，潘苔雷蒙以及其他许多人的——我是知道的，我特别喜欢神人阿列克谢的悲伤的传记和歌颂他的美妙的诗：外祖母常常感动地念这些诗给我听。当你观察了几百个这样的人，你就会暗自感到安慰：原来受苦的人从来就是有的。

但是，现在我打算铰这些圣像。趁外祖父走到窗户跟前看一张印有老鹰的蓝色文件的时候，我抓起几张就飞快跑下去，从外祖母的桌子里拿出剪子，爬到吊床上，就动手剪圣人的头。我剪掉了一排人头，忽然对圣像图怜惜起来。于是就沿着分成方格的线条来铰，但我还没有来得及铰掉第二行的时候，外祖父来了，他站在炕炉台阶上，问道：

"谁叫你拿圣像图的？"

他看见木板子上撒满了方纸块,他抓起一把,贴近了脸看看,扔掉后又抓一把,他的下巴颏扭歪了,胡子跳动着,他的呼吸是那样剧烈,甚至把一块块的纸都吹落到地板上。

"你干的什么事?"他终于大喝一声,捉住我的脚就用劲拉。我腾空翻了下去,外祖母用手接住了我,外祖父挥起拳头捶她,也捶我,尖声叫道:

"打死你们!"

母亲来了,我被挤到炕炉旁边的墙角里,她挡住我,捉住并且推开在她眼前挥舞着的外祖父的手,说道:

"干吗这样胡闹?清醒清醒吧!"

外祖父咕咚一声躺到窗下的条凳上,号叫起来:

"打死我吧!所有的人都反对我,啊……"

"您怎么不嫌害臊?"母亲的声音很沉闷。"您干吗老是装腔作势啊?"

外祖父叫喊着,用脚拍打着条凳,他的胡子可笑地向天花板翘着,两眼紧闭着。我也觉得,他在母亲面前感到羞耻,他的确是在假装,所以才闭着眼睛。

"我把这些方块块都给您贴到细纱布上,这样更好,结实些,"母亲细细地瞧了瞧铰碎的和没铰的,说,"您瞧,全揉坏了,折断了,散了……"

她和他说话,就像在上课时,我有什么不懂的地方,和我说话一样。外祖父忽然站起来,一本正经地整了整衬衣,背心,哼哈一声吐了一口,说:

"今天就贴!我现在把其他几张也给你拿来……"

他向门口走去,可是走到门槛的时候,转过身来用弯弯的指头指着我说:

"得打他一顿!"

"该打,"母亲同意了,她向我俯下身来说:"你为什么铰它?"

"我有意的。看他还敢打外祖母不敢,不然我连他的胡子都铰掉……"

外祖母正在脱撕破的上衣,摇着头责备地说:

"你不是答应不说吗?"

她向地板吐了一口：

"烂掉你的舌根，烂得你动也动不得，卷也卷不得！"

母亲看了看她，横过厨房走了一趟，然后又走到我跟前。

"他什么时候打她的？"

"瓦尔瓦拉，你怎么好意思问这个，关你什么事？"外祖母生气地说。

母亲拥抱着她：

"哎，妈妈，你真是我的好妈妈……"

"好妈妈好妈妈！滚开点……"

她们互相看了看，不再说话了，散开了，因为外祖父正在门洞里来回地走呢。

母亲刚来不久，就和那个快乐的房客——军人的妻子——做了朋友，她几乎每天晚上到前屋去，贝特连家里的人们——漂亮的小姐、军官也到那里去。外祖父不喜欢她这样。大家坐在厨房里吃晚饭的时候，有好几次，他举起羹匙威吓着，气嘟嘟地说：

"该死的东西，又聚到一起了！从现在直到清晨，闹得你就甭想睡。"

不久，他要求房客腾房子。他们搬走后，他不知从哪儿运来两车各式各样的家具，摆到前屋里，用一个大锁把门锁上，

"咱们不需要房客，我自己来请客！"

果然一到节日客人就来了。常来的有外祖母的妹妹马特廖娜·伊凡诺芙娜，她是一个爱吵爱闹的大鼻子洗衣妇，穿着带花条的绸衣裳，戴着金黄色的帽子，和她一起来的有两个儿子：瓦西里，是一个绘图员，长头发，和善，快乐，穿一身灰衣服；全身衣服五光十色的维克托，生就一副驴头马面，狭长的脸上满是雀斑，刚到门洞，就一面脱套鞋，一面像彼得鲁什卡尖着嗓子唱道：

安德烈——爸爸，安德烈——爸爸……

这使我又惊奇又害怕。

雅科夫舅舅带着吉他来了，还领来一个独眼秃顶的钟表匠，这个钟表

匠穿着长长的黑礼服，安安静静的，像个老和尚。他总是坐在角落里，歪着头，笑眯眯的，古怪地用一个指头戳着剃光了的双重下巴颏，支着头。他的面孔发暗，他那只独眼不论看什么人，都好像特别注意似的。这个人很少说话，老是重复地说那么一句：

"不用劳驾，一样，您佬……"

第一次见他的时候，我忽然想起一件很久以前的事，我们还在新开路住的时候，有一天听见大门外有人敲鼓，声音低沉而且令人不安，有一辆围满了兵和人群的又高又黑的大车，在从监狱通到广场的那条街上驶过。一个身材不高，戴着圆毡帽，戴着镣铐的人坐在大车上的条凳上。他胸前挂着一块写着很大的白字的黑牌子，垂着头，像是在念黑板上的题字，他身子摇晃着，镣铐锵锵地响。当母亲向钟表匠介绍说"这是我的儿子"的时候，我吃惊地往后退，想躲开他，把两只手藏了起来。

"不用劳驾，"他说，整个嘴巴可怕地往右耳歪扭过去，他抓住我的腰带，拉到他身边，又轻又快地把我转了个圈儿，然后放开我，称赞道：

"还好，这孩子挺结实……"

我爬到角落里的皮圈椅上。这个圈椅大得简直可以睡一个人，外祖父经常夸奖它，说它是格鲁吉亚王公的宝座。我爬到那上面观看大人们怎样无聊地欢闹，那个钟表匠的面孔怎样古怪而且令人可疑地变化着。他那副油渍渍、肥腻腻的面孔，像是在溶化，向四外横流；他一笑，厚嘴唇就岔到右腮，小鼻子也像盘子里的饺子似的滑走了；两只向外支棱着的大耳朵忽而和那只好眼的眉毛一起抬高，忽而又聚拢到两颊的颧骨上，看样子，只要他愿意，他可以用两只耳朵，像用手掌似的，把自己的鼻子捂起来。有时他叹一口气，伸出像杵似的又黑又圆的舌头来，灵巧地画了个正圆形，舔舔油腻腻的厚嘴唇。这一切并不使我觉得可笑，只是觉得惊奇，使得我目不转睛地注视着他。

他们喝着掺上甜酒的茶。这种甜酒有股子烧焦的葱皮味。喝外祖母酿的果子酒，果子酒有金黄色的，焦油似的黑色的，绿色的；吃浓烈的酸牛奶，带罂粟籽的奶油蜜糖饼，人们都流着汗，累得喘气，夸奖外祖母。都吃饱喝足了，这些满脸通红，膨胀了的人们，一本正经地分别坐到椅子里，懒洋洋地邀请雅科夫舅舅弹个曲子。

他向吉他俯下身来，开始弹了，伴着音乐，他令人不愉快地腻烦地唱道：

> 哎，痛痛快快地过它一程，
> 闹得满城风雨，——
> 把这一切详细情由，
> 统统向喀山小姐说清楚……

我觉得这是一支非常忧郁的歌儿，外祖母说：

"雅沙，你弹点别的吧，弹个真正的歌儿，嗯？马特里娅，你还记得从前人家唱的歌儿吗？"

洗衣妇整了整窸窣作响的衣裳，神气活现地说：

"我的太太，如今不时兴了……"

舅舅眯缝着眼看着外祖母，仿佛她是坐在老远的什么地方。他仍然一股劲地弹唱着不快乐的琴音和使人厌烦的歌词。

外祖父秘密地和钟表匠谈话，他用手指比画着什么给他看。钟表匠抬起眉头，向母亲那边瞅，不住地点头，他那油腻的面孔不可捉摸地变幻着。

母亲总是坐在谢尔盖耶夫兄弟中间，悄悄地、认真地和瓦西里谈话，他叹息着说：

"是的，这件事得考虑一下……"

维克托满脸堆笑，在地板上搓着脚，忽然吱吱呱呱地唱起来：

> 安德烈——爸爸，安德烈——爸爸……

大家都不言语了，惊讶地瞅着他，洗衣妇郑重地解释道：

"这是他从戏园子里学来的，那儿是这样唱的……"

这种令人气闷的无聊晚会举行了两三次。后来，在一个星期日白天，刚做完第二次午祷的时候，钟表匠来了。我坐在母亲房子里帮助她用小玻璃珠穿上开了线的刺绣。突然，门一下子打开一条缝，外祖母的惊慌的面孔伸进屋子里，高声地悄悄说了一句"瓦里娅，他来了"，然后就消失了。

母亲没有动弹，也没有颤抖，门又开了，外祖父站在门槛上，庄严地说：

"穿上衣服，瓦尔瓦拉，去！"

母亲没有站起来，也不看他，问道：

"到哪儿去？"

"去吧，上帝保佑！你别抬杠。他人很老实，在他本行里是一把能手，列克谢会有一个好父亲……"

外祖父说话特别庄重，老是用手掌抚摩自己的两肋，他的肘子弯到背后，老打哆嗦，就好像他的两手想往前伸出去，但他竭力按着它们似的。

母亲安详地打断他的话：

"我对你说，这办不到……"

外祖父向她迈近一步，伸出两手，像个瞎子似的，弯着腰，毛发竖起，声音沙哑地说：

"去，不然我把你牵走！牵着辫子……"

"牵走？"母亲站起来问道。她脸色发白，眼睛可怕地变细了。她很快地从身上脱掉外衣和裙子，只剩下一件衬衫，走到外祖父跟前说："牵吧！"

他龇着牙，握住拳头威吓她：

"瓦尔瓦拉，穿上！"

母亲用手挡开他，握住门把手，说：

"好，咱们走吧！"

"我诅咒你，"外祖父细语着。

"我不怕你咒。走？"

她打开门，可是外祖父抓住她的衬衫下襟，屈着膝，低声说道：

"瓦尔瓦拉，你这个魔鬼，你要把自己毁掉！别去丢人……"

他可怜巴巴地小声叫苦：

"老婆子，老婆子……"

外祖母已经挡住母亲的去路,像赶鸡似的向她挥手,她把她赶进门里,咬着牙说:

"瓦里卡,傻丫头,你怎么啦?回去吧,没羞没臊!"

她把她推进屋里,把门扣上,向外祖父弯下身来,一只手把他提起来,另一只手指点着他:

"嘿,你这个不懂事的老鬼!"

她把他放到沙发上,他像个布娃娃似的摔得噼呖一声。他张着嘴,摇着头。外祖母对母亲大喝一声:

"还不穿上,你!"

母亲把衣裳从地板上拾起来,说道:

"我不上他那儿去,听见了吗?"

外祖母把我从沙发上推下来,说:

"舀一瓢水去,快些!"

她低声地说,几乎是在耳语,态度安详,然而却很威严。我跑到门洞里,前屋里发出沉重的均匀的脚步声,母亲在自己房间里大声说:

"我明天就走!"

我走进厨房,在窗户旁坐下,像是做梦似的。

外祖父又是呻吟又是抽咽,外祖母在叨叨什么,然后门砰啪一声关上了,开始静悄悄地,静得叫人害怕。我忽然想起叫我来干什么的,我舀了一铜瓢水,走到门洞里。那个钟表匠从前屋里走出来,低着头,用手抚摩着皮帽子,吭吭呛呛地清着嗓子,外祖母两手贴着肚子,朝着他的背鞠躬,轻轻地说:

"您知道,爱情是勉强不得的……"

他在台阶的门槛上绊了一下,一跳就跳到院子里。外祖母画着十字,浑身打战,不知是在默默地哭,还是在偷偷地笑。

"你怎么啦?"我跑到她跟前问道。

她把我手里的铜瓢夺了过去,水洒到我两只脚上,她大声喝道:

"你到哪儿舀水去了?把门关上!"

她到母亲房间里去了。我又回到厨房里，听见她们俩在一起长吁短叹，唠唠叨叨地说个不休，就仿佛在力不胜任地搬动一件重东西似的。

天气晴朗。冬天的斜阳透过两个结冰的玻璃窗射进来，预备开中饭的桌子上，锡器和两个长颈瓶——一个盛着棕黄色的克瓦斯，另一个盛着外祖父喝的浸着郭公草和金丝桃的深绿色的伏特加——都发出暗淡的光。从窗户玻璃融化的地方，可以看见房顶上亮得刺眼的雪，围墙的柱子和椋鸟的小屋上，银白的圆顶在闪光。在窗户框上，在阳光穿过的笼子里，我的小鸟在游戏：活泼的养驯的小黄雀啾啾地叫，灰雀尖声长鸣，金翅雀嘹亮地歌唱。但这个快乐的、阳光灿烂的、天朗气清的日子，却一点儿也不欢乐。不必要，并且一切都不必要。我想把鸟放了，于是把笼子拿下来。外祖母忽然跑进来，两手拍着腰，一面向炕炉奔过去，一面骂着：

"该死的，都是些鬼儿子！阿库林娜，你这个老糊涂……"

她从炕炉里掏出一个包子，用指头敲了敲皮，恶狠狠地啐了一口。

"全烧焦了！看你烤得多好！嗨，魔鬼们，把你全给撕碎！你干吗像猫头鹰似的睁着大眼睛？把你们全当做破盆烂罐子打碎！"

她哭了，撇着嘴，来回地翻腾着那个包子，用指头敲着烧焦了的壳，大滴的眼泪吧嗒地落在那上面。

外祖父和母亲到厨房里来了。外祖母把包子往桌子上一扔，碟子震得跳了起来。

"瞧这弄的，都是因为你们，叫你们倒一辈子霉！"

母亲快乐而且安详，拥抱着她，劝她不要烦恼。外祖父衣衫零乱，疲惫不堪，在桌子旁坐下，把餐巾结在脖子上，唠唠叨叨，浮肿的眼睛被太阳照得眯缝着：

"好了，没关系！好的包子我们也不是没吃过。上帝是吝啬的，他用几分钟的时间就偿付了几年的岁月……他不承认有什么利息。坐下吧，瓦里娅……好吧！"

他像一个疯子，吃饭的时候老是谈上帝，谈不信神的亚哈，谈做父亲的艰苦的命运，外祖母生气地打住他的话：

"吃你的饭，听见没有？"

母亲开着玩笑，明亮的眼睛闪着光。

"怎么，刚才吓坏了吧？"母亲推我一下，问道。

不，刚才我并不怕，现在反倒觉得不舒服，不理解。

他们像平时过节一样吃得令人疲倦地长久，而且吃得又多，仿佛他们并不是半小时以前曾经互相吵骂、准备打架、涕泪横流、号啕大哭的那些人们。好像令人不能相信他们的所作所为是认真的，他们是不轻易哭泣的。他们的眼泪、叫喊以及所有那些互相的折磨，经常爆发而又很快地熄灭，所以已经使我习以为常，越来越不能刺激我，不能打动我的心了。

过后很久我才明白，由于生活的穷苦贫困，俄罗斯人大抵都像小孩子似的喜欢拿忧伤来逗乐，拿它来玩弄，不因做不幸的人而羞愧。

在无穷无尽的工作日里，忧伤就是节日，闹火灾就是逗乐。在一无所有的脸上，连伤痕也是点缀……

十一

> 萨沙闯了祸,外祖父生气地审讯了他。外祖母给"我"讲了爸爸的故事。然而生活越来越使阿列克谢感到忧虑不安。

自从这事发生后,母亲立时坚强起来,腰杆挺直了,成为家中的主人,而外祖父却变得不为人注意,整天想心事,不言不语的,和平时大不一样。

他几乎不再出门,老是独自一人坐在顶楼里,读一本神秘的书:《我父亲的札记》。他把这本书藏在上了锁的箱子里,我不止一次看见,外祖父拿它之前,总是先洗一洗手。这本书短短厚厚的,封面是棕黄色的皮子;在内封前面淡青色的篇页上,褪了色的花体字题词很惹眼:"怀着感激之情赠给可敬的瓦西里·卡希林留作衷心的纪念",下面签了一个怪姓,签字的最后一个字母像一只飞鸟。外祖父小心地翻开沉重的书皮,戴上银丝眼镜,瞅着这个签字,为了把眼镜戴好,鼻梁皱了半天。我问过他好几次:"这是什么书?"他总是庄严地回答:

"这种事你不需要知道。等我死了,遗赠给你。貉绒皮衣也遗赠给你。"

他和母亲说话比较温和,也比较少了,他聚精会神地听她说话,眼睛像彼得伯伯的一样闪着光,他把手一挥,咕咕哝哝地说:

"好吧!你爱怎么就怎么吧……"

他的箱子里放着许多珍贵的服装:挑花的裙子,缎子背心,银丝刺绣的绸子长衫,缀着珍珠的各种妇女的头饰,各种色彩鲜艳的女帽和三角头巾,沉甸甸的莫尔多维亚项链,还有各种宝石的项链。他把这些服装都抱到母亲的房间里，摆到椅子上、桌子上，母亲欣赏着服装，外祖父说：

"我们年轻时，衣裳要比如今漂亮得多，阔气得多！服装阔，生活简单又好过。那个时代过去了，一去不复返了！你穿上试试……"

有一次，母亲进入隔壁房间待了一会儿，她出来时，身上穿着绣金的青色长衫，戴着珍珠小帽。她向外祖父深深地一鞠躬，问道：

"你看好不好，父亲大人？"

外祖父咳了一声，不知怎的，整个人都容光焕发起来，两手张开，指头动弹着，绕着她走了一圈，像是做梦似的含含糊糊地说道：

"嘿，瓦尔瓦拉，倘若你能有大把的钱，倘若你周围都是些好人……"

母亲现在住在前屋的两个房间里，她那里常有客人出出进进，最常来的是马克西莫夫兄弟俩：一个叫彼得，是一个身材魁梧的军官，美男子，有着浅色的大胡子，蓝眼睛，因为我啐老贵族，母亲当着他的面打了我一顿；另一个叫叶夫根尼，也是高高大大的，但腿细，面孔苍白，留着黑色的尖胡子。他那大眼睛像一对李子，他穿着带有金扣子的淡绿色制服，在窄窄的肩上缀着金质的缩写字。他常常利落地把头一甩，把波浪式的长发从又高又平的前额甩到后面，他心地宽厚地微笑着，不断地用低沉的声音讲什么，总是用一句博人欢心的口头语来开头：

"您知道我是怎样地想法……"

母亲眯缝着眼，冷笑着听他说话，常常打断他的话：

"你是小孩子，叶夫根尼·瓦西里耶维奇，请原谅……"

那个军官用宽大的手掌拍着自己的膝盖，喊道：

"他可不是孩子是什么……"

圣诞节期间过得欢腾热闹，母亲那里几乎每天晚上都有穿着华美服装的人，她自己也打扮起来——总是打扮得最漂亮——和客人们一块儿出去。

每次她和一群花花绿绿的客人一出大门，房屋就好像沉入了大地，到处静悄悄的，令人不安地寂寞。外祖母像老母鹅似的在各屋里游来游去，把东西都收好，外祖父背靠着暖和的炉子的瓷砖，自言自语地说：

"那就好吧，好……好……咱们瞧瞧到底会搞出什么名堂来……"

过了圣诞节,母亲送我和米哈伊尔舅舅的儿子萨沙去上学。萨沙的父亲结婚了,后母一进门就嫌恶继子,虐待他,多亏外祖母的坚持,外祖父把萨沙接到自己家里。我们上了一个月的学。学校里所教给我的,其中我只记得,人家问:"你姓什么?"不能简单地回答"别什科夫",而要说:

"我姓别什科夫。"

也不能对老师说:

"小子,你别嚷,我不怕你……"

我一下子就讨厌学校了,表哥头几天很满意,很容易就找到了同伴,可是有一次他在上课时睡着了,在梦中忽然可怕地喊道:

"我不敢了……"

他被叫醒了,他要求出去一下,为了这被同学们狠狠地嘲笑一顿。第二天,我们去上学,正在走下干草广场的山沟的时候,他停住了,说:

"你去吧,我不去了!我最好是玩玩去。"

他蹲下去,把书包细心地埋到雪里,就走了。正是正月晴丽的天气,到处照耀着银白的阳光,我很羡慕表哥,可是,我狠了狠心,上学去了,——我不愿惹母亲生气。萨沙埋的书当然找不到了,第二天他不上学已经是理所当然,第三天,他的行为被外祖父知道了。

我们受审了。在厨房里桌子后面,坐着外祖父、外祖母和母亲,他们审问我们。我还记得萨沙是怎样可笑地回答外祖父的问话的:

"到底为什么你不上学?"

萨沙目光温和地对直望着外祖父的脸,不慌不忙地回答道:

"忘了学校在哪儿了。"

"忘了?"

"忘了。我找了半天……"

"你不会跟着列克谢走吗,他记得!"

"我把他弄丢了。"

"把列克谢弄丢了?"

"是的。"

"怎么丢的?"

萨沙想了想,叹了口气说道:

"刮大风雪来着,什么都看不见。"

大家都笑了,其实天气又晴朗又无风。萨沙也小心翼翼地微笑一下。外祖父龇着牙,尖酸地问道:

"你不会拉着他的手,拉着他的腰带?"

"我本来拉着,可是,风把我们吹散了,"萨沙解释道。

他懒散地、无望地说,听他这种不必要的、拙笨的撒谎,我感觉怪不舒服的。我非常惊奇他这股拗劲儿。

外祖父打了我们俩一顿,给我们雇了一个护送的人。这是一个曾做过救火队员的断了一只胳膊的小老头,他的责任是监视着萨沙在学习中不走歪路。但这也没有用:就在第二天,我们走到山沟底下的时候,他忽然弯下腰来,从脚上脱掉毡靴,把它远远地扔出去,又脱掉另一只,扔到另一个方向,他只穿着袜子,从广场上跑掉了。小老头哎哟叫了一声,哆哆嗦嗦地去拾靴子,然后,他大惊失色地把我领回家去了。

整整一天,外祖父、外祖母和我母亲走遍了全城去捉拿在逃的人,直到晚上才在寺院旁边奇尔科夫酒馆里找到萨沙,他正在那里用跳舞来娱乐观众呢。把他领回家,甚至没有打他,大家都被这孩子的顽强的沉默弄得惶惑不安。他和我躺在吊床上,腿向上翘起,脚掌磨蹭着天花板,悄悄地说:

"后娘不疼我,父亲也不疼我,外祖父也不疼我,——和他们在一起还有什么过头?我去问奶奶强盗都在哪儿住,我投奔他们去。将来你们会知道我的……咱们一块儿跑吧?"

我不能和他一道跑:在那个时日我有我的任务——我决定做一个留着浅色大胡子的军官,为了这必须学习。我把这个计划告诉了表哥,他想了想,同意了。说道:

"这也好。将来你做军官,我做强盗头领,你应该来捉我,咱们俩不知谁死在谁手里,或者谁把谁给俘虏了。我不会杀死你的。"

"我也不杀死你。"

我们就这样决定了。

外祖母进来了,爬到炕炉上,看了看我们,开口说道:

"怎么样,小耗子们?哎,孤儿啊孤儿,一对破砖碎瓦片!"

她怜惜了我们一阵子,便骂起萨沙的后母——那个肥胖的后娘娜杰日达,酒馆老板的女儿来。然后,把天下所有的后母和后父都骂到了,又顺便讲了一个故事:聪明的隐士约那年幼的时候,和他的后母请求神来判他们的官司。约那的父亲是乌格里奇人,白湖上的渔夫,——

> 年轻的妻子谋害丈夫:
> 她灌了丈夫烈性的药酒,
> 又灌了丈夫催眠的蒙汗药。
> 把酣睡沉沉的丈夫,
> 放进了橡木的小船,
> 就像放进了狭窄的棺材;
> 她拿起菩提木的桨,
> 亲自划到湖中央,
> 划到黑咕隆咚的深渊里,
> 去做可耻的妖婆勾当。
> 她弯下身来用力一晃荡,
> 这个妖婆把轻巧的小船翻个底朝天。
> 丈夫像铁锚似的沉到底,
> 　　她就连忙往岸上游,
> 　　上了岸就倒在地上,
> 　　一面诉说,一面哀号,
> 　　假装不幸,假装悲伤。
> 　　善良的人们相信了她,
> 　　和她一起痛哭一场:

"啊,你这可怜的年轻的寡妇啊!
你所遭到的女人的不幸多么大,
可是,我们的生命都操在上帝手里,
死亡也是上帝送给我们的!"
只有继子约努什科,
不相信后母的眼泪,
他把手放到她的心口上,
他用温和的口气对她说:
"啊,我的后娘啊,我的灾星,
啊,你这个狡猾的黑夜之鸟,
我不相信你的眼泪。
你的心因为快乐跳得厉害!
让咱们来问问上帝,
问问所有的上天神灵。
请哪位拿出一把钢刀,
向圣洁的上天来抛,
如果真理属于你——钢刀杀死我,
如果真理属于我——钢刀落到你身上!"
后母翻眼把他瞅,
从她眼里直冒恶毒的光,
她硬硬朗朗地站起身,
面对着约那把话问:
"嗨,你这个没有理性的畜生,
你这个不足月的、早产的孽种,
你怎敢想出这种事?
你怎敢说出这些话?"
人们都看着他们听他们讲。
人们看出事情有点儿蹊跷。

人们神色颓丧，暗自思量，
交头接耳互商量。
后来有一位老渔夫走出来，
向四周的人们弯身鞠个躬，
开始宣布他们的决定：
"善良的人们，请你们
把钢刀交给我的右手，
我把它抛向上天，
谁有罪过，它就落到谁身上！"
人们递给老人快刀一把，
他拿起刀就往他白发的头颅上空抛，
钢刀鸟也似的飞上天，
人们左等右等，总不见它落下来。
人们往透明的高空望，
脱下了帽子，彼此紧紧地靠着站，
大家都一声不响，夜也默默无言，
刀仍然没有从空中落下来！
早霞烧得湖水红艳艳，
后母快活得脸更红，她冷冷地笑了笑，
忽然，那把刀像飞燕似的往下落，
它一直刺穿了后母的心。
善良的人们都下跪，
向灵验的上帝齐祷告：
"光荣啊，我主，多谢你主持公道！"
老渔夫拉起约努什科的手，
把他领到远方的修道院，
修道院就在光明的凯尔仁查河畔，
靠近看不见的基杰查城旁……

第二天醒来，我全身都是红点，出天花了。人们把我放在后面的顶楼上。我瞎着眼睛在那里躺了很长时间，手脚都用宽带子紧紧地绑着，不断地做着离奇怪诞的噩梦，其中有一个噩梦几乎送了我的命。只有外祖母常来用羹匙像喂小孩一样喂我吃饭，讲一些无尽无休而且永远新颖的童话。当我已经好了，不再捆绑着躺在床上的时候（为了防我抓脸，只有指头用绷带绑得像戴无指手套似的），有天晚上，不知什么缘故，外祖母比平时迟到了，这使我心中很惊慌。忽然，我看见了她：她躺在门外尘封的顶楼台阶上，脸冲下，两手伸开，她的脖子割破一半，像彼得伯伯的一样，从角落里，从尘土弥漫的昏暗里，有一只大猫贪馋地瞪着绿眼睛向她一步步地走过去。

我从床上跳下来，用脚踹和用肩膀冲撞，打掉了两扇窗户，纵身一跳，跳到院子的雪堆里。那天晚上母亲那里来了一些客人，谁也没有听见我打破玻璃，弄坏窗框，我在雪里躺了很久很久。我没有摔伤任何地方，只有一只手臂脱了臼和被玻璃刮破得很厉害，但是我的两条腿失去了知觉，我在床上躺了三个来月，两腿完全不能动弹。我躺在那里听见家里越来越喧闹，楼下常常有开门关门的声音，很多人走路的声音。

屋顶上忧郁的风雪沙沙作响，顶楼门外风儿忽忽地吹过，烟囱呜呜咽咽像出殡似的歌唱，纺车嗡嗡地叫，乌鸦在白昼戛然长鸣，夜深人静的时候，从旷野里传来凄厉的狼嚎，——在这种音乐伴奏下，我的心也在成长。后来，胆小的春天，睁开它那阳春三月的光芒四射的太阳眼睛，怯生生、静悄悄地，但一天比一天亲切地向窗户里窥视，在屋顶和顶楼上，猫儿开始唱歌，号叫，春天的音响透过墙壁传了进来。琉璃似的冰柱折断了，融雪从屋脊的马头上流下来，马车铃声也比冬天响得更勤了。

外祖母常来。她讲话的时候，越来越经常、越浓地散发着酒味，后来她带来一个大白壶藏到我的床底下，向我挤挤眼说：

"亲爱的，你不要对外祖父那个老家神说！"

"你为什么喝酒？"

"别多嘴，你长大就知道了……"

她从壶嘴里吸了一会儿，用袖子擦了擦嘴唇，甜蜜地笑着，问道：

"嗯，我的小爷子，昨天我讲什么来着？"

"讲我父亲。"

"讲到哪儿？"

我告诉了她，于是她有条不紊的言语就像小溪似的长流不息了。

关于父亲的故事，是她自动给我讲起的，有一次她来我这里，没有喝酒，满脸愁容而且疲倦，说道：

"我梦见了你的父亲，仿佛他是在旷野里行走，手里拿一根核桃木的棍子，吹着口哨，他后面跟着一条花狗，舌头颤动着。不知为什么我常常梦见马克西姆·萨瓦杰维奇，看样子他的魂灵到处漂泊，总不得安宁……"

她一连几个晚上都是讲父亲的故事。这故事像所有她的故事同样地有趣。

我的祖父是一个当兵出身的军官，他因为虐待部下被流放到西伯利亚。我的父亲就是在西伯利亚某地出生的。他的生活很苦，从小就常从家里逃跑。有一次我祖父牵着狗到森林里像找兔子似的找他。又有一次捉住了他，把他打得非常厉害，多亏邻居把他夺走藏了起来。

"小孩总得挨打吗？"我问。外祖母安详地回答道：

"总得挨打。"

我的祖母很早就去世了，父亲九岁时，我祖父也死了。有个做木匠活的教父收养了我父亲，替他加入了彼尔姆城的同业行会，教他手艺，但是父亲从他那里跑掉了，到市场去给瞎子带路，十六岁那年到了尼日尼，在一个包工头——科尔钦的轮船上的木匠那里干活。二十岁他已经成为一个上好的细木匠、裱糊匠和装饰匠。他所工作的那个作坊是在铁匠街，和外祖父的房子毗邻。

"围墙不高人胆大，"外祖母格格地笑了一阵，说道。"有一次，我和瓦里娅在花园里采红莓子。有个人，就是你父亲，扑通一声从垣墙上跳下来，我吓了一跳：从苹果树丛里走出来一个高大的人，穿着白汗衫，天鹅绒的裤子，可是光着脚板，没有戴帽子，用皮条勒着长头发。他来求婚来了！

我先前也见过他，他常常从窗前走过，我看见他，当时心里想：好一个小伙儿！等他走到跟前，我问他：'年轻人，为什么不走正道翻墙头？'他咕咚一声跪了下来。他说：'阿库林娜·伊凡诺芙娜，我整个人整个灵魂都在你面前，瓦里娅也在这儿。请你帮助我们，看在上帝的份上，我们要结婚！'我一听，愣住了，舌头也动不得了。我又瞧瞧你母亲，鬼精灵的，躲到苹果树后，满脸通红，红得像红莓果儿，正给他打手势呢，可是她已经满眶泪水了，我说：'鬼东西，你们倒是想的什么好主意啊？瓦尔瓦拉，你发疯了吗？年轻人，你也好好地想想：你配折这一枝花吗？'那阵子你外祖父是个阔佬，儿子们还没分家，挣了四所房子，又有钱又有名声，在这不久前，为了他一连当了九年行会头子，人家奖他一顶带丝条的帽子和一套制服，嗬，他当时可高傲呢！我把该说的都给他们说了，可是我又是吓得哆嗦，又是心疼他们：他们俩的脸变黑了。后来你父亲说：'我知道瓦西里·瓦西里耶夫不会好心好意把瓦里娅嫁给我的，所以我要偷偷地娶她，只求你帮助我们。'要我来帮这个忙！我甚至给了他一巴掌，他连闪也不闪，他说：'哪怕你用石头砸我也好，只求你帮助，反正我不会甘休的！'接着瓦尔瓦拉也过来了，到他跟前，把手搭在他的肩膀上，说：'我们早在五月里就已结婚，我们现在不过要举行婚礼罢了。'我一听，可就晕倒了。我的老天爷啊！"

外祖母笑起来，笑得全身颤巍巍的，然后嗅了嗅鼻烟，擦了擦眼泪，愉快地叹口气，接着讲：

"你还不能懂得什么叫结婚，什么叫举行婚礼，不过要知道，要是一个姑娘家没有举行婚礼就生孩子，这可是一件不得了的灾祸！你记住我的话，等你长大了，可别引诱姑娘干这种事，这是一桩天大的罪孽，害苦了人家姑娘，生出的孩子也是私生子。要好生记住，当心！你和女人一起生活，要可怜女人，真心实意地爱她们，不要只图玩玩就算了，我这是给你说的金石良言！"

她在椅子里摇晃着，沉思起来，然后，抖擞一下，又讲开了：

"怎么办呢？我敲马克西姆的额头，揪瓦尔瓦拉的辫子，可是他合情合理地对我说：'打也解决不了问题！'她也说：'你先想想怎么办吧，以后有你打的！'我问他：'你有钱吗？'他说：'有，我还给瓦里娅买了戒指呢。'——'你有多少？两三个卢布吧？'——'哪儿，有百十个卢布呢'，他说。当时的钱值钱，东西便宜。我看着他们，看着你母亲你父亲，心里想，嗨，一对孩子，一对傻瓜！你母亲说：'我把戒指藏在地板底下，怕您看见，可以把它卖掉！'简直是小孩子！话虽是这么说，我们左商量右商量，总算谈妥了：他们再过一个星期就举行婚礼，由我来和神甫办交涉。可是我不由得哭了一场，心跳得厉害，怕你外祖父知道，连瓦里娅也胆战心惊的。后来弄停当了！

不过有一个匠人是你父亲的仇人，是一个坏蛋，他早把一切看穿了，监视着我们。婚期到了，我把我唯一的女儿尽我所有的好衣裳打扮起来，把她领出大门，拐角地方有一辆三套马车在等着，她坐上去，马克西姆吹了一声口哨就走了！我含着眼泪回了家。忽然，那个人迎面走来，这个下流东西开口说：'我是好心人，我不去妨碍别人的好事，不过，阿库林娜·伊凡诺芙娜，你得给我五十卢布作为酬谢！'我没有钱，也不爱钱，没有攒钱，我一时糊涂，对他说：'我没有钱，不给你！'他说：'你答应你欠我的！'——'我怎么能答应欠你钱，过后我到哪儿弄钱呢？'他说：'你丈夫有钱，偷他的，这有什么难啊？'我这个傻瓜，本该和他谈谈，缠住他一会儿，可是我向他的狗脸上啐了一口，转身就走！他赶到我前头跑到院子里，天翻地覆地闹起来！"

她闭上眼睛，微笑着说：

"甚至现在想起他们干的胆大包天的事都觉得可怕！你外祖父活像个野兽似的吼叫，这事儿对他可不是闹着玩的。"他时常看着瓦尔瓦拉夸口说：我要把她嫁给贵族，嫁给老爷！这一下叫你嫁给贵族吧，嫁给老爷吧！至圣的圣母比我们知道谁与谁有缘。外祖父像热锅上的蚂蚁似的在院子里乱窜，把雅科夫和米哈伊尔叫了出来，吩咐那个麻脸的匠人和车夫克里姆；我一看，他皮带上挂个秤砣当做流星锤，米哈伊尔拿起火枪，咱们的马是好马、烈马，马车又轻快，我想，他们会追上的！这当儿，瓦尔瓦拉的守护天使指点了我，我找到一把小刀，把车辕的皮带割了个口子，我嘴里不说心里想，大概在路上会断的！果然应验了，车辕在路上扭脱了，险些儿把外祖父、米哈伊尔、克里姆给砸死，把他们给耽误了。等他们把车修好赶到教堂的时候，瓦里娅和马克西姆已经举行了婚礼，站在教堂门廊里了，荣耀归于主！

咱们去的这帮人拥上去要打马克西姆，可是他是一条大汉，力大无比！他把米哈伊尔从门廊里扔了出来，摔断了他一只胳膊，克里姆也碰伤了，外祖父和雅科夫，还有那个匠人，都害怕起来。

"他在气得发狂的时候也没有失去理智，他对外祖父说：'把铁锤扔掉吧，别拿它在我眼前晃悠。我是老实人，我所拿的是上帝赐给我的，不准任何人夺走，我什么也不多要你的。'他们退走了，外祖父坐到车上喊着说：'瓦尔瓦拉，从此永别了，你不是我的女儿，我不愿意再看见你，你活也好，饿死也好，都听你的便。'他回到家里，打我骂我，我光哼哼，一句话也不说，心想一切都会过去的，反正生米已经煮成熟饭！后来他对我说：'嘿，阿库林娜，注意：不许你再认她做女儿了，记住这个！'我心里只想：你撒谎，红发鬼，怨恨是冰块，见热就化！"

我入神地、贪馋地听着，在她讲的故事里，有些地方使我惊奇，外祖父对我描述母亲的婚礼完全不是这样的：他曾反对这桩婚事，举行婚礼后，他不准母亲进家门，可是他说母亲不是秘密的举行婚礼，他也到教堂参加来着。我不想问外祖母他们俩谁说得对，因为外祖母的故事更美，更使我喜欢。她讲故事时，身子老是晃晃悠悠的，像是坐在小船上。她讲到可悲或者可怕的事情，就晃得更厉害，一只手向前伸出，仿佛要在空中阻拦住什么东西似的。她常常眯缝着眼，在她那满是皱纹的两颊，含着盲人似的慈祥的微笑，而那浓厚的眉毛，微微地颤动着。有时，这种盲人似的、对一切都容忍的慈善打动了我的心，可是有时我非常希望外祖母说一句严厉的话，高声地呵斥。

"头两个星期，我不知道瓦里娅和马克西姆住在哪儿，后来瓦里娅派来一个挺机灵的小鬼告诉了我。等到星期六，我装着去做晚祷，亲自找他们去了。他们住在很远很远的小忙街一所小房子里。大杂院里住满了耍手艺的，到处是垃圾，又脏又闹得慌，可是他们过得倒还好，像一对快乐的小猫，呜呜地叫着、耍着。我尽我所能带的都带来给他们：茶、糖、杂粮、果子酱、面粉、干蘑菇、钱，不记得有多少钱，是从外祖父那里偷来的——只要不是为了自己，偷是可以的！你父亲一样都不要，生气地说：'我们是讨饭的还是怎么着？'瓦尔瓦拉也顺着他说：'哎哟，妈妈，这是为什么？……'我把他们数落了一顿：'傻子，我是你什么人？我是你丈母娘；我是你什么人，傻丫头？我是你亲娘！欺负我能行吗？要知道，亲娘在地上受气，圣母就在天上痛哭！'一听我说这话，马克西姆就把我抱起来满屋子走开了，一面走还一面跳——劲头可大呢，狗熊似的！瓦里卡这个丫头像一只美丽的孔雀走来走去，不停口地夸奖丈夫，像是夸奖一个新买来的洋娃娃似的，眼睛老是看看这望望那的，老是正正经经地谈家务事，像个管家婆子，——看她那样真笑死人！喝茶的时候，她拿出了自家做的点心，嗬，能把狼牙给啃掉，牛奶渣做得像一盘沙子！

　　这样过了很久很久，直到你快要生下来的时候，你外祖父还是一声不吭。这个家宅的凶神，别扭极了！我偷偷地到他们那儿去，他是知道的，但他装不知道。禁止家里的人提起瓦里娅，大家都不做声，我也不做声，可是我心里有数：父亲的心门不会老闭住的。这个久已巴望的时机果然来到了：有一天夜里，大风雪呼啸着，像是有狗熊在窗户那里爬，烟囱呜呜地叫，所有的小鬼都挣脱了锁链。我和你外祖父躺在床上老睡不着，我开口说：'在这种夜里，穷人不好过，可是有心事的人更难过！'外祖父忽然问我：'他们过得怎么样？'——'没什么'，我说，'过得挺好的。'他说：'我问的是谁啊？'——'你问的是女儿瓦尔瓦拉，女婿马克西姆啊。'——'你怎么猜到我问的就是他们？'——'你得了吧，'我说，'老爷子，别装糊涂了，别耍把戏了，谁高兴你耍这套把戏啊？'他叹息着说：'嗨，你们这些鬼啊，你们这些灰色鬼！'过一会儿他又探听：那个大混蛋，这是说你父亲呢，真的是个混蛋吗？我说：'谁不愿意干活儿，谁骑在别人的脖子上，谁才是混蛋呢。你倒是也看看你那雅科夫和米哈伊尔，这两个不正是一对混蛋吗?家里头谁干活儿?你,谁挣钱?你。他们给你帮了多大忙?'他于是骂我混蛋,下贱,骂我是拉皮条的,记不清他还骂了些什么,我一声不响。他说:'你怎么能相信一个不知道从哪儿来的,也摸不透他的底细的人?'我一个劲儿地不开口,等他疲倦了,我说:'你倒是也去看看他们过得怎么样呀,他们过得可好呢。'他说:'那太赏他们脸了,让他们到我这里来……'一听见他漏出这口风,我简直高兴得哭了。他松开我的头发,他喜欢摆弄我的头发,咕咕哝哝地说:'别哭,傻瓜,我不是没有心肝的人。'他从前可好呢,我们这位老爷子,自从他自以为没有人比他聪明,就老发脾气,变得愚蠢了。

你母亲和父亲果然来了,在圣日,就是大斋期的最后礼拜日,高高大大的一对,穿得干净整齐的。马克西姆站在外祖父面前(外祖父只到他肩膀),他站在那儿说:'看在上帝的份上,瓦西里·瓦西里耶维奇,不要以为我来是求嫁妆的,不是的,我是来向我妻的父亲请安的。'这使老头子很高兴,他咧嘴笑了,说:'嘿,你这个高大个,绿林弟兄!别淘气了,搬来一块儿住吧!'马克西姆皱起眉头说:'这要看瓦里娅的意思,我怎么都行!'他们一住到一起就磨起牙来——怎么也不合套!我向你父亲又是挤眉子弄眼,又是在桌子底下踢他,——全没用,他总是死抱着自己的一套!他有一对漂亮的眼睛:又快乐又清亮。眉毛是黑的,有时他把眉毛一皱,眼睛就在眉毛下藏起来,脸变成石头似的,露出倔犟的样子。这时除了我,谁说话他都不听。我爱他胜似爱自家亲生的儿子,他心里也明白,所以他也爱我。他时常偎靠着我,拥抱我,有时抱起我满屋子走,他说:'你是我真正的母亲,是养育我的土地,我爱你胜似爱瓦尔瓦拉!'你母亲是个爱说爱闹的顽皮鬼,向他扑过去,大声说:'你怎敢说这种话,你这个咸耳朵的彼尔姆人?'我们三个人就这么闹着玩,我们过得可好呢,我的心肝!他跳起舞来也是天下少有,会唱一些好听的歌儿,他跟瞎子学的,瞎子是再好不过的歌手!

他和你母亲搬到花园里一间小屋里,你就是在那儿降生的,午时生的,你父亲回来吃午饭,你正好迎接他。你看他那份高兴劲儿,你看他那份疯劲儿，把你母亲闹得筋疲力尽的，小傻子，就仿佛不知道生孩子是一件多么难的事！他把我放在他的肩膀上，穿过整个院子去向外祖父报告生了一个外孙子。外祖父甚至笑了，说：'嘿，你这个森林精，马克西姆！'

你两个舅舅可不喜欢他（他不喝酒，可是两片嘴挺刚强，爱耍鬼把戏），他们狠狠地报复了他一下！有一年大斋期，刮风，忽然整个房子都响起来，呜呜地叫得可怕，——大家都愣住了，这是闹什么鬼啊？外祖父吓坏了，叫人到处点上长明灯。他跑来跑去，喊叫：'快祷告！'可是声音忽然停了。大家更怕得厉害。雅科夫舅舅猜到了，他说：'这一定是马克西姆搞的鬼！'后来马克西姆自己承认了，他把大大小小的瓶子安放到天窗上，——风吹着瓶口，它们就呜呜地响，发出各种不同的声音。外祖父吓唬他说：'马克西姆，再开这些玩笑，当心又把你送到西伯利亚去，叫你一去不回头！'

有一年冬天很冷，旷野的狼开始往城里跑，不是咬死人家的狗，就是惊吓了马，要不就是把喝醉酒的巡夜的吃掉，闹得人心惶惶！你父亲拿起枪，穿起滑雪板，一到夜里就到野外去。你瞧着吧，他每次准拖回一只狼，有时两只。他剥了皮，掏空了脑袋，安上玻璃眼珠，跟真的一样！有一天，米哈伊尔舅舅到门洞里去解手，忽然跑了回来，头发直竖，瞪着眼睛，喉咙发僵，一句话也说不出。他的裤子脱落下来，把他绊倒了，耳语似的说：'狼！'大家都顺手抓个东西，拿着灯火，冲进了门洞。一看，嗬，大柜子里真有一只大狼伸着头！人们打它、射它，可是它满不在乎！大家仔细一看，原来是带脑壳的狼皮，两只前腿是钉到大柜子上的！当时外祖父可把马克西姆恼透了。雅科夫也跟着他胡闹：马克西姆用硬纸粘了一个狼头——做好鼻子、眼睛、嘴，贴上麻屑当毛发，然后就和雅科夫一齐到街上乱串，把这样可怕的嘴脸探进人家窗户里，人家当然害怕，大叫大嚷。一到夜里，他们就蒙着被单子出去，吓唬老神甫。他吓得往警察亭子跑，警察也吓得要命，连忙喊救命。这样的恶作剧可做得不少，怎么也管不了他们。我劝他们别胡闹了，瓦里娅也劝他们，可是没用，他们不听！马克西姆笑着说：'看见人们为了一点屁事就吓得没命地乱跑乱窜，挺好玩的！'你看他说的，你跟他讲理去吧……

他为了这险些儿把命送掉。你米哈伊尔舅舅活像你外祖父——心眼窄，爱记仇，他想法子害你父亲。有一年刚入冬，他们从人家家里做客回来，同路的一共四个人：马克西姆、你两个舅舅、还有一个助祭（他后来因为打死车夫，被开除了教籍）。他们从驿站大街回来，把马克西姆骗到久科夫池塘，说是去滑一会儿冰，就像小孩子用脚那样溜，他们把他骗到那儿，把他一推推到冰窟窿里。我把这桩事讲给你听……"

"舅舅为什么这样狠心？"

"他们不是狠心，"外祖母嗅着鼻烟，安详地说。"他们不过是愚蠢罢了！米什卡又刁又蠢，雅科夫倒还罢了，一个傻呵呵的汉子……话再说回来，他们把他推到冰里，他从冰里钻了出来，用手抓住冰沿，可是他们踩他的手，十个手指都被靴后跟踩破了。幸亏他没有喝酒，他们都喝得醉醺醺的，他不知怎的，像是有上帝帮助他似的：他在冰下伸直了身子，脸朝上停在冰窟中间，喘着气。他们够不到他，对着他的头扔了几块冰就走了，说是让他自己沉下去吧！可是他爬了上来，一溜烟跑到警察分局去了。警察分局就在跟前，你知道吧，就在广场上。警官认识他，也认识我们全家人，他问：'这件事是怎样发生的？'"

外祖母画了个十字，感激地说：

"主啊，让马克西姆·萨瓦杰维奇和你的公正的圣徒在天安息吧，他配得上！他居然对警察隐瞒了这件事，他说：'是我自己闯的祸，我喝醉了，迷迷糊糊地走到了池塘，就掉进了冰窟窿里。'局长说：'不对，你没有喝酒！'闲话少说，他在分局里用酒擦了身体，穿上干衣裳，裹着皮袄，人家把他拉回来了，警官亲自带两个警察也跟着来了。雅什卡和米什卡还没有回来，逛酒馆去了，'歌颂'老子娘去了。我和你母亲一看见马克西姆，他样子全变了，浑身紫红紫红的，手指头全破了，滴着鲜血，鬓角像是有一片雪，可是不化——鬓角白了！

瓦尔瓦拉大声号叫：'你怎么啦？'警官对什么都伸鼻子嗅嗅，对什么都追问，我的心有了感应——哎哟，事情不妙！我让瓦里娅缠着警官，我偷偷地去问马克西姆什卡究竟是怎么回事。他细声说：'你先去截住雅科夫和米哈伊尔，教他们说，他们和我是在驿站大街分的手，他们到圣母节大街去了，就说我拐进了纺绩巷！不要说错了，不然他们就要吃警察的苦头的。'我到外祖父那里说：'你去跟警官谈谈，我到大门口去等儿子。'我告诉他出了什么乱子。他穿着衣服，哆嗦着，咕咕哝哝的说：'我就知道会闹出这种事，我就料到要出乱子！'净胡说，他什么也不知道！我去等儿子，我迎头就给两个孬种几个嘴巴——米什卡一下子就给吓醒了，雅什尼卡，宝贝儿子，舌头都喝硬了，总算还能说出话来：'我一点儿也不知道，都是米哈伊尔干的，他是老大！'我们好歹把警官哄好了，——他是一个好好先生。他说：'你们要当心，你们这儿要是再出什么事，我会知道是谁犯的罪。'说了这话就走了。外祖父走到马克西姆面前说：'谢谢你，别人处在你的地位，不会这样做的，我心里明白！女儿，也谢谢你，你带到父亲家里一个好人！'你这个外祖父，当他高兴的时候，可说得好呢，后来变蠢了，才把心门给锁上。剩下我们娘儿三个的时候，马克西姆·萨瓦杰维奇哭起来，仿佛讲梦话似的说：'他们为什么害我，我有什么对不住他们的？妈妈，为什么啊？'他不叫我妈，像小孩子似的叫我妈妈，论性格，他也的确像个小孩。他问'为什么？'我只有放声大哭，我有什么可说的呢？好坏是我的儿子，我心疼他们。你母亲把外衣的扣子全扯掉了，披头散发的坐在那儿，像是刚打过架似的，吼叫着：'咱们走，马克西姆！兄弟是咱们的冤家，我怕他们，咱们离开这儿！'我喝住了她：'不要火上加油了，已经烧得够旺了！'外祖父打发这两个混蛋来赔不是，她向米什卡扑过去，照着他的脸啪啪就是几下，这就算是饶恕！你父亲埋怨说：'兄弟，你们怎么啦，你们会把我弄成残废的，手艺人没有手还中啥用？'好歹总算和解了。你父亲病了，躺了七个来星期，有时他说：'哎，妈妈，跟我们一起到别的城里住去吧，这儿有点儿闷。'不久，他们果然到阿斯特拉罕去了。那儿夏天预备迎接皇帝，你父亲承造凯旋门。开春，他们就坐第一次通航的轮船走了。和他们离别，就像和自己的魂灵离别一样，他也很伤感，老是劝我到阿斯特拉罕去。瓦尔瓦拉满心地高兴，甚至连遮掩都不遮掩自己的快乐,没羞没臊的……他们就这样走了。就这些,讲完了……"

她呷了一口酒,嗅嗅鼻烟,若有所思地往窗外看看灰蓝的天空,说道:

"是的,你父亲不是我的亲骨肉,可是我们的心是一个……"

有时,她正讲故事的时候,外祖父进来了,昂起黄鼠狼的脸,用尖鼻子嗅嗅空气,疑疑惑惑地端详着外祖母,听她讲故事,外祖父嘟嘟囔囔地说:

"瞎扯,瞎扯……"

他冷不防问道:

"列克谢,她刚才喝酒了吧?"

"没喝。"

"撒谎,看你眼睛就知道你在撒谎。"

他犹犹豫豫地走了。外祖母冲着他的背影挤了挤眼,顺口溜了一句:

"老爷子走过瓦舍清堂,不要吓唬我老娘……"

有一天,他站在屋当中,眼睛瞅着地板,悄悄地问:

"老婆子!"

"嗯?"

"你可知道,事情为什么竟闹到这地步?"

"知道。"

"你是怎么个想法?"

"命里该着,老爷子!你可记得,你老是说要找一个贵族女婿吗?"

"是啊。"

"这不是找到了吗?"

"一个穷光蛋。"

"这是她个人的事!"

外祖父走了。我感到有什么不好的事情,我问外祖母:

"你们讲什么?"

"你什么都要知道,"她揉着我的腿,气哼哼地回答。"从小什么都打听清楚,到老就没的可问了……"她摇晃着脑袋,笑起来。

"啊哈,老爷子,老爷子,在上帝眼里,你不过是一粒小小的灰尘!廖尼卡,我对你讲,你千万别多嘴!——你外祖父的家业搞光了!他借给一位贵族老爷一大笔款子,这位老爷破了产……"

她含笑沉思起来,不言不语地坐了很久。她那大圆脸泛起皱纹,变得又阴暗又忧伤。

"你在想什么?"

"我在想给你讲什么故事,"她颤抖了一下。"对了,给你讲叶夫斯季格涅,好不好?话说:

> 从前有个书记官名叫叶夫斯季格涅,
> 自以为天下的人都比不上他聪明,
> 神甫和贵族自然不在话下,
> 连最老的老狗也比不了他!
> 走起路来气昂昂,活像一只公火鸡,
> 他觉得他就是那个有名的西林神鸟,
> 左邻右舍他都教训遍,
> 这也不顺他的心,那也不中他的意。
> 瞧了瞧教堂,太矮!
> 瞅了瞅街道,太窄!
> 在他眼里红苹果也不红!
> 太阳升得又太早!
> 不管向叶夫斯季格涅指示什么,
> 他总是说——"

外祖母鼓起腮帮,瞪起眼睛,她那慈祥的面孔变得又蠢又好笑,她用懒散的沉重的声音说:

> "我嘛,这玩意儿我早就会,
> 我嘛,做的比这玩意儿好得多,

不过我老是没工夫。"

她微笑着沉默了一会儿，静悄悄地接着讲下去：

有一天，一群小鬼来找书记官：
"书记官，你住在这儿不方便吧？
你不如跟我们到地狱去吧，
那儿炭火烧得热烘烘！"
聪明的书记官还没来得及戴帽子，
小鬼就用爪子抓起他，
小鬼一路上号叫拖他走，
还一个劲儿胳肢他，
还有两个小鬼骑在他肩头上，
把他一推推到地狱的火头上。
"叶夫斯季格涅尤什卡，我们这里好不好？"
烈火烧得书记官够呛，
他双手叉腰，四下里张望，
骄傲地撇着嘴唇，开言道：
"你们地狱里，好大的煤气味儿！"

她懒洋洋地、粗声粗气地讲完了寓言的结尾，脸上换了副表情，细声地笑着，向我解释道：

"他不服气，这个叶夫斯季格涅，死死地抱着老一套，别扭极了，就跟咱们那个老祖宗一样！哎，快睡吧，到时候了……"

母亲难得到顶楼来看我，有时来了也停不大工夫，急急忙忙说不上两句话。她越来越漂亮，越来越打扮得好看，可是在她身上也像在外祖母身上一样，我觉得有一种不让我知道的新东西。我是这样感觉，这样猜疑的。

外祖母的童话故事越来越引不起我的兴趣，甚至她讲我父亲的事也不能消除我心中模糊不清、然而却日益增长的忧虑。

"为什么说父亲的魂灵不得安宁啊?"我问外祖母。

"这怎么能知道啊?"她微闭着眼睛,说道。"这是上帝的事,天上的事,咱们凡人不知道……"

夜里我睡不着的时候,往青色的窗户外面眺望,星星在空中慢悠悠地浮动着,我臆造出许多悲惨的故事,故事里面占主要地位的,就是父亲,他总是独自一人,手里拿着棍子向什么地方走去,后面跟着一条长毛狗……

十二

> 母亲的结婚离去又破产而归,外祖父的吝啬与乖戾,"我"在学校所受的屈辱,继父的凶狠,这些频繁的变故,使得"我"渐渐地长大了,抑郁与孤独也与日俱增。

有一天傍晚,我睡着了,当我醒来时,我觉得我的两腿也苏醒了。我从床上把腿垂下来,它们又失去了知觉,但我已经有了自信:腿是完整的,将来还可以走路。这太好了,我高兴得大叫起来,整个身子压着两条腿在地上刚一站起,又瘫倒了,可是我马上往门口爬,顺着楼梯往下爬,我清晰地想象到,楼下的人看见我,会多么惊奇。

我记不清是怎样到了母亲的房间的。我坐在外祖母的膝盖上,她面前站着几个生人,一个干瘦的绿色的老太婆威严地说着话,压倒了所有人的声音:

"灌他红莓汤,裹着他的头……"

她浑身发绿:绿衫、绿帽、绿脸,甚至眼皮底下那颗黑痣上长的毛也像一撮绿草。她用那只戴着黑花边的无指手套的手罩着眼,下唇耷拉着,上唇翻转着,满嘴的绿牙,死瞪着我。

"这是谁啊?"我胆怯地问。外祖父用不愉快的声音回答道:

"这是你祖母……"

母亲冷笑着把叶夫根尼·马克西莫夫推到我跟前。

"这就是你父亲……"

她很快地、含含糊糊地说了几句话。马克西莫夫眯缝着眼,向我弯下身来,说:

"我送给你图画颜料。"

屋里很亮，靠前墙角落里，桌子上点着五支插在银烛台上的蜡烛，蜡烛中间摆着外祖父心爱的圣像——"勿哭我圣母"，法衣上的珍珠在灯光下一明一灭地闪烁着，金色的灵光上鲜红的宝石光芒四射。外面大街上，有几张烙饼似的模模糊糊的圆脸不言不语地往黑暗的玻璃窗上挤着，贴着几个压扁了的鼻子，周围的一切都在漂流着，那个绿色的老太婆用冰冷的手指摸摸我的耳朵后面，说道：

"一定，一定……"

"晕过去了，"外祖母说，她抱着我向门口走去。

我并没晕过去，不过是闭住眼睛罢了，当她拖着我上楼梯的时候，我问她：

"这些事你为什么不告诉我？……"

"你得了吧，住嘴！……"

"你们全是骗子……"

把我放到床上后，她一头栽到枕头里，浑身打哆嗦，哭了起来。她的肩膀颤动得特别厉害，抽抽搭搭地说：

"你也哭一哭吧……哭吧……"

我不想哭。顶楼里又暗又冷，我浑身发抖，床晃荡着，发出吱吱的声音，绿色的老太婆就在我眼前站着，我假装睡着了，于是外祖母走了。

那几天空虚的日子，单调得像一股细流似的流过去了，母亲在订婚后出了一趟门，家里寂静得令人抑郁寡欢。

有一天早晨外祖父来了，手里拿着穿眼凿，走到窗户跟前，开始挖冬天窗框的油灰。外祖母端来一盆水，拿着拭布，外祖父悄悄地问她：

"老婆子，怎么样？"

"什么怎么样？"

"你高兴了吧？"

她也像在楼梯上回答我似的回答道：

"你得了吧，住嘴！"

简单的语句现在含有特别的意义,在这些语句后面隐藏着一件巨大的、令人忧郁的、不必说出而人人都知道的事情。

外祖父小心地取下窗框拿了出去,外祖母打开窗户,——花园里椋鸟在高声歌唱,小麻雀在唧唧喳喳地欢叫;融雪的大地散发出的醉人的气息涌进了屋子,炕炉上雪青的瓷砖窨得发白了,看去令人觉得冷飕飕的。我从床上爬到地板上。

"不要光着脚板走路,"外祖母说。

"我到花园里去。"

"那儿还没有干,等几天吧!"

我不想听她的话,甚至看见大人就不痛快。

花园里小草已经钻出鲜嫩的绿针,苹果树发出嫩芽,花骨朵咧开了嘴,彼得罗芙娜的小屋子顶盖上青苔愉快地发着绿光,到处都是很多的鸟,快乐的响声,清新芬芳的空气,令人感到一种挺舒服的晕眩。彼得伯伯抹脖子的那个坑里,乱七八糟地躺着被雪压断的棕黄色的杂草。看见这个坑叫人很不好过,那里面一点儿春意都没有,一块块的黑炭头凄凉地发光,整个的坑也是多余得令人可恼。我愤怒地想拔掉、铲除这些杂草,把碎砖块、炭头搬开,清除一切肮脏的、不必要的东西,在这坑里给自己建造一个清洁的住所,那里夏天只要我一个人住,不要大人。我马上动起手来,这件事立刻使我长久地而且很好地躲开了家中所发生的一切,虽然这一切仍然非常令人生气,但却一天天地引不起人的关心了。

"你干吗老撅着嘴?"有时外祖母问我,有时母亲问我,——她们问得我怪不好意思的,我倒不是对她们生气,只不过是因为家中的一切都使我感到生疏罢了。那个绿色的老太婆常常来吃中饭、喝晚茶和吃晚饭,活像旧篱笆中间一根发霉的木桩。她的眼睛是用看不见的线缝到脸上的,它们很灵活地转动着,很容易从瘦骨嶙峋的眼窝里滚出来,它们什么都看得见,什么都注意,当她谈到上帝,就向天花板翻白眼,谈起家常话,眼睛就垂到腮帮上。她的眉毛像是用麦麸子做的,又像是一种剪贴。她那光板大牙无声地咀嚼着她塞到嘴里的一切。她可笑地曲蜷着手,翘着小手指,耳朵旁边一对圆骨头滚来滚去,耳朵动弹着,黑痣上的绿毛发也在那又黄又皱、洁净得令人讨厌的皮肤上爬动着。她全身像她儿子一样洁净,碰碰他们都觉得怪不好受的。开头的几天,她有一次想把她那死人般的手送到我的嘴唇上,手上散发着喀山黄肥皂气味和神香味,我扭头跑开了。

她常常对儿子说:

"这个孩子一定得好好地教育,——你懂不懂,叶尼亚?"

他恭顺地低下头,皱眉蹙额,一言不发。在这个绿色老太婆面前,大家都皱起眉头。

对这个老太婆,连同她的儿子在内,我都刻骨铭心地憎恨,这个沉重的感情使我挨了不少的打。有一天吃中饭的时候,她可怕地瞪着眼,说道:

"嘿,阿廖什卡,你干吗这么狼吞虎咽、大块大块地吃东西呀?会噎着你的,亲爱的!"

我从嘴里掏出来一块,又用叉子把它叉上,递给她:

"您心疼得慌,就拿去吧……"

母亲把我从饭桌上拉下来,我受辱地被赶到顶楼上,外祖母来了,她捂住嘴哈哈大笑,说:

"我的老天啊!你真调皮,耶稣保佑你……"

我不喜欢她捂住嘴,便躲开她跑了,爬到屋顶上,在烟囱后面坐了很久。是的,我非常想调皮,对谁都想恶言恶语地说话,这种愿望很难克服,可是后来不得不克服:有一次我在未来的后父和祖母的椅子上抹了一些樱树胶,他们两个都给粘上了。这非常可笑,当外祖父把我打了一顿后,母亲到顶楼来找我,她把我拉到身边,用膝盖紧紧地挟着我,说道:

"你听我说,你为什么老闹脾气?你可知道,你这样会使我受多大的罪!"

她的眼睛里充满了亮晶晶的泪水,她把自己的腮颊紧贴在我的头上,——这可真叫人难过,宁愿让她打我一顿倒好过些!我说,我以后永远不得罪马克西莫夫家里的人了,永远不,——只要她不哭。

"对了,对了,"她轻声地说,"不必调皮了!我们很快就结婚,然后到莫斯科去，然后我们再回来，那时你同我住在一起。叶夫根尼·瓦西里耶维奇非常善良，而且聪明，你和他能够处得很好。你将来上中学，然后当一个大学生，就和他现在一样，然后当医生。你想做什么就做什么，有学问的人想干吗都好。好了，玩去吧……"

她这一连串的"然后"，我仿佛觉得形成一架梯子，它深深地离她越来越远地往下伸展着，一直伸到黑暗的地方，伸到孤独的地方，这个梯子使我不高兴。我很想告诉母亲：

"请你不要出嫁吧，我来养活你！"

但这话没有说出口。母亲总是唤起我很多很多的对她亲切的思念，但我从来不想说出这些思念。

我在花园里的工作进行得很顺利：我拔掉了和用镰刀割掉了杂草，坑的边沿有往下掉土的地方，我砌上碎砖头，又用碎砖头铺了一个宽大的座位，在上面甚至可以睡觉。我收集来许多彩色的玻璃和碗碴，用黏泥把它们塞到砖缝里去，当太阳照到坑里的时候，这些玩意儿发出五光十色的彩虹，跟教堂里一样。

"想的好主意！"有一次外祖父细细地瞧了瞧我的工程，说道。"不过杂草还会把它们盖上的，你留下了根子！我来用铁锹把地再刨一遍。去，快把铁锹拿来！"

我把铁锹拿来，他往手上吐了口唾沫，吭了几声，用脚深深地把铁锹压进肥沃的土地里。

"把草根捡出来扔掉！然后我给你在这儿栽上向日葵和锦葵，长起来才好看呢！好看……"

忽然间，他拄着铁锹弯下身去，一声不响了，呆住了。我仔细看了看他，从他那又小又聪明的、像狗一样的眼睛里，扑簌簌地落下小滴的泪水。

"你怎么啦？"

他抖擞了一下，用手掌擦擦脸，蒙蒙眬眬地望了望我。

"我出汗了！你瞧有好多蚯蚓！"

然后又开始挖土，他忽然说道：

"这些玩意儿你白建筑了！白建筑了，小弟弟。这所房子我不久就要卖掉。大约秋天就卖掉。等钱用，给你母亲办嫁妆。就是这样。但愿她能过个好日子，上帝保佑她……"

他扔掉了铁锹，挥了挥手，就到澡塘后面花园拐角地方去了，那里有他的温室。我开始刨地，可是铁锹立刻碰伤了我的脚趾。

这妨碍了我送母亲到教堂去结婚，我只能走出大门外，看见她低着头拉着马克西莫夫的手，小心地用脚踏着砖铺的人行道，踏着砖缝里钻出的绿草，像是在钉尖上走路似的。

婚礼是寂寞的。从教堂回来，大家闷闷不乐地坐下喝茶，母亲马上换了衣服，到自己的卧室里去拾掇箱子，后父在我身旁坐下说道：

"我答应送给你图画颜料，可是在这城里买不到好的，我不能把自己的送给你，我将来从莫斯科寄来……"

"我要颜料干吗用啊？"

"你不爱画画吗？"

"我不会。"

"那我给你寄点别的东西。"

母亲走过来。

"我们不久就会回来的，你父亲考完试，毕了业，我们就回来……"

他们同我谈话，像同大人谈话一样，这叫人很愉快，但听到长胡子的人还上学，却叫人觉得奇怪。我问道：

"你学什么？"

"测量学……"

我懒得问这是一门什么学问。家里充满了百无聊赖的寂静和一种像是毛布的沙沙声，不由得让人希望夜快些到来。外祖父背靠着炉子站着，眼睛眯缝着向窗外眺望。绿色的老太婆帮助母亲装箱子，她不停地唠叨着，哼哼着。外祖母在中午的时候就喝醉了，家里人因为替她害羞，就把她打发到顶楼上，锁在里面。

第二天一大早母亲就动身走了。临别时她拥抱了我，轻轻地把我从地

上抱起来,用一种生人的眼神看着我的眼睛,一面亲吻,一面说:

"别了……"

"告诉他,要听我的话,"外祖父眼睛望着还是粉红色的天空,阴沉沉地说。

"要听外祖父的话,"母亲在我身边画了个十字,说道。我本来期待她说点别的,所以很生外祖父的气,——都是他妨碍了她。

他们坐到敞篷马车上,母亲的长衫下摆给挂在什么地方,她生气地拉了很久。

"你倒是帮一帮啊,没看见吗?"外祖父对我说。我没有去帮忙,忧愁使我动不得了。

马克西莫夫耐心地把两条穿着窄裤脚的青色裤子的长腿在马车里摆好,外祖母往他手里塞一些包袱,他把它们放到膝盖上,用下巴颏压住,惊惧地皱着苍白的脸,拉长了声音说:

"足——够了……"

绿色老太婆和他大儿子(一个军官)坐上另一辆敞篷马车,她像画儿似的坐在那儿,她儿子用军刀把柄搔着胡子,不住地打呵欠。

"这么说来,您要去打仗?"外祖父问。

"一定要去!"

"好事情。土耳其人该打……"

他们走了。母亲几次回头挥着手帕,外祖母一只手扶墙,也在空中招手,热泪滚滚地流着,外祖父也用手指从眼里挤出几滴泪水,他断断续续地咕哝道:

"不会有……什么……好结果的……不会的……"

我坐在铁桩上,望着马车颠颠簸簸地驶去,——马车转到了墙角后面,我心中就像有样东西严严地合上,紧紧地关闭了。

天还早,家家的窗户还紧闭着窗扉,街道是荒凉的——我从未见过街道这样像死一般地空虚。牧人在远处无休止地吹弄笛子。

"咱们喝茶去吧,"外祖父扳着我的肩膀,说道。"看来,你命该和我住在一起。那你就朝我身上划吧，你这根火柴离了我这块砖头就划不着！"

从早到晚，我们俩都在花园里一声不响地忙来忙去：他挖了几个畦子，把红莓绑扎起来，把苹果树上的苔藓刮下来，碾死青虫，我老是建筑和装饰我的小屋。外祖父砍掉烧焦的木头尖端，把一些棍子插到地里，我把装着鸟的笼子挂在那上面，用晒干了的杂草编成密密的篱笆，在长凳子上做一个遮太阳和露水的顶盖，——我把这儿弄得好极了。

外祖父说道：

"你学着尽量给自己安排好，这非常有益。"

我非常珍重他的话。有时他躺在我铺的草坪座位上，不慌不忙地教导我，他的话仿佛是使劲儿掏出来的。

"如今你已经是母亲身上切下来的碎片了，她再生了孩子，她对他们比对你更亲近。你外祖母如今又喝起酒来。"

他长久地沉默着，仿佛在细心地谛听，他又懒懒地说出沉重的语句。

"她这是第二次酗酒了，米哈伊尔应该去当兵的时候，她也酗过酒。她这个老糊涂，劝我替儿子买一个免役证。也许，他当了兵倒会变成另一个人……嗨，你们这些人啊……我快死了。那时就剩下你一个了，自顾自——光杆一条，自个儿的生活自个儿想办法，你懂不懂？就是这么着。要学着能够独立工作，不要听别人摆布！要老老实实，稳稳当当地生活，可是要倔犟地生活！谁的话都可以听，可是你以为怎么好就怎么做……"

整个夏天，当然，除了坏天气，我都住在花园里，温暖的夜里，甚至在那里睡在外祖母送给我的毡子上。她自己也常在花园里过夜，她抱一抱干草，把它撒到我的床铺旁边，躺下来，长久地给我讲点什么，时常突然插进来一两句，打断了自己的话。

"你看，有一颗星落了！这不知是谁的纯洁的灵魂思念起了大地母亲！这是表示现在某地有一个好人降生了。"

或者指给我看：

"又升起了一颗星，你瞧！多么亮！噢，好美的天空啊，你是上帝灿烂的法衣……"

外祖父嘟嘟囔囔地说:

"你们会感冒的,傻瓜,会得病的,不然也要中风。小偷进来,扼死你们……"

有时候,太阳落了,天空中倾泻着火红的河,接着,火河烧尽了,橙黄色的灰烬降到花园里天鹅绒般的绿茵上,然后,周围的一切可以触摸地渐渐发暗、扩大、膨胀,浸在温暖的昏暗中,吸饱了阳光的树叶低垂了,青草弯到地面,一切都变得更柔和更茂盛了,静悄悄地发散着亲切得宛如音乐一般的各种气息,而音乐也从远方,从野地飘过来:军营里正在吹晚号。夜来了,一种有力的、清新的、宛如慈母的体贴似的东西注入胸怀,寂静像温暖的、毛茸茸的手轻柔地抚摩着,拂去记忆中应当忘掉的一切,拂去白天所沾染的一切侵蚀人的细尘。那是多么令人神往:仰面躺着注视星星一颗颗地燃起,天空永无止境地深邃下去;深邃的天空愈升愈高,不断地出现新的星星,它轻轻地把你从地面举起,——真奇怪,不知是整个地球缩小到和你一样呢,还是你自己神奇地长高、扩大、忽然溶化,和周围的一切合在一起。一切都变得更暗更静了,但到处都无形地绷紧了敏锐的琴弦,每一个声音——不论是鸟在梦中歌唱,刺猬跑过去,或者什么地方响起轻微的人声——所有这些都被敏锐得令人感到亲切的寂静衬得很特别,比白天来得响亮。

手风琴响了几下,传来一阵女人们的笑声,军刀碰在砖铺的人行道上锵锵作响,狗尖声地叫了一下,所有这些都是不必要的,都是凋谢的白天最后的落叶。

有些夜晚,忽然在野外,在大街上响起醉汉的吼叫声,有人踏着沉重的脚步跑过去,——这已经习以为常,引不起人的注意了。

外祖母长久地睡不着,她躺在那儿,把手放在脑后,内心微带激动地讲点什么,看样子,她一点儿也不在乎我是不是在听着。她永远善于选择那样的童话故事,它能使夜变得更有意味,更加美丽。

听着她那不紧不慢的言辞,我不知不觉地入睡了。清早,和鸟一齐醒来,太阳温暖地直射到脸上,早晨的空气静静地流着,露水从苹果树叶上震落下来，湿漉漉的青草越来越光亮，像水晶似的清澈透明，青草上，升起一层薄纱似的蒸气。阳光的辐射在紫藤色的天空中扩大着，天空渐渐变蓝了。云雀飞到目力达不到的高空，在婉转地歌唱，一切鲜花和音响，像露水珠儿似的往胸里渗透，使人感到宁静的喜悦，引起人们一种想快点起床做点事情，和周围一切生物友爱地生活的愿望。

这是我一生最安静、感受最多的时光，正是这年夏天，在我内心形成了而且巩固了对自己力量的自信的感觉。我变野了，怕和人来往。我听见奥夫相尼科夫的孩子们的喊叫声，但这已经不再吸引我。表兄弟来了，这丝毫不能使我高兴，只能引起我的惊慌，担心他们会破坏花园里我的建筑物——我的第一项独立创作。

外祖父的话再也引不起我的兴趣，他的话越来越枯燥无味，啰啰嗦嗦，唉声叹气。他开始常常和外祖母吵架，把她赶出家门，她有时到雅科夫那里，有时到米哈伊尔那里。她常常一连几天不回家，外祖父自己动手做饭，烫伤了手，于是号叫、咒骂，把食具打碎，他显然变得贪得无厌了。

他有时到我的草棚子里来，在草坪上舒舒服服地坐着，长久地、沉默地注视着我，突然问道：

"你干吗不说话？"

"就是这样。怎么啦？"

他开始教导起来：

"我们不是老爷。没有人教我们。啥事我们都得自己去弄明白。书是为别人写的，学校是为别人盖的，我们一点份儿都没有。一切都得自己想办法……"

他沉思起来，显得干瘦，他一动不动，哑巴似的，简直叫人害怕。

秋天他卖了房子。在卖房子前不久，有一天早晨喝茶的时候，他忽然向外祖母阴沉地、坚决地宣布：

"喂，老婆子，我养活过你，现在我养够了！你自个儿挣饭去吧。"

外祖母态度非常安详地听着这些话，就好像她早就知道他会这样说，并且在等待着他说似的。她不慌不忙地掏出鼻烟壶，用她那海绵似的鼻子吸了吸，说道：

"那么好吧！既是这样，就这样好了……"

外祖父在山脚底下一所旧房子地下室里租了两间黑暗的小屋子。搬家的时候，外祖母拿一只有长带子的旧草鞋，把它扔到炉子底下，她蹲在那儿，开始呼唤家神：

"家神家神，你是一家之主，送你一辆雪橇，请你坐着它跟我们一起到新的家，找新的幸福……"

外祖父从院子往窗子里望了望，大喝一声：

"我看你敢请他去，异教徒！你试试再丢我的人……"

"噢哟，当心啊，老头子，说这种话不吉利，"她认真地警告道，但外祖父大发雷霆，禁止把家神请过去。

家具和各种杂物，他两三天工夫都卖给了收买破烂的鞑靼人，他们斤斤计较地讲着价钱，彼此咒骂着，外祖母从窗子里往外看，哭一阵笑一阵的，声音不高地喊道：

"都拉走吧！都毁掉吧……"

我可惜我的花园，我的草棚子，我也想哭一场。

用两辆大车搬家，我在各种旧家私中间坐着的那辆，震动得很厉害，仿佛它想把我抛下去似的。

以后的两年光景，直到母亲去世，我都是在这种一个劲儿要把我抛到什么地方去的颠簸感觉中度过的。

外祖父搬到地下室以后不久，母亲回来了，她面色苍白，精瘦，大眼睛，眼睛里闪着火热的、惊奇的光。她老是细细地看了又看，仿佛头一次看见她父亲、母亲和我，——她这样一声不响地打量着，而后父不停地在屋子里走来走去，低声地吹口哨，咳嗽，把手抄在背后，手指老是动弹着。

"我的天啊，你怎么长得这样快！"母亲对我说，用滚热的手掌挟紧我的腮帮。她打扮得挺难看：穿着宽大的、棕色的、被大肚子撑鼓了的长衫。

后父伸给我一只手。

"你好，小弟弟！你怎么样，嗯？"

他闻了闻空气，说道：

"您可知道，你们这儿很潮湿！"

他们俩好像跑了很久，跑得筋疲力尽，全身的衣服都揉皱了，磨破了，现在他们什么都不需要，只求躺下休息休息。

大家沉闷地喝着茶，外祖父一面望着外面的雨打湿窗户，一面问道：

"那么说来，全烧光了？"

"全烧光了，"后父坚决地肯定说。"我们自己险些儿没逃出来……"

"是啊，水火无情嘛。"

母亲紧靠着外祖母的肩膀，冲着她的耳朵低语着什么；外祖母的眼睛眯缝着，仿佛被光照得睁不开似的。变得更沉闷了。

外祖父忽然说起话来，又刻毒又稳静，而且声音很大。

"有风声传到我耳眼里，叶尼·瓦西里耶夫阁下，并没有闹过什么火灾，是你打牌输光了……"

像地窖里一样寂静，茶炊沸沸地响，雨在窗户玻璃上敲打，过一会儿，母亲开腔了：

"爸爸……"

"什么——爸爸？"外祖父震耳地大叫起来。"还要怎么样？我不是对你说过：三十岁的人不要嫁一个二十岁的？你该知道了吧，你找到一个文质彬彬的女婿！贵族少爷嘛，嗯？怎么样啦，小女儿？"

四个人一齐喊叫起来，后父嗓门最大。我跑到门洞里，坐在柴火堆上，我惊得全身都麻木了。母亲像是换了一个人，她完全不是从前那样。这在屋子里还不怎么明显，但在门洞里，在昏暗中，清清楚楚地想起了她从前的样子。

后来，不记得是怎么样的，我已经住在索莫夫镇一所房子里，那里全是新的——墙上没有壁纸，木缝里填着麻屑，麻屑里有许多蟑螂。母亲和后父住两间窗户开向大街的房屋，我和外祖母住在有天窗的厨房里。工厂的黑烟囱从房顶向天空耸立着，就像大拇指从食指和中指缝里伸出来似的，它们吐着曲卷的浓烟，冬天的风吹得全村烟雾弥漫。在我们冰冷的房屋里，

十二

经常有一种浓厚的煳味。一大早，汽笛像狼一样的号叫：

"噢呜，噢呜，噢呜……"

如果站在条凳上，从窗户上层玻璃往外看，越过屋顶，可以看见挂着灯笼的工厂大门，像一个老乞丐张开无牙的黑嘴，成群的小人拥挤地向那里面爬。中午，又响起汽笛，大门的两片黑嘴唇张开了，露出一个深洞，工厂呕吐出被反复咀嚼了的人们，他们像一股子黑水流到街上，毛茸茸的白色的风沿着大街疾驶，追赶人们，把他们赶进各人的家里。村子上的天空很少露面，每天在屋顶上，在雪堆上，悬着另一种蒙着一层煤烟的平平的灰色顶盖，它钳制人们的想象，它那忧郁的单调色彩使人眼花缭乱。

一到晚上，在工厂的上空就有混浊的红色火光动荡着，照亮了烟囱的顶端，就好像这些烟囱不是从地面往天空矗立，而是从这层云烟往地面降落。它们一面降落，一面吐出红光，呼啸着，长鸣着。看到这一切，使人难耐地恶心，恶毒的忧闷咀嚼着人心。外祖母当厨妇，她做饭，洗地板，劈木柴，挑水，从早忙到晚，躺下睡觉时已经累得要命，哼哼唧唧的，不住地唉声叹气。有时她做完饭，穿上短棉袄，把裙子塞得高高的，进城去了。

"去瞧瞧老头儿在那儿过得怎样……"

"带我去！"

"冻着你，你瞧风刮的！"

在那看不清路的盖满雪的野地里，她得走七俄里。母亲脸黄肚子大，瑟瑟缩缩地裹着一条带穗子的灰色破披巾。我恨这条把她那又魁梧又匀称的身躯变丑了的披巾，因此我要撕掉这些穗缨；我也恨这所房子、工厂、镇子。母亲穿着一双破旧的毡靴，咳嗽着，震得大得难看的肚子直抖，她那青灰色的眼睛枯燥地发着怒光，常常一动不动地注视着赤裸裸的墙壁，仿佛目光贴到那上面似的。有时她整个钟头都在望着窗外的大街。大街像人的颚骨，一部分牙齿老得发黑，歪斜；一部分已经脱落，笨拙地镶着大得和颚骨不相称的新牙齿。

"我们为什么在这儿住？"我问。

她回答道：

"嗨，住你的嘴……"

她很少和我说话，老是命令道：

"去一趟，给我，拿来……"

很少让我到街上去，我每上街一次准被街上的孩子打得遍体鳞伤，——打架是我唯一喜爱的娱乐，成为我的癖好。母亲用皮带抽我，但惩罚更激怒了我，下一次我和小孩子打得更狂热，——母亲把我惩罚得也更厉害。有一次我警告她，如果她再打我，我就咬她的手，我跑到野外去冻死，她吃惊地把我推开，在屋子里走了一趟，累得气喘喘地说：

"小野兽！"

那些像鲜明而颤动的彩虹似的、称之为"爱"的情感，在我心中凋谢了，愈来愈常常地爆发那种对一切都怨恨的带炭气味的青色火苗，那股沉重的不满的感情，那种在这灰色的死气沉沉的无聊气氛中孤独的感觉，死灰似的在心中冒烟。

后父对我很严厉，不理睬我母亲，他老是吹口哨，咳嗽，每次饭后总是站在镜子前面用火柴杆小心地长久地剔他那不平整的牙齿。他愈来愈常常和母亲吵架，生气地称呼她"您"——这个"您"字把我激怒得发狂。在吵嘴时，他总是把厨房的门关得严严的，看来他是不愿我听见他的话，但我仍然细心地倾听着他那沉闷的低音。

有一次他跺着脚大声喝叫道：

"都是因为您这混账的大肚皮弄得我不能邀请客人，您这头老水牛！"

由于吃惊，由于令人发疯的污辱，我在吊床上一跳，脑袋碰响了天花板，我把自己的舌头咬得流血。

每到星期六，就有几十个工人到后父这里来卖粮票，这种粮票本来是用来在工厂开设的铺子购买食物的，是工厂主付给工人当工资的，而后父却用半价收买这些粮票。他在厨房里接待工人，神气十足，脸子黑沉沉的，坐在桌子上，拿着粮票说道：

"一个半卢布。"

"叶夫根尼·瓦西里耶夫,你不怕上帝……"

"一个半卢布。"

这种荒唐的黑暗生活没有继续好久。在母亲生产前,我被送到外祖父那里。他已经住在库纳维诺,从山坡上通到纳波尔教堂坟地的围墙的沙土街上一所两层楼房里,他租了一间带有俄罗斯式的大炕炉和向院子开着两个窗户的狭小房屋。

"怎么啦?"他迎着我说道,接着尖声地笑起来。"俗语说:没有比亲娘更可爱的朋友,如今看起来,应该说:不是亲娘,而是老鬼外祖父!嗨,你们这些人啊……"

我还没来得及好好地看看新的地方,外祖母和母亲带着小孩来了,后父因为克扣工人,被赶出了工厂,但是不知他到哪里去了一趟,立刻就被聘了去当车站的售票员。

过了很长一段空闲时光,我又搬到母亲那里,她住在一所石头房子的地下室里,母亲随即把我送到学校里。入学的第一天,学校就使我反感。

我上学时穿的是母亲的皮鞋、用外祖母的外套改做的大衣、黄衬衫和撒腿裤子,这身服装马上就受到了嘲笑,因为我穿黄衬衫,给我起了个外号叫"方块王牌"。我和孩子们很快就处得挺好,但是教师和神甫不喜欢我。

教师脸黄头秃,鼻子经常流血,他来到班上,用棉花塞上鼻孔,坐在桌子后面,发着鼻音问功课,忽然,说了半截话就停住了,把棉花从鼻孔里拔出来,摇着头细细地查看它。他的脸扁平,黄铜色,神气酸溜溜的,在皱纹里有一种绿锈,那一对完全多余的铅样的眼睛弄得面孔特别难看,这对眼睛讨厌地死盯着我的脸,使人老想用手掌擦擦腮帮。

有几天,我被分在第一班,坐在头一排,几乎紧挨着教师的桌子,这简直令人难以忍受,他好像除了我,谁也不看,他老是瓮声瓮气地说:

"彼斯(什)科—夫,换一件衬衫!彼斯科—夫,脚不要老动弹!彼斯科夫,从你的鞋袜上又流出一潭水洼洼了!"

为了这,我想出一个狠毒的恶作剧来报复他:有一次我找到半块冰冻的西瓜,去掉瓜瓤,用线把它系到半明半暗的门洞里面的滑轮上。门一开,西瓜就升上去，当教师随手带门时，西瓜就像一顶帽子正好扣到秃头上。看门的拿着教师的字条把我带回家去，我用自己的皮肉偿付了这场淘气。

又有一次我把鼻烟撒到他桌子的抽屉里。他连着打起喷嚏来，弄得他只好离开教室，叫他的女婿来代课。这是一位军官，他强迫全班唱《愿上帝保佑沙皇》和《哦，自由呀我的自由》。谁唱得不对，他就用尺子敲谁的脑瓜儿，敲得特别响而且令人发笑，但不疼。

神学教师是一个美貌、年轻、头发茂密的神甫，他不喜欢我，因为我没有《新旧约使徒传》，还因为我学他的口头语。

他进了教室，第一件事情就是问我：

"彼什科夫，书带来没有？嗯。书？"

我回答：

"没有。没有带来。嗯。"

"什么'嗯'？"

"没有。"

"回家去吧！嗯。回家去。因为我不愿意教你。嗯。不愿意。"

这并没有使我怎样苦恼，我走了，一直到放学，在村子里泥泞的街道上来回地溜达，细细瞧看村里喧闹的生活。

这个神甫有一副基督式的端正面孔，温柔的女人的眼睛，还有一双对所碰到的一切也同样温柔的小手。每样东西——书、尺子、笔——他都拿得惊人地美妙，就好像那件东西是活的、脆弱的，这位神甫十分爱惜它，生怕一不小心就碰坏了它似的。他对学生可不是那么和蔼，但他们仍然喜欢他。

虽然我的学习并不算坏，可是不久就通知我说，由于我的不体面的行为要把我赶出学校。我垂头丧气了，这样会有一场老大的不愉快威胁着我：母亲脾气越来越坏，越来越频繁地打我。

但来了救星了：一位样子像巫师，在我的记忆中有点驼背的赫里桑夫主教突然来到我们的学校。

这个个子不高的人穿着肥大的黑衣裳，头上戴着可笑的小桶桶，在桌子后面坐下,把两只手从袖筒里露出来,说道:"怎么样,让咱们谈谈吧,我的孩子们!"教室里马上显得温暖、快乐,散发着一种从未体验过的愉快气氛。

在叫了许多人之后,也把我叫到桌子前面,他认真地问道:

"你几岁?才这么大啊?小弟弟,你长得多高啊?你常常站在雨地里,是不是?"

他把一只干瘦的留着长指甲的手放在桌子上,另一只手捏着稀疏的胡须,他用一对慈祥的眼睛注视着我的脸,提议说:

"呃,你来给我讲讲《圣经》里你所欢喜的事迹?"

我说我没有书,我没有学习《圣经》。他扶了扶高筒帽子,问道:

"这是怎么回事?这是非学不可的!也许你知道一些,听过一些吧?圣歌会念吗?这太好了!祷词也会念?嗬,你瞧!《使徒传》也会?《诗篇》也会?你原来是一个无所不知的人嘛。"

我们的神甫来了,脸通红,气喘喘的,主教祝福了他,但当神甫要说我的时候,主教扬扬手,说:

"请等一下……你来讲讲敬神的阿列克谢……"

"最好的诗篇,小弟弟,是不是?"当我忘了某一行诗,稍微停顿一下的时候,他说。"还会什么?……会讲大卫王的故事?很想听听!"

我看出,他的确在听着,他是喜欢诗的。他问了我很久,然后忽然停住,很快地向我打听:

"你学过《诗篇》?谁教的?慈爱的外祖父?凶狠的?是真的吗?你很顽皮吧?"

我踌躇起来,但只好说:"是的。"教师和神甫啰啰唆唆地说我所承认的是实话。他耷拉着眼皮听他们讲,然后叹了口气,说道:

"你听见人家怎样说你吗?过来!"

他把发散着檀香味的手放在我的头上,问道:

"你到底为什么顽皮?"

"学习很无聊。"

"无聊？小弟弟，这有点不对头。如果你觉得学习无聊，你就会学得不好，可是教师证明你学得挺好。这就表示有别的原因。"

他从怀里掏出一本小书，在上面题了字，说道：

"彼什科夫·阿列克谢。对了。你还得忍耐着，小弟弟，不要太顽皮了！少少地——是可以的，太顽皮，就会惹人生气！我说得对不对，孩子们？"

许多声音快乐地回答道：

"对。"

"你们顽皮得不厉害，是不是？"

孩子们咧嘴笑了，一齐说道：

"不是，也厉害！厉害！"

主教往椅子背一靠，搂着我，令人惊奇地说了下面的话，使所有的人——连教师和神甫——都笑起来：

"真是怪事，我的小弟弟们，我在你们这样大岁数，也是一个大大的顽皮鬼！这是怎么回事呢，小弟弟？"

孩子们笑了，他向他们问长问短，巧妙地把大家搅到一起，使他们互相争论，快乐的空气越来越浓。最后，他站起来说：

"和你们在一起很好，顽皮鬼们，我该走了！"

他抬起一只手，把大袖筒退到肩膀上，宽宽地挥动胳膊对所有的人画了个大十字，祝福说：

"以圣父圣子圣灵之名，祝你们去做美好的工作！别了。"

大家都喊起来：

"别了，大主教！再到我们这儿来。"

高筒帽子点了点，他说道：

"我来，我来！我给你们带书来！"

他飘飘洒洒地从教室走出去，对教师说：

"放他们回家吧！"

他牵着我的手走进了门洞，对我俯下身来悄悄地说：

"你克制住自己一点，好不好？我心里明白你为什么调皮！好，别了，小弟弟！"

我非常激动，一种多么特别的感情在我心中沸腾啊，甚至教师放走了全班学生，只留下我，对我说，我现在应当比水还要安静，比草还要老实，——我注意地、乐意地听着他的话。

神甫穿着皮衣，和蔼而且低沉地说：

"从今以后你应当上我的课！是的。应当。但要老老实实地坐好！是的。老老实实地。"

我在学校搞好了，在家里却闹了一场可恶的事儿：我偷了母亲的一个卢布。这不是预谋犯罪。

有一天晚上母亲出去一趟，留下我看家带孩子。我闷得慌，便翻开后父的一本书——大仲马的《医生札记》，里面夹着两张钞票，一张是十卢布的，一张是一卢布的。书是看不懂的，我合上它，可是忽然想到，一个卢布不仅可以买《使徒传》，大约还可以买一本讲鲁滨孙的书。我在这之前不久在学校里才知道有一本这样的书：在严寒的一天，在课间休息时，我给孩子们讲童话，忽然，其中有个小孩轻蔑地说：

"童话，狗屁，鲁滨孙才是真正的故事呢！"

后来又发现几个小孩是读过鲁滨孙的，大家都夸奖这本书，外祖母的童话不被人欢迎很使我生气，于是就打算读一遍鲁滨孙，为了也能够说一句：这是狗屁！

第二天我带到学校一本《使徒传》和两卷破烂的安徒生童话，三斤白面包和一斤灌肠。在弗拉基米尔教堂菜园旁边的又小又黑的铺子里有鲁滨孙，一薄本黄色封面的小书，在第一页上画着一个戴毛皮圆帽子、披着兽皮的大胡子，这使我不喜欢，可是童话书，别看它们破烂，连表面看上去也觉得可爱。

中午休息的时候，我和孩子们把面包和灌肠分着吃了，我们开始读一个美妙的童话《夜莺》，这个童话立刻抓住所有人的心。

"在中国，一切居民都是中国人，连皇帝也是中国人，"我记得，这一句话，由于它的单纯、含着快乐地微笑着的音乐，还由于它有一种异常美好的东西，使我感到愉快的惊奇。

我在学校里没能把《夜莺》读完，因为时间不够。我回到家里的时候，母亲站在炉台旁，手拿着煎锅把儿，正在煎鸡蛋，她用奇怪的、遏制的声音问道：

"你拿了一个卢布？"

"拿了。这不是买的书……"

她用煎锅把儿狠狠地打了我一顿，把安徒生的书没收了去，永远藏在不知什么地方，这比挨打更令人悲伤。

有几天我没有去上学，在这期间，大概后父对同事讲过我的"功绩"，那些同事又讲给自己的孩子听，其中有一个孩子把这事传到学校，当我上学的时候，同学们用"小偷"这个新的外号迎接我。简短而且明了，但是不正确，因为我并没有隐瞒我拿了那一卢布。我尝试解释这件事，但人家不相信，我回到家里对母亲说，我再不到学校里去了。

她坐在窗户旁，又怀孕了，穿一身灰衣服，目光无神而且痛苦，她喂着小弟弟萨沙，看着我，像鱼似的张嘴说道：

"你撒谎，"她低声说。"谁也不知道你拿了一个卢布。"

"你问问去。"

"是你自己乱说的。你说，是不是你自己？你当心，我明天亲自去问问，看是谁把这话传到学校去的！"

我说出了那个学生的名字。她的脸皱成可怜相，两眼浸湿了泪水。

我回到厨房，在炕炉后面箱子上铺的床上躺下来，躺在那里听母亲在屋里低声啜泣。

"我的天啊，我的天啊……"

我躺在烤热的油腻的拭布所发散的难闻气味中，再也忍耐不住了，我起来走到院子里，但是母亲喝住了我：

"你到哪儿去？哪儿去？到我这儿来！……"

然后我们坐在地板上，萨沙躺在母亲的两腿上，抓住她长衫上的扣子，点头哈腰的，说道：

"扣扣，"意思是说"小扣子"。

我倚着母亲的身边坐着，她搂住我说：

"我们是穷人，我们的每一戈比，每一戈比……"

她老是有什么话没有说完，用一只滚热的胳膊紧紧地搂住我。

"这个坏蛋……坏蛋！"她忽然说出了这句我以前听过她说过的话。

萨沙学人说话：

"蛋，蛋！"

这个小孩很古怪：笨拙，头大，他微微含笑，仿佛期待什么似的用美丽的青眼睛看周围的一切。他特别早就开始学话，从来不哭，经常生活在静静的快乐状态中。他身体不好，勉强会爬，一看见我就高兴，叫我抱他，爱用软绵绵的、不知为什么发散着紫罗兰香的小指头揉我的耳朵，他没有得病就突然死了。当天上午还像平时一样怡然自得的，可是傍晚，敲晚祷钟的时候，他的尸体已经放在桌上了。这是在第二个小孩尼古拉生后不久发生的。

母亲把她答应要办的都办到了。我在学校里重新过得挺好，可是又把我送回外祖父那里。

一天吃晚茶的时候，我从院子往厨房里去，听见母亲声嘶力竭的叫声：

"叶夫根尼，我求求你，求求你……"

"蠢——话！"后父说。

"你以为我不知道，——你是到她那儿去！"

"那又怎么样？"

他们俩沉默了几分钟，母亲咳嗽起来，她说：

"你是一个多么恶毒的坏蛋……"

我听见他在打母亲，我跑进屋子，看见母亲跪着，背脊和肘弯靠着椅子，挺着胸，仰着头，口里发出呼呼噜噜的声音，眼睛闪着可怕的光。他打扮得干干净净的，穿着新制服，用他那长长的腿踢她的胸脯。我从桌子上抓起骨把镶银的刀子——是用来切面包的，这是我父亲死后母亲所剩下的唯一的东西，——我抓起它就用全力对准后父的腰刺去。

　　幸亏母亲及时把马克西莫夫推开了，刀子从腰间滑过，把制服划破一个宽宽的口子，皮肉仅仅划破一点。后父哎哟一声，按着腰，从屋子里跑了出去，母亲抓住我，举起来，大吼一声把我摔到地板上。后父从院子里回来，把我拉开。

　　天色已经很晚，当他仍然从家里走出去的时候，母亲到炕炉后面找我，她小心地搂抱着我，吻我，哭着说道：

　　"原谅我，是我的错！亲爱的，你怎么能这样？动起刀子来了？"

　　我说出下面的话完全是诚心诚意的，完全是懂得的，我对她说，我准备杀死后父，也杀死自己。我想，我会做到这一点的，不管怎样，我会试一试这样做的。直到现在我还看见那只沿着裤筒有一条鲜亮的缘饰的下贱的长腿，看见那只腿在空中来回摇摆，用脚尖踢女人的胸脯。

　　回忆起野蛮的俄罗斯生活中这些铅样沉重的丑事，我时时问自己：值得讲这些吗？每一次我都重新怀着信心回答自己：值得，因为这是一种富有生命力的丑恶的真实，它直到今天还没有消灭。这是一种要想从人的记忆、从灵魂、从我们一切沉重的可耻的生活中连根儿拔掉，就必须从根儿了解的真实。

　　促使我描写这些丑事的，还有一个更积极的原因。虽然这些丑事令人作呕，虽然它们窒息我们，把无数美好的灵魂压扁，而俄罗斯人的灵魂仍然是那样健康，年轻，足以克服而且一定能克服它们。

　　我们的生活是令人惊奇的，这不仅因为在我们生活中这层充满种种畜生般的坏事的土壤是如此富饶和肥沃，而且还因为从这层土壤里仍然胜利地生长出鲜明、健康、富有创造性的东西，生长着善良——人所固有的善良，这些东西唤起我们一种难以摧毁的希望，希望光明的、人道的生活终将苏生。

十二

> 阿列克谢搬到外祖父家，他学会了靠"捡破烂"和"偷"来挣钱，并认识了一些同样以此维持生计的穷孩子，这些都在他心中刻下了终生不灭的伤痕。母亲悲惨地去世了，阿列克谢成了孤儿，从此开始了他"在人间"的生活。

我又搬到外祖父那里。

"怎么啦，小强盗？"他用手敲着桌子，迎面对我说。"现在我不养你了，让外祖母养你吧！"

"让我养我就养，"外祖母说。"你以为这是个什么了不起的难题吗！"

"那你就养好了！"外祖父大叫一声，但是马上又安静下来，对我解释道：

"我和她完全各过各的了，如今我们样样都是分开的……"

外祖母坐在窗户下快速地织着花边，线轴快乐地击打着，密密麻麻插满了铜针的枕头在春天的阳光下像金刺猬似的闪光。外祖母本人像铜铸的一般——一点儿没变！外祖父更干瘪了，满脸皱纹，他那棕红色的头发已经灰白了，安详的大模大样的动作变为急躁的忙碌，一对绿眼睛疑神疑鬼地张望。外祖母用嘲笑的口吻对我讲起她和外祖父分家的情形：他把所有破盆破碗、瓶瓶罐罐的都分给她，说道：

"这是你的，再别问我要什么了！"

然后，他把她所有的旧衣服、物件、狐皮大衣全拿走了，卖了七百卢布，把钱借给他的教子——一个做水果生意的犹太人——生利息。他简直害了吝啬病和丧失了羞耻心：他遍访一切老相识——从前手工业行会的同事和富商，向他们诉苦，说是孩子们把他弄得破产了，向他们哭穷要钱。

他利用人家对他的尊敬，得了很多的钱——成把的大票子。外祖父拿着票子在外祖母鼻尖下晃悠，向她吹牛，像逗小孩似的逗她：

"瞧见吗，傻瓜？人家百分之一也不会给你！"

他又把所收集来的钱借给他的新朋友——一个细长个子、秃顶、村子里都喊他"马鞭子"的毛皮匠——生利息；还借给这个人的妹妹——小铺子的老板娘，一个脸蛋红红的、褐色眼睛的、像糖稀似的又软又甜的大肥婆。

家里面一切都是严格地分开的：今天是外祖母出钱买菜做午饭，明天就该外祖父买菜和面包。轮到他买的那天，午饭照例要坏些，外祖母买的全是好肉，而他总是买些大肠、肝、肺、牛肚子。茶叶和糖各人保存各人的，但是在一个茶壶里煮茶，外祖父惊慌地说：

"别忙，等一等！你放多少茶叶？"

他把茶叶放到手掌上，细细地数，说道：

"你的茶叶比我的碎，所以我该少放，我的叶子大些，多出茶色。"

他十分注意外祖母倒给自己的和倒给他的茶是不是同样的浓度，倒在两个茶碗里的分量也要平均。

"喝最后一杯吧？"在倒净所有的茶之前，她问道。

外祖父看了看茶壶，说道：

"好吧，喝最后一杯！"

连敬圣像点的长明灯的油也是各买各的。在共同劳动了五十年之后，竟干出这等事！

看见外祖父这些鬼把戏，使我又好笑又厌恶，而外祖母只觉得可笑。

"你算了吧！"她安慰我说。"怎么回事啊？老头儿越老，反倒越糊涂！他八十岁的人了，也同样倒退八十！让他糊涂去吧，看谁倒霉。我来挣咱们俩的面包，怕什么！"

我也开始挣钱：我逢休息日，一大早就背着口袋走遍各家的院子，走遍大街小巷去捡牛骨头、破布、碎纸、钉子。一普特破布和碎纸卖给旧货商可以得二十戈比，烂铁也是这个价钱，一普特骨头得十戈比，或八戈比。

平时放学以后也干这玩意儿，每星期六卖掉各种旧货，能得三十至五十戈比，运气好的时候，卖得更多。外祖母接着我的钱，急忙塞到裙子口袋里，垂下眼睑，夸奖我：

"谢谢你，好孩子！咱们俩养活不了自己吗，咱们俩？有什么了不起的！"

有一次我偷偷地看她，她把我的五戈比放在手掌上，瞅着它们，默默地哭了，一滴混浊的泪水挂在她那副像海泡石似的大鼻孔的鼻尖上。

比卖破烂更有出息的收入，是到奥卡河岸上的木材栈或者到彼斯基岛（集市的季节，人们在这岛上临时搭盖棚屋做铁器的买卖）偷劈柴和木板。集市过后，棚屋拆除了，柱子和木板都在彼斯基岛上码成堆，一直放到春水泛滥的时候。一块好木板，小市民业主肯出十戈比，一天可以拖两三块。但是必须在坏的天气，当风雪或者大雨把看守人赶散，逼得他们躲起来的时候，才能得手。

我们几个要好的结成一伙：讨饭的莫尔德瓦女人的儿子珊卡·维亚希尔，这是一个可爱、温柔、经常乐呵呵的小孩；没有父母的科斯特罗马，他鬈发、精瘦，眼睛又黑又大，——后来十三岁的时候，因为偷了人家一对鸽子，被送到少年罪犯教养院，在那里吊死了；鞑靼小孩哈比，是一个十二岁的大力士，天真而且善良；看坟和掘墓的人的儿子扁鼻子雅兹，是一个像鱼样沉默的、患羊痫风的八九岁的小孩，岁数最大的是寡妇裁缝的儿子格里沙·丘尔卡，他明白道理而且公正，酷爱斗拳；这全是同街的小孩。

在这个镇子里，偷窃已经形成一种风气，不算是罪恶，而且对于半饱半饥的小市民差不多是唯一谋生的手段。一个半月的集市，挣不够全年的吃喝，连很多有体面的业主都"到河上捞外快"——打捞洪水冲走的劈柴和木材，用小筏子零运货载，但最主要的是干偷窃货船的勾当，一般说来，他们都是在伏尔加河和奥卡河上"猴手猴脚的"，对那些凡是放得不稳妥的东西，他们都要捞一把。每逢休息日，大人就夸耀自己的成就，小孩听着，学习着。

春天，在集市开始前最忙的时期，每天傍晚，镇子的街头到处都是喝醉的工匠、车夫以及各行各业的工人，镇里的小孩经常搜他们的腰包，这是一种合法的营生，就在大人眼前放肆地干这勾当。

他们从木匠那里偷工具，从客车车夫那里偷扳手，从货车车夫那里偷肩轴、大车的补轴。我们这伙人不干这种事。丘尔卡有一次坚决地说：

"偷东西我可不干，妈妈不叫我干。"

"我可不敢偷！"哈比说。

科斯特罗马对小偷儿有一种厌恶的感觉，小偷儿这个字眼，他特别加重地说出来，当他看见别的小孩劫夺醉汉的时候，他就赶散他们，如果能抓到一个，他就狠狠地打他一顿。这个大眼睛的、闷闷不乐的小孩把自己想象为一个大人，他用特别的步伐，像搬运夫似的一歪一歪地走路，极力用又粗又低的声音说话，他一举一动都是一本正经、装腔作势、老气横秋的。维亚希尔相信偷窃是罪恶。

但是从彼斯基岛上拖走木板和柱子不算是罪恶，我们谁也不怕做这件事，我们拟定了几种能够使我们十分顺利地完成这件事的方法。趁着天黑，或者刮风下雨，维亚希尔和雅兹从河湾一带膨胀的潮湿的冰面上到彼斯基岛上，大摇大摆地走着，竭力惹看守人注意，而我们四个人就分散开来，偷偷地摸过去。被雅兹和维亚希尔惊动了的看守人注视着他们，我们在预先约好的木材堆旁边集合，挑选要拖走的东西，趁快腿的同伴们逗得看守人追赶他们的工夫，我们就往回跑。我们每人带着一根绳子，绳子末端系一个勒成钩状的大钉子。我们用它钩着木板或者柱子，在雪地上和冰上拖着走，看守人几乎从未发现过我们，即使发现了，也追不上。我们把东西卖掉，把卖来的钱分作六份，每位弟兄能得五戈比，有时能得七戈比。

用这些钱满可以吃一天饱饭，但是维亚希尔，如果他不带给他母亲四两或者半瓶伏特加酒，就会挨她的打；科斯特罗马把钱攒起来，希望能养鸽子；丘尔卡的母亲有病，他尽可能地多挣钱；哈比也在攒钱，预备回到他出生和他舅舅（这个舅舅到尼日尼不久，就淹死了）从那里把他带来的城市里去。哈比忘了那个城市的名字，只记得它是在卡马河岸上，离伏尔加河不远。

不知为什么，这座城使我们觉得很好笑，我们逗这个斜眼的鞑靼小孩，唱道：

> 卡马河岸上一座城，
> 它在哪儿谁也不知道！
> 脚板走不到，
> 手也够不着！

起先哈比生我们的气，但是有一次维亚希尔柔声细语地（和他的外号很相称）对他说：

"你怎么啦？对同伴能生气吗？"

鞑靼小孩不好意思了，他自己也唱起关于卡马河岸上一座城的歌来。

比起偷木板来，我们还是更喜欢捡破布和骨头。春天，雪化了以后，或者大雨把荒无人迹的集市的铺装街道冲洗得干干净净的以后，捡破烂特别有趣。在集市的沟渠里，总可以找到许多钉子、破铁，有时我们还找到钱——铜币和银币，但为了不让看货摊的赶走我们或夺我们的口袋，得给他两戈比，或者打躬作揖地央求他半天。总之，钱不是容易挣来的，但我们过得非常和睦，虽然有时也有小小的争吵，我记得我们之间从未打过一次架。

维亚希尔是我们的和事佬，他一向善于及时地对我们说几句特别的话。话虽然简单，却使我们吃惊而且狼狈。他自己也是吃惊地讲这些话。雅兹的恶作剧并没有使他生气，也没有使他害怕，凡是坏的行为他都认为是不必要的，都安详而令人信服地加以驳斥。

"这有什么必要啊？"他问道，于是我们清楚地看出——是没有必要！

他叫自己的母亲"我的莫尔德瓦女人"，我们觉得这并不可笑。

"昨天我的莫尔德瓦女人回家的时候，又喝得烂醉！"他高兴地讲道，一对金黄色的圆眼睛闪闪发光。"她砰通一声把门推开，坐在门槛上唱啊唱啊，像只老母鸡！"

喜欢打破砂锅问到底的丘尔卡问道：

"唱的什么？"

维亚希尔轻轻地用手掌拍着膝盖，尖声尖气地学他母亲唱歌：

> 年轻牧人沿街逛，
>
> 嗨，手拿棍子沿街逛；
>
> 挨家挨户把人唤，
>
> 唤起孩子满街窜。
>
> 火红晚霞腾空起，
>
> 嗨，牧人宝加吹芦笛；
>
> 芦笛吹得呜呜响，
>
> 吹得村子入梦乡！

他知道许多这样热情活泼的歌子，非常熟练地唱它们。

"是的，"他接着说下去，"她就这样在门槛上睡着了，屋子里冷死人，不得了，我浑身打哆嗦，差一点儿没冻死，拖她吧，又不动。今天早晨我对她说：'你怎么醉得这么厉害？'她说：'没啥，你耐心等一等，不久我就要死了！'"

丘尔卡认真地肯定说：

"她快死了，全身都肿了。"

"你可怜她吗？"我问。

"怎么不可怜呢？"维亚希尔惊奇地说。"她是我的好妈妈啊……"

我们大家都知道这个莫尔德瓦女人顺手就可以把维亚希尔打一顿，可是相信她是好人。碰着不走运的日子，甚至丘尔卡提议：

"咱们每人凑一戈比给维亚希尔的母亲买酒吧，不然她会打他的！"

我们这一伙有两个识字的——丘尔卡和我。维亚希尔非常羡慕我们，他揪住自己的老鼠式的尖耳朵，柔声细语地说：

"等我埋了我的莫尔德瓦女人后，也去上学，我向老师鞠躬到地，求他收留我。学成了后，我求主教雇我当园丁，要不就直接去求沙皇！……"

春天，莫尔德瓦女人和一个募化修建寺院基金的老头一起，还有一瓶酒，被压在倾倒了的劈柴堆底下。人们把这个女人送到医院里，于是一本正经的丘尔卡对维亚希尔说：

"到我们家里住去吧，我的妈妈教你识字……"

过了不久，维亚希尔就把脑袋昂得高高的，念招牌上的字：

"食品货杂店……"

丘尔卡改正他说：

"食品杂货店，怪人！"

"我是看见的，可是把母字念颠倒了。"

"字母！"

"字母活蹦乱跳的，它们高兴人家念它们呢！"

他那种对树木和小草的爱惜，使我们大家觉得非常好笑，而且惊奇。

坐落在城郊沙地上的镇子，植物很少，仅仅在某些地方，在院子里，孤单单地长着几棵苍白的柳树，歪斜的接骨树丛，此外就是几棵灰色的干枯的小草胆怯地藏在围墙下面。如果我们谁坐到小草上头，维亚希尔就生气地咕哝道：

"干吗要糟蹋草啊？坐在旁边沙土上不是一样吗？"

当着他的面谁也不好意思弄断一枝白柳，折掉一枝开花的接骨树，砍下奥卡河岸上的一根柳条子，他总是显出吃惊的样子，耸起肩膀，摊开两只手，说道：

"干吗你们什么都毁坏啊？真是活见鬼！"

因为他这样吃惊，大家都觉得惭愧。

每逢星期六，我们就举行一次快乐的游戏。整个星期我们都准备这个游戏，到街上把破草鞋收集起来堆到僻静的角落里。星期六傍晚，一群鞑靼搬运工人从西伯利亚码头回家的时候，我们在十字街头找好阵地，就开始向这群鞑靼人扔草鞋。起先他们被激怒了，追赶我们，骂我们，但是不久他们也开始热衷于这个玩意儿，他们已经知道将会发生一场战斗，也装备许多草鞋来到战场，不仅这样，他们还窥伺我们藏军火的地方，不止一次地把我们偷得精光，我们向他们诉苦说：

"这算什么游戏啊！"

于是他们把草鞋分给我们一半，接着战斗就开始了。通常他们在空地上摆好阵势，我们尖声地叫喊着在他们周围奔跑，投掷草鞋，要是我们中间谁跑着跑着给准确地扔到脚下的草鞋绊了个倒栽葱，一头插进沙土里，他们也叫喊，震耳地大笑。

游戏热烈地进行了很久，有时一直继续到天黑，围聚了很多小市民，他们从墙角往外张望，为了保持体面，照例咕咕哝哝地埋怨几句。满是尘土的灰色草鞋像乌鸦似的满天飞，有时，我们中间有人被打得很厉害，但是快乐比疼痛和委屈更大。

鞑靼小伙子们的兴头并不比我们差。战斗结束后，我们常常和他们一起到行会去，他们在那里请我们吃甜马肉，吃一种特别的蔬菜汤，晚饭后，我们就着奶油核桃甜点心喝很浓的砖茶。我们很喜欢这些身材高大的人，他们一律都像是精选的大力士，在他们身上有一种儿童的、很容易了解的东西，特别使我吃惊的是他们那种毫无恶意、不可动摇的善良的性格和那种互相之间的关心和严肃的态度。

他们都笑得极好，被笑声噎得流泪，他们中间有一个歪鼻子的卡西莫夫人，这个汉子有童话般的力量：有一次，他把一个二十七普特重的大钟从货船上拖到岸上老远的地方。他笑着尖声号叫，喊道：

"呜，呜！扯淡——臭鸡蛋，扯淡——瞎胡谈，金钱，扯淡！"

有一次，他把维亚希尔放在他的手掌上，高高地举起，说道：

"瞧他住在那里，天上头！"

天气不好的日子，我们在雅兹家里，在坟场他父亲的看守小屋里聚会。他父亲全身的骨头都是歪斜的，胳膊长长的，衣服全是油污，在他小小的头上，发暗的脸上，丛生着肮脏的毛发。他的脑袋像一朵干枯了的牛蒡花，又长又细的脖子像花茎。他甜蜜地眯缝着有点发黄的眼睛，快嘴快舌地咕噜道：

"上帝保佑我可别失眠！噢嗬！"

我们买来三钱茶，四两糖，几块面包，此外，还一定给雅兹的父亲买四两伏特加酒。丘尔卡严厉命令他：

"废料，把茶炊生起来！"

废料咧着嘴笑，升起洋铁茶炊，我们在等待茶的时候，讨论自己的事情，他给我们出好主意：

"注意，后天特鲁索夫家举行四旬祭，有盛大的宴会——你们想找骨头到那儿去！"

"特鲁索夫家的骨头有厨娘在收集，"无所不知的丘尔卡说。

维亚希尔往窗外的坟场望着，幻想地说：

"我们不久就可以到森林去了，真好啊！"

雅兹总是沉默着，用凄凉的目光凝神地观察所有的人，他把自己的玩具——从垃圾堆里找到的木头兵、瘸腿的马、碎铜片、扣子——拿给我们看，也是一声不响。

他的父亲把各式各样的茶碗和茶缸子摆到桌子上，把茶炊拿上来。科斯特罗马坐下来倒茶，雅兹的父亲喝了他那份酒，爬到炕炉上，从那里伸出长长的脖颈，用那猫头鹰似的眼睛瞅着我，咕咕哝哝地说：

"呜嗬，你们怎么不死啊，好像已经都不是孩子了，是吧？噢嗬，小偷儿们，上帝保佑我可别失眠！"

维亚希尔对他说：

"我们完全不是小偷儿！"

"不是小偷儿是贼娃子……"

雅兹的父亲使我们感到厌烦的时候，丘尔卡就生气地呵斥他：

"别啰唆了，废料！"

这个人一说起哪家有病人，哪个村民快要死了，我、维亚希尔和丘尔卡就非常不高兴。他讲这些事情的时候津津有味，毫不怜悯，他看出我们对他的话感到不愉快，就故意逗弄我们，刺激我们：

"啊哈，你们害怕了吧，小鬼头？好嘛！有一个胖子快死了，——嗨，他得好久才能烂掉！"

我们阻止他，可是他仍然喋喋不休：

"反正你们也得死，在垃圾坑里能有多久的活头！"

"死就死呗，"维亚希尔说，"我们死后当天使……"

"你——们？"雅兹的父亲惊讶得倒吸一口气。"你说的是你们？去当天使？"

他哈哈大笑，又讲起死人的各种丑事来逗我们。

有时这个人忽然压低了声音，潺潺流水似的讲起一些古怪的事情。

"你们听着，孩子们，等一等！前三天埋了一个女人，孩子们，我知道她的历史，这是一个怎样的女人呢？"

他顶喜欢讲女人，并且总是讲得污秽不堪，但是在他的讲述中有一种疑问的、抱怨的口气，他好像是邀请我们和他一起思索，所以我们都聚精会神地听他讲。他不善于讲话，讲得没条没理，常常插进一些问话，可是听了他的讲述，在我们的记忆里残留着一些令人不安的支离破碎的片段。

"人家问她：'是谁放的火？'她说：'是我放的！'——'傻瓜，怎么会是这样？那天夜里你不在家，你在医院里躺着的！'——'是我放的火！'她干吗要这样说？呜嘀，上帝保佑我可别失眠……"

几乎每个被他埋到那片荒凉的、光秃秃的坟场的沙土里的村民的历史，他都知道，他好像在我们面前打开了各家的大门，我们走进去，便看到人们怎样生活，我们感到一种严肃的、重要的东西。看样子，他能讲一整夜，一直讲到天明，可是看守小舍的窗户刚一发暗，黄昏降临的时候，丘尔卡就从桌旁站起来，说：

"我得回家，不然妈妈会害怕的。谁和我一块儿走？"

大家都走了。雅兹把我们送出围墙，关上大门，把他那瘦骨嶙峋的黑脸贴到栅栏门上，闷声闷气地说：

"别了！"

我们也对他喊一声："别了！"我们总觉得把他留在坟地上怪不好的。

科斯特罗马有一次回头看了看，说：

"明天咱们一醒来，也许他已经死了。"

"雅兹的生活比我们谁都苦，"丘尔卡常常说，而维亚希尔总是表示反对：

"我们一点儿也不苦……"

在我看来，我们的生活并不苦，我很喜欢这种独立自主的街头生活，也喜欢那些同伴，他们在我心中唤起一种伟大的感情，我总是不安地想为他们做一些好事情。

在学校里，我重新感到困难，同学们嘲笑我，叫我捡破烂的、要饭的。有一次吵过架后，他们告诉老师，说我身上发散着一股垃圾坑的味道，不能坐在我身旁。我记得，这个控告曾是怎样深深地污辱了我，在这以后我上学曾是怎样为难。控告是恶意捏造的：每天早晨我非常细心地把身上洗干净，从未穿过在捡破烂时候穿的衣服到学校去。

后来我终于读完三年级，奖给我一本福音书，带封面的克雷洛夫寓言诗，还有一本不带封面的、书名《法达—莫尔加那》使我看不懂的小书，还发给我一张奖状。当我把这些奖品拿到家里的时候，外祖父非常高兴，非常感动，他说这些东西必须保存起来，他要把书锁在自己的箱子里。外祖母已经卧病好几天了，她没有钱，外祖父唉声叹气，尖声大叫：

"你们把我喝光吃净了，净剩骨头，嗨，你们这些人啊……"

我把书拿到小铺子里卖了五十五戈比，把钱交给外祖母，奖状被我题了一些字给弄脏了后，才交给外祖父。他没有打开，所以没有看见我的鬼把戏，就把那张纸珍惜地藏了起来。

我摆脱了学校后，又到街头上去找生活。现在更好了，正是春光明媚的时候，能挣很多的钱，每逢星期日，我们这伙人一早就到野外松树林去，很晚才回镇子里来，大家都感到一种舒适的倦意，彼此更加亲近了。

但是这种生活并没有持续很久。后父被解雇了，他又不知去向，母亲和小弟弟搬到外祖父家里，叫我担负起保姆的职务，——外祖母到城里去了，在一家富商家里绣棺罩。

沉默而干瘦的母亲，勉强地移动着脚步，她用一对可怕的眼睛看一切，小弟弟生瘰疬病，踝骨上有溃疡，身体弱得连大声哭都不能，饿了的时候只是颤抖着呻吟，吃饱了就打盹儿，他在蒙眬的瞌睡中奇怪地叹着气，像小猫儿似的打呼噜。

外祖父注意地摸摸他，说道：

"得好好地喂他，可是我的饲料不够喂你们所有的人……"

母亲坐在墙角的床上，嘶哑地叹口气，说：

"他吃不多……"

"这个吃不多，那个吃不多，合在一起就多了……"

他把手一挥，对我说：

"得把尼古拉拖到露天地里晒太阳，埋在沙土里……"

我用口袋背来一些洁净的干沙土，把它堆到窗下有太阳的地方，按照外祖父的指示，把小弟弟埋到脖颈。小孩很高兴坐在沙土里，他那对没有眼白、只有蓝色瞳仁（瞳仁周围是一圈发亮的圆圈）的与众不同的眼睛，对我甜蜜蜜地眯缝着，闪着光。

我立刻就挚热地爱上了小弟弟，我仿佛觉得，我所想的事他都懂得，他和我并排地躺在窗户下沙土堆里，外祖父的尖厉声音从窗口传到我们耳眼里：

"死并不是什么难事，你应当会活下去！"

母亲一连咳嗽很久……

小孩腾出两只小手，向我伸出，摇着白色的小头。他的头发很稀，发白，小脸蛋显得老气，聪明。

如果有鸡啊猫的向我们走近来，科利亚就长久地注视着它们，然后看看我，露出一丝微笑，这个微笑使我不安：小弟弟是不是已经感觉出我和他在一起觉得无聊，想扔下他跑到街上去？

院子很小，拥挤而且肮脏，从大门起，有一排用板皮盖的棚屋、柴舍和冰窖，然后这排棚舍转了个弯，排尾是几间澡堂。房顶上堆满了小船的破片、劈柴、木板、湿木屑，所有这些，都是小市民们在流冰期和涨水的时候从奥卡河里打捞来的。各种木材横七竖八地堆满了整个院子。这些湿透了的木材，在阳光下冒着热气，发出一股子霉味。

旁边是一家小牲口屠宰场，那里几乎每天早晨都有小牛哞哞地叫，绵羊咩咩地鸣，血腥的气味那么浓，有时我觉得，这股气味就像透明的殷红的网似的在尘埃的空气中晃荡着。

被斧背在两角之间打蒙了的牲口吼叫的时候，科利亚眯缝着眼睛，撅起嘴唇，大概是想学它们的声音，但只是吹气：

"哧——呜……"

中午，外祖父从窗户伸出头来喊道：

"吃中饭！"

他亲自喂小孩，把他抱在自己的腿上，把马铃薯和面包嚼烂，用弯曲的指头送进科利亚的小嘴里，弄脏了他的薄嘴唇和尖下巴。外祖父喂了一点儿，掀起小孩的衬衫，用指头按了按他那膨胀的小肚子，他自言自语地说：

"够了没有？要不要再喂点儿？"

从靠近门的黑暗角落里传来母亲的声音：

"您不是明明看见他伸手想够吃的吗！"

"小孩不懂事！他不知道他要吃多少……"

外祖父又把嚼烂的食物送进科利亚的嘴里。看他这样喂孩子，我羞愧得心疼，我感到喉咙下面窒闷和作呕。

"好了！"外祖父最后说，"抱给他母亲吧。"

我抱起科利亚，他哼哼唧唧的，身子向着桌子够。母亲迎着我站起来，喉咙里呼呼噜噜地响着，伸出瘦得只剩一根骨头的胳膊，她那细长的身子，活像一棵折光了枝子的枞树。

她完全变成哑巴了，很少用那沸水般的声音说一句话，有时，整整一天都是沉默地躺在角落里，半死不活的。她已经不久于人世，这我当然是感觉到，也是知道的，而且外祖父也非常频繁地、令人厌烦地讲到死，特别是在每天晚上，外面已经黑了，像羊皮一样暖和的浓厚的霉味爬进窗户里来的时候，他喜欢讲到死。

在一进门斜对面的角落里，差不多在圣像下面，摆着外祖父的床，他脑袋冲着圣像和小窗户睡觉。他在黑暗里躺着，长久地咕咕哝哝地说：

"死期到了。有什么脸去见上帝？说什么好啊？忙了一辈子，也干了点事情……到老来落个什么下场？……"

我睡在炕炉和窗户之间的地板上，这地方对我不够长，我把两只脚伸进炉膛里，里面的蟑螂老啄它们。这个角落使我看到不少幸灾乐祸的事情——外祖父做饭的时候，火叉子和通条把儿经常打破窗户玻璃。他这个聪明人竟想不到把火叉子截掉一段。

有一次，罐子里的东西快熬干了，他慌张起来，用火叉子往外猛力一钩，火叉子把儿打坏了窗框的横木和两块玻璃，碰翻了架子上的一个罐子，罐子摔碎了。这使老头儿非常苦恼，他坐在地板上哭了起来：

"我的天啊，我的天啊……"

白天他出去的时候，我用切面包的刀子把火叉子把儿剁掉大约四分之三，可是外祖父看见我干的活儿以后，骂了我一顿：

"该死的小鬼，应该用锯子锯，锯——开！锯下来的可以做擀面杖，可以卖掉，鬼儿子！"

他挥着手跑进过道里。母亲说：

"你少管闲事……"

她是在八月里一个星期天中午时分死的。后父出外刚回来，又在一个地方找到了事情，外祖母和科利亚已经搬到他那里，住在车站附近一所清洁的小小住宅里，过两天母亲也要搬过去。

死的那天早晨，她低声对我说，声音比平时清晰而轻松：

"去找叶夫根尼·瓦西里耶维奇去，告诉他——我请他来！"

她用一只手撑着墙，从床上欠起身子，坐了起来，又补充了一句：

"快跑！"

我觉得她在微笑，她眼睛里闪着一种新的表情。后父正在做弥撒，外祖母打发我到一个犹太女人——小铺子女老板那儿去买烟，碰巧没有现成的碎烟，只好等女老板把烟叶搓碎，然后把烟送给外祖母。

当我回到外祖父那里的时候，母亲坐在桌子旁，她穿着淡紫色的衣服，头梳得挺好看，跟从前一样派头十足。

"你好些吗？"不知为什么我心里发憷，问道。

她令人毛骨悚然地看着我，说道：

"到这儿来！你到哪儿荡去了，嗯？"

我还没来得及回答，她就抓住我的头发，另一只手拿起用锯改做的又长又软的刀，用刀面大力地打了我几下，刀子从她手中滑脱了。

"拾起来！给我……"

我拾起刀子，把它扔到桌子上，母亲把我推开。我坐到炕炉台阶上，吃惊地注视着她。

她从椅子上站起，慢慢地移到自己的角落，往床上躺下，用手帕开始擦脸上的汗。她的手不准确地动作着，有两次从脸旁落到枕头上，用手帕擦了擦枕头。

"给我水……"

我从桶里舀了一碗水，她挺费劲地抬起头，呷了一点点，就深深地叹口气，用冰冷的手把我的手推开了。然后，她往墙角上看看圣像，把眼睛移到我身上，动弹着嘴唇，仿佛苦笑了一下，长长的睫毛就慢慢地盖住了眼睛。她的两肘紧紧地挟住两肋，手指微微动弹着，两手摸到胸口，往喉咙移近。她脸上浮现着暗影，渐渐扩展到全脸，姜黄的皮肤发紧了，鼻子变尖了。她惊讶地张着嘴，但是听不见呼吸。

我在母亲床旁端着碗，看着她的脸变凉，变灰，不知站了多久。

外祖父进来了，我对他说：

"母亲死了……"

他向床上瞟了一眼。

"你胡说什么？"

他走到炕炉，把包子拿出来，把炉门的盖和铁锅弄得很响。我看着他，我知道母亲已经死了，等着他也了解这个。

后父来了，他穿着帆布上衣，戴着白制帽。他无声地拿起椅子，搬到母亲的床边，忽然间，他把椅子往地板上一掼，像铜喇叭似的大叫一声：

"她死了，瞧……"

外祖父瞪起眼睛，手里拿着炉门的盖，像瞎子似的跌跌撞撞地、悄悄地离开了炉子。

当人们向母亲的棺材撒干沙土的时候，外祖母像瞎子似的向乱坟堆里走去，她碰到十字架上，磕破了脸。雅兹的父亲把她领到看守小舍里，在外祖母洗脸的时候，他对我悄悄地说了些安慰的话：

"唉！上帝保佑我可别失眠，你干吗要这样，嗯？人生在世就是这么回事……我说得对吧，外婆？不管穷富，早晚大家都得进棺材，是不是这样，外婆？"

他看了看窗户，忽然从小屋里跳了出去，可是他马上就和维亚希尔一同回来了，他容光焕发，兴高采烈。

"你看，"他递给我一个折断了的马刺，说道，"你瞧这是什么玩意儿？这是我和维亚希尔送给你的。你瞧马刺上的小轮，嗯？准是哥萨克戴的，弄丢了……我想向维亚希尔买下这玩意儿，我给他两戈比……"

"你撒什么谎！"维亚希尔低声地、然而生气地说，可是雅兹的父亲在我面前跳来跳去，向他挤挤眼说道：

"维亚希尔嘛，嗯？厉害！不是我，是他送给你的，他……"

外祖母洗好了，用头巾包上浮肿的发青的脸，她叫我回家去，我不愿意回去，我知道他们在追悼宴会上要喝酒，并且一定会吵架。米哈伊尔舅舅在教堂里的时候就叹着气对雅科夫说：

"今天我们要喝一杯，嗯？"

维亚希尔极力逗我发笑：他把马刺挂在下巴颏上，用舌头够马刺上的小轮，雅兹的父亲故意哈哈大笑，高声叫道：

"瞧，你瞧他做什么！"可是，当他看到这一切都不能使我快乐的时候，他严肃地说："算了吧，醒醒吧！大家都得死，连小鸟也得死。你听我说，我给你母亲坟上铺上草皮——好不好？我们马上就到野外去，——你、维亚希尔、我，我的珊卡也和我们一块儿去，我们铲了草皮，就把坟装饰起来，再好没有了！"

这件事我倒欢喜，于是我们就到野外去了。

埋过母亲几天以后，外祖父对我说：

"喂，列克谢，你不是一枚奖章，我脖子上不是挂你的地方，你到人间混饭吃去吧……"

于是我就到人间去了。